Inhalt

Einleitung

Fassungslos und geschockt verharrt die junge Frau vor dem zornigen Angreifer. Eiskalt war sein Blick und in seinen Augen spiegelt sich grenzenlose Tötungslust! Brutale Entschlossenheit zu zerstören. Plötzlich ein Druck im Bauch! Fürchterliche Schmerzen! Sie wimmert, sie hofft auf Gnade. Vergebens. Panik! Vorbei! Das Messer in seiner Hand schnellt erneut auf sie zu ...

Unbarmherzig und mit voller Wucht schlägt der Mörder in einem idyllischen Einfamilienhaus zu. Mitten am Tag überfällt er sein ahnungsloses Opfer. Kommissar Clemens und sein Ermittlerteam sind bestürzt über die zügellose Brutalität der Tat. Warum trennte der Mörder den rechten Zeigefinger der Frau ab? Warum konnte er so unentdeckt zuschlagen? Fragen, worauf die Polizisten vorerst keine Antworten finden.

Dann geschieht ein zweiter Mord. Wieder wird einer Frau der rechte Zeigefinger abgeschnitten. Der Tatort nicht weit entfernt vom ersten Fall. Ist ein gnadenloser Frauenhasser am Werk oder handelt es sich um eiskalte Racheakte?

Plötzlich eine dramatische Wende: In der Nähe beider Tatorte wird eine Frau im Zeugenschutzprogramm, die einen vierfachen Frauenkiller hinter Gitter brachte, mit Mordanschlägen bedroht. Gibt es einen Zusammenhang? Wer steckt hinter der Mordserie und warum entlädt sich aus heiterem Himmel ein so zügelloser Hass in einem einst so harmonischen Umfeld?

Totes Blut

Nein, sie wollte nicht sterben! Doch in seinen Augen spiegelte sich das Böse. Hass! Tötungswille! Unbändige Gewalt! Das Messer in seiner rechten Hand, die linke presste ihre Kehle zu. Ihr Schreien wurde im Keim erstickt. Verzweifelt wollte sie sich wehren. Aber seine Kräfte hielten sie in Schach. Dann ein Stoß. Ein gewaltiger Druck im Bauch. Was folgte, war ein fürchterlicher Schmerz! Das Leben raste in ihren Gedanken vorbei. Wie ein Film im Schnelldurchlauf. Stille! Düstere Stille machte sich im Haus breit. Nur ihr Röcheln und das heftige Atmen des Angreifers durchbrachen die Grabesstimmung.

Ein erbarmungsloser Todeskampf begann und eine letzte Hoffnung auf Gnade pochte mutlos in ihren Gedanken. Das Messer, er zog es aus der Wunde. Blut! Viel Blut! Er drückte sie gegen die Wand, unausweichlich und mit Wucht. Mit ihren aufgerissenen Augen flehte sie ihn an. Doch die Kälte in seinem Blick brachte ihr die schreckliche Gewissheit. Er wollte nur eines: sie töten! Ein weiterer Stich! Gezielt, kraftvoll, dann riss es ihr die Beine weg. Sterbend sackte sie zusammen, mit letzter Kraft kroch sie wie ein verletztes Tier über den Teppich. Schweigend verharrte er über ihr, wartete ab, ob der Lebenshauch aus ihrem Körper kroch. Aber sie lebte noch, wehrte sich mit letzter Kraft gegen den Tod und wollte ihrem Schicksal entfliehen.

Noch einmal beugte er sich über sie. Ein kurzer fester Schnitt und ihr rechter Zeigefinger löste sich von der Hand. Ein Schmerzschrei, der röchelnd in ihrer Kehle stecken blieb.

Dann hörte sie die Tür ins Schloss fallen. Sie war allein. Einsam und verlassen. Das Atmen ging jetzt schneller und ihr Herz kämpfte wild um jeden Schlag. Mühsam presste sie ihre Hände auf die Wunden, die nicht zu stillen waren. Sie wollte Hilfe holen. Wo war das Telefon? Unerreichbar für sie. Mit einem Mal wurde es dunkel um sie herum. Schwächegefühl. Gewissheit und die absolute Sicherheit: Es waren ihre letzten Atemzüge. Sie würde sterben. Jetzt, in diesem Moment. Dann Totenstille.

„Schatz. Ich bin es“, hallte die gutgelaunte Stimme von Manuel Reich durch den Flur und er betrat mit seiner neunjährigen Tochter Angelika das Haus.

„Schau mal, ob Mama im Garten ist“, gab er zärtlich dem Mädchen einen Schubs, die daraufhin davon eilte.

Ein Schrei! Ein gellender Schrei!

„Paaaapppaaa“, drang es Manuel Reich in die Ohren, der sofort wusste, dass etwas Schlimmes passiert sein musste. Sofort eilte er ins Wohnzimmer und starrte geschockt auf den Boden.

„Linda ...“, stürzte er sich fassungslos auf seine regungslose Frau. Als er das viele Blut wahrnahm, sprang er zum Telefon und alarmierte die Notrufzentrale.

Hilflos kniete er neben seiner Frau, während Angelika traumatisiert und weinend in den Flur rannte und sich auf die zweite Stufe der Treppe setzte. Sie wusste: Mama war tot!

***

Als Kommissar Ludger Clemens, seine Mitarbeiter Charleen Weindel sowie Lothar Hackenberg knapp eine Stunde später vor dem Einfamilienhaus mit dem gepflegten Vorgarten eintrafen, hatten sich einige Anwohner hinter der Absperrung versammelt und beobachteten neugierig die Arbeit der Polizei.

Im Inneren des Hauses erinnerte die Atmosphäre an einen Friedhof. Grabesstille, die Atmosphäre bleiern und schwer. Jedes kleinste Geräusch wirkte wie ein Donnerhall und klang wie ein erschrecktes Echo nach. Beklommenheit, Trauer und Fassungslosigkeit lagen in der Luft. Sofort nahm Clemens wahr, dass das Verbrechen einen harmonischen Familienfrieden nachhaltig zerstört hatte. Mit Brachialgewalt die Liebe vernichtet. Eine fürchterliche Tat war in die Seele dieser Idylle gekrochen und hatte mit einem Schlag die Zukunft ausgelöscht.

Betreten und mit leisen Schritten ging Clemens zu Gerichtsmedizinerin Hanne Bahlfels, die die Leiche untersuchte. Die Blutspur, die von der Küche bis ins Wohnzimmer führte, hatte er bereits registriert.

„Schauen Sie mal, ob der Ehemann schon befragt werden kann“, flüsterte Clemens leise zu Weindel aus Respekt vor der ruhigen Stimmung im Raum, die jedoch grotesk auf ihn wirkte, denn noch vor nicht allzu langer Zeit musste hier ein brutaler Todeskampf stattgefunden haben.

„Sie, Hackenberg, befragen die Nachbarn, ob sie was Verdächtiges gehört oder gesehen haben ...!

„Und?“, erkundigte sich Clemens anschließend bei Bahlfels, die sich nicht zu ihm drehte, sondern ihrer Arbeit konzentriert nachging.

„Mindestens acht Messerstiche. Mit unfassbarer Wucht in den Bauch gerammt. Und schau mal hier ...“, deutete sie auf die rechte Hand der Leiche. „Der rechte Zeigefinger wurde abgetrennt.“

„Interessant. Und, wurde er gefunden?“

„Nein. Bisher noch nicht. Die Kollegen suchen weiter. Aber kümmert euch mal um den Ehemann und die Tochter. Ich glaube, die werden ihres Lebens nicht mehr froh“, erklärte Bahlfels ernüchtert.

„Die Psychologen sind schon dran, habe ich gesehen. Sie sind im Esszimmer“, erwiderte Clemens.

„Die habe ich alarmiert“, warf ihm die Gerichtsmedizinerin einen kurzen Blick zu.

„Gut gemacht“, erwiderte Clemens und hakte nach: „Sexuelle Gewalt?“

„Glaube nein. Aber in der Pathologie weiß ich mehr.“

„Opfer? Name?“

„Linda Reich. Sie lebte hier mit ihrem Mann und der neunjährigen Tochter.“

„Kannst du schon was zum Todeszeitpunkt sagen?“

Mit Blick auf ihre Armbanduhr. Zwischen 16.30 und 17.30 Uhr tippe ich im Moment.“

„Gut, danke, Hanne. Wir bleiben in Kontakt“, nickte Clemens kurz und schaute sich ein wenig um, damit er sich ein Bild vom möglichen Tathergang machen konnte.

Vorsichtig betrat Charleen Weindel das kleine Esszimmer, in dem Manuel Reich mit starrem Blick in Richtung Fenster am Tisch saß. Neben ihm ein

Psychologe. Auf dem Sofa neben der Tür weinte Angelika, die von der Psychologin im Arm gehalten wurde. Diese tiefe Verzweiflung, die quälende Trauer, war geradezu körperlich zu spüren und fragend schaute Weindel zu dem Psychologen, der ihr zunickte und damit signalisierte, dass sie ein paar Fragen an den Ehemann des Opfers stellen konnte.

Im Zeitlupentempo nahm sie gegenüber von Reich Platz.

„Mein tiefes Mitgefühl, Herr Reich“, sagte sie mit leiser Stimme. „Wenn es auch unpassend wirkt zum jetzigen Zeitpunkt, aber wir wollen den Täter schnell finden und ich würde Ihnen gerne ein paar Fragen stellen.“

Ohne die Polizistin anzuschauen, murmelte Reich mit kraftloser Stimme:

„Machen Sie nur. Ich muss da durch ... Und werde das auch schaffen. Schon wegen meiner Tochter.“

„Gut ... Ich versuche, es kurz zu machen. Haben Sie eine Erklärung, wer das getan haben könnte? Wurde Ihre Frau bedroht? Hatte sie Feinde?“

„Linda? Feinde? Sie war aufrichtig, umgänglich, liebte die Harmonie ...“

„War sie berufstätig?“

„Sie arbeitet ..., arbeitete dreimal die Woche vormittags als Sozialarbeiterin, betreute sozial benachteiligte Familien für das Sozialamt."

„Gab es da Ärger, Auseinandersetzungen?", hakte Weindel nach.

„Linda war tatkräftig, optimistisch. Sie sprach so gut wie nie über ihre Probleme", stammelte Reich und massierte mit den Fingern seine müden Augen.

„Wo waren Sie zur Tatzeit?"

„Ich kam von der Arbeit, holte zuvor Angelika von der Schule ab. Sie geht auf eine Ganztagsschule."

„Was arbeiten Sie, Herr Reich?"

„Ich bin Angestellter bei den Stadtwerken."

„Hat Ihre Frau eine Freundin, die mehr über sie erzählen kann?"

Nach einem kurzen Nachdenken antwortete Reich:

„Stefanie ... Stefanie Henschke. Sie ist eine Kollegin ..." Reich stockte kurz und fuhr fort:

„... ich meine ... als Linda noch lebte, arbeiteten sie zusammen. Stefanie wohnt zwei Straßen weiter. Goetheweg 7."

„Gut. Ich danke Ihnen vorerst", erklärte Weindel und legte ihre Visitenkarte auf den Glastisch:

„Wenn Ihnen noch etwas einfällt oder Sie Hilfe brauchen. Hier meine Karte ..."

Schweigend, ohne die Verabschiedung zu realisieren, starrte Reich weiter aus dem Fenster. Die zurückliegenden Ereignisse lagen wie schwere Felsbrocken auf seinem Gemüt.

Unfassbarkeit machte sich breit, Schwermut, Lebensmüdigkeit im Kopf und in den Gliedern.

„Und?", fragte Clemens, als Weindel wieder bei ihm auftauchte.

„Trauma. Völlig am Boden. Seine Frau arbeitete in Teilzeit als Sozialarbeiterin. Zwei Straßen weiter wohnt eine Kollegin und Freundin des Opfers. Ich werde die mal aufsuchen. Vielleicht kann sie mir mehr erzählen."

„Gut. Machen Sie das sofort", forderte Clemens und Weindel machte sich sofort auf den Weg.

„Wie kam der Täter rein?", erkundigte sich Clemens bei einem Mitarbeiter der KTU.

„Keine Einbruchspuren. Wir gehen davon aus, dass das Opfer ihn hereingelassen hat."

„Durch die Vordertür?"

„Sieht so aus. In der Küche muss er sie dann mit dem Messer attackiert haben."

„Habt ihr die Tatwaffe?"

„Nein. Scheint der Täter mitgenommen zu haben."

„Dann durchstöbert die Mülltonnen im Umfeld."

Nachdenklich schritt Clemens mit leiser Sohle durch das Haus. Gutbürgerlich, aufgeräumt wirkte es auf ihn. Der Mord, die schaurige Tat, passte so überhaupt nicht in dieses Weltbild. Warum schlug der Mörder mit solch einer Wut in dieser heilen Welt zu? Eine Beziehungstat? Wurde Linda Reich zufällig Opfer eines Psychopathen, der seine Tötungslust stillen musste? Rätsel, die beim jetzigen Stand der Ermittlungen noch nicht geklärt werden konnten.

Mittlerweile war Charleen Weindel bei der gesuchten Adresse der Freundin des Opfers angekommen. Das Eck-Reihenhaus lag in einem Seitenweg neben einem großen Wohnblock. Gepflegtes Anwesen, frisch gemähter Rasen, sauber geschnittene Buchsbäumchen und großgewachsene Tannen, die an diesem sonnigen Tag ihre Schatten auf den Eingangsbereich warfen. Nachdem Weindel den Klingelknopf gedrückt hatte, hörte sie Schritte aus dem Inneren auf die Tür zugehen, die kurz darauf geöffnet wurde. Eine schlanke Frau mit rotgefärbten Haaren und Tattoos an den Unterarmen öffnete und Weindel dachte im ersten Moment, dass sie eigentlich gar nicht in dieses gut bürgerlich wirkende Haus passte. Aber Vorurteile wollte sie nicht aufkommen lassen und fragte freundlich:

„Stefanie Henschke?“

„Wer will das wissen?“, erwiderte die Frau mit misstrauischem Blick.

„Charleen Weindel, Polizei ...“ Sofort zog Weindel ihren Dienstausweis aus der Tasche und zeigte ihn vor.

„Geht es um meinen Job?“, wollte Henschke wissen.

„Nein. Nicht direkt. Darf ich reinkommen?“

„Bin gerade am Abendbrot vorbereiten. Wenn es wichtig ist ...“

„Ist es“, betonte Weindel und wurde ins Wohnzimmer geführt, wo ein kleines Mädchen mit ihrer Katze kuschelte.

„Meine Tochter Jessica“, stellte sie Henschke vor.

„Hallo, Jessica“, begrüßte sie die Kommissarin und wandte sich an ihre Mutter:

„Wäre besser, wenn wir unter vier Augen sprechen könnten.“

Verwundert meinte Henschke:

„Na, Sie machen es ja spannend ... Jessi, geh‘ mit Muschi in den Garten.“

„Okay“, murmelte ihre Tochter und trug die Katze durch die Glastür auf den großen Rasen.

„So. Was gibt es?“, fragte Henschke gespannt und nahm auf dem roten Sessel Platz, während Weindel sich auf den Zweisitzer gegenüber setzte.

„Eine sehr traurige Nachricht“, erklärte Weindel und atmete tief ein.

„Linda ...“

„Linda Reich?“, fiel ihr Henschke mit besorgtem Blick ins Wort.

„Sie wurde heute ermordet ...“

„Was?“, schoss es wie ein Katapult aus Henschke hervor, schob blitzartig ihre Hände vors Gesicht und schaute dann ungläubig zu Weindel.

„Ja. Tut mir leid...“, drückte die Polizistin ihr Mitgefühl aus.

Erschüttert starrte Henschke an die Wand.

„Und Manuel ...?“

„Schwer betroffen.“

„Das wird ihn zerstören“, hauchte Henschke mit betretener Miene.

„Sie arbeiteten mit Linda zusammen ...?“

„Ich muss rüber. Ich muss meine Unterstützung anbieten“, murmelte Henschke geistesabwesend.

„Später. Momentan kümmern sich Psychologen um die Familie.“

Nach einer kurzen Pause antwortete Henschke knapp:

„Zusammenarbeiten nicht unbedingt.“

„Wie denn?“

„Sie hatte ihre Klienten und ich meine.“

„Sozial benachteiligte Familien?“, hakte Weindel nach.

„Durch die Bank Menschen am Rande der Existenz.“

„Bekam Linda Reich Drohungen? Gab es Ärger, Streit ...?“

„Das gibt es immer. Wir müssen darüber entscheiden, ob wir Kinder aus den Familien herausholen. Das schürt Ängste und natürlich auch Hass“, bemerkte Henschke noch immer nicht ganz bei der Sache wirkend.

„Gab es bei Linda Reich einen speziellen Fall?“

„Ein spezieller Fall?“, dachte Henschke laut nach. „Zuletzt musste Linda die kleine Almut in eine Pflegefamilie bringen lassen. Verwahrlost war die Kleine.“

„Familienname?“

„Grabner. Jürgen Grabner rutscht immer wieder die Hand aus bei seiner Frau. Linda befürchtete, dass er auch bei der Tochter handgreiflich werden könnte.“

„Und wie reagierten die Eltern?“

„Aggressiv. Der Vater drohte massiv. Aber Linda konnte damit umgehen ... Abschalten war ihre Stärke.“

Plötzlich fiel ihr noch ein anderer Fall ein:

„Sören Berger ... Linda betreute seine Frau Erika. Ihr gelang es, sie zu überreden, ins Frauenhaus zu gehen. Sören Berger kam ins Sozialamt und wollte Linda verprügeln. Unser Sicherheitspersonal überwältigte ihn. Vor ihm hatte Linda Angst, weil er ihrer Meinung nach unberechenbar war ...“

„Ich will mir das mal notieren“, unterbrach Weindel und tippte die Namen in ihr Handy ein. „Also Jürgen Grabner und Sören Berger ...“

„Genau. Die wohnen in der Neustadt, gar nicht weit voneinander entfernt“, erklärte Henschke.

„Noch eine Frage: wie war die Ehe von Manuel und Linda Reich?“

„Ich denke, okay. Manuel hatte seine Interessen und Linda die ihrigen. Aber im Großen und Ganzen herrschte Harmonie.“

„Welche Interessen hatte Linda?“

„Sport, sie joggte wie eine Wilde und Reisen. Sie liebte Städtereisen. Manuel weniger. Vor zwei Wochen fuhr ich mit Linda am Wochenende nach Prag. Eine Busreise. Sie blühte richtig auf ... Wir wollten das danach öfter machen ... Aber jetzt ...“

„Tut mir leid, Frau Henschke. Ein fürchterliches Verbrechen ...“

„Haben Sie schon einen Verdacht?“

„Nein. Wir sind am Anfang der Ermittlungen.“

„Und darf ich fragen, wie es passiert ist?“

„Messerstiche ... Mehrere.“

„Oh Gott. Was für ein grausamer Tod und wer hat sie gefunden?“

„Ihr Mann zusammen mit der Tochter.“

„Diese Bilder kriegt man nie mehr raus“, klagte Henschke.

„Wir bleiben in Kontakt“, meinte Weindel und schaute einfühlsam zu ihrer Gesprächspartnerin: „Sind Angelika und Ihre Tochter Jessica eigentlich befreundet?“

„Ja, sind sie. Sie gehen auf die gleiche Schule. Angelika ist aber eine Klasse höher.“

„Wird schwierig, ihr das klar zu machen ...“

„Allerdings. Aber ich habe mal eine Ausbildung zur Erzieherin gemacht. Da weiß man, wie man da vorgeht.“

„Dann viel Glück dabei“, wünschte Weindel und verabschiedete sich.

Noch auf dem Weg zum Tatort ließ sie sich von einer Kollegin die Adressen von Familie Grabner und Sören Berger aufs Handy schicken, da Clemens sicherlich schnell mit ihnen in Verbindung treten wollte.

Und so war es dann auch. Als sie ihm von dem Gespräch mit Stefanie Henschke berichtet hatte, verlangte er, dass sie zusammen mit Hackenberg zu den Klienten von Linda Reich fahren sollten.

„Hat die Befragung was ergeben?“, wollte Clemens zuvor noch von Hackenberg wissen.

„Vielleicht. Ein Nachbar hat einen blauen VW-Golf vor dem Haus parken sehen. Das Nummernschild hat er sich jedoch nicht gemerkt.“

„Klasse. Ich will nicht wissen, wie viele blaue Golfs hier rumfahren“, bemerkte Clemens ernüchtert. „Fahren Sie mit Weindel in die Neustadt. Zwei Familien, die Linda Reich betreute, scheinen ihr gedroht zu haben.“

„Okay. Dann los“, wandte sich Hackenberg an Weindel und ließen Clemens zurück am Tatort. Der spekulierte, was es mit dem abgetrennten Zeigefinger auf sich haben könnte.

Eine Botschaft? Ein Ritual? Im Präsidium wollte er recherchieren, ob es bei anderen ungeklärten Morden ähnliche Vorfälle gab. Aber jetzt wollte er noch weiter die Stimmung am Tatort auf sich wirken und inspirieren lassen.

Ebenso wie Leichen erzählten Tatorte ihre ganz eigene Geschichte und die Frage, weshalb der Mord gerade hier stattfand, konnte viel über den Täter aussagen. Der Mörder musste sicher gewesen sein, dass ihn zur Tatzeit niemand störte und sein Opfer ihn ins Haus ließ. Kannten sie sich oder überrumpelte er Linda Reich an der Haustür? Dann war er mit den Gegebenheiten vertraut. Kein Vorhängeschloss, kein Fluchtweg und keine Nachbarn, die ihn beim Verlassen des Hauses beobachten konnten.

Der Mörder ging kein besonders hohes Risiko ein und stach mit einer solchen Wucht zu, die nur durch eine geballte Ladung Zorn hervorgerufen werden konnte.

So etwas kennt man eigentlich nur von Beziehungstaten. Also lag es nahe, dass Linda Reich ihren Mörder gekannt haben musste. Flüchtig oder intimer. Jedenfalls konnte es sich nicht um eine Spontantat handeln.

Auf den ersten Blick keine brauchbaren Spuren: Professionell trotz der Wut. Der Täter schien kontrolliert vorgegangen zu sein und erstickte die Abwehrversuche von Linda Reich. Jünger, körperlich robust, unauffällig, akribisch, cholerisch ... So ordnete Clemens den Täter ein.

Schon jetzt war ihm klar, dass es keine einfache Ermittlung werden würde, denn eindeutige Anhaltspunkte gab es keine. Keine Zeugenaussagen, keine Ehekrise, dafür trautes Heim und Harmonie im Umfeld. Dem wollte Clemens jedoch noch näher auf den Grund gehen. Denn nicht selten trügte der erste

Schein und hinter den Fassaden versteckten sich Abgründe oder gar Geheimnisse.

„Ich bin fertig. Kann ich die Leiche in die Pathologie bringen oder willst du nochmal schauen?“, erkundigte sich Gerichtsmedizinerin Bahlfels bei ihm.

„Danke. Ich habe genug gesehen. Die Leiche kann abtransportiert werden“, erwiderte Clemens und Bahlfels informierte die Kollegen, dass sie die Leiche in den Blechsarg heben sollten.

Als der Sarg in Richtung Haustür getragen wurde, stürzte Manuel Reich aus dem Esszimmer und beugte sich weinend darüber.

Dramatische Szenen spielten sich ab und der Psychologe versuchte Reich zu beruhigen, doch der brach zusammen, als der Sarg das Haus verließ.

***

Der Rastplatz an der Autobahn Richtung Osten war gut gefüllt. Reisende strömten zu dem Schnellrestaurant, wollten zur Mittagszeit einen der begehrten Tische ergattern, andere benutzten die Toilette, deckten sich mit Trinkwasser, Süßigkeiten, Zigaretten und Zeitschriften ein.

Die Vorfreude von Inka Kaiser auf den Trip nach Budapest war groß. Lange Jahre war sie mit ihrem

Mann Sandro nicht mehr verreist. Doch jetzt wollten sie ihren 15. Hochzeitstag in der Stadt feiern, in der sie sich kennengelernt hatten.

„Ich gehe mal eine rauchen", sagte sie lächelnd zu ihrem Mann, der dringend auf die Toilette musste.

„Bin gleich wieder da", entgegnete er und drückte ihr einen zärtlichen Kuss auf den Mund.

Während sich die Mitreisenden rund um den Bus aufhielten, lachten, erzählten und sich von den Geräuschen der Autobahn kaum stören ließen, wollte Inka Kaiser in Ruhe ihre Zigarette genießen und entfernte sich vom Bus. Die kleine Grünanlage neben dem Restaurantkomplex wirkte einladend und lag abseits von der Hektik des Rastplatzes. Gut gelaunt und zufrieden schlenderte sie über den Kiesweg, genoss den Blick ins Tal und zündete sich die Zigarette an, was ihr ein wenig schwerfiel, denn der Wind löschte immer wieder die Flamme des Feuerzeugs. Doch mit Geduld und dem Schutz der linken Hand, die sie wie eine kleine Mauer vor das Feuerzeug hielt, gelang es ihr, die Zigarette zum Brennen zu bringen. Genüsslich inhalierte sie den Rauch, verspürte sofort eine Beruhigung und stellte sich neben die Parkbank mit Blick in die Ferne.

Plötzlich wurde sie aus ihrer Versenkung gerissen, denn neben ihr tauchte ein aufgeregter Mann auf und bat um Hilfe:

„Schnell, mein Hund ist in den Teich gefallen. Sie müssen mir helfen!“

Sofort sprang Inka Kaiser auf und zögerte keinen Moment, den Mann zu unterstützen, denn sie liebte Hunde über alles.

Eilig rannte der Mann vorneweg zu dem Teich, der unterhalb der Parkbank lag. Geschickt folgte ihm Inka Kaiser, war jedoch schon nach kurzer Zeit außer Atem.

Als sie den Teich erreichten, fragte sie nach Luft ringend:

„Wo ist Ihr Hund?“

Langsam drehte sich der Mann in ihre Richtung und die Frau schaute ihn fragend an. Zu spät erkannte sie, dass in seiner rechten Hand ein Messer blitzte. Ein Stoß! Fest und rücksichtslos direkt in ihren Bauch. Kraftvoll drehte er die Klinge in der Wunde rum und zog die Waffe wieder heraus. Sein Opfer taumelte, fasste sich geschockt an den Bauch.

Gezielt rammte er die Spitze immer wieder in ihr Fleisch. Zweimal, dreimal, dann ließ er von ihr ab und sah zu, wie die junge Frau zusammenbrach und auf den Boden stürzte.

Fassungslos lag sie mit aufgerissenen Augen im Dreck. Unfähig, sich zu bewegen. Wie in Trance registrierte sie, wie er sich wie ein dunkler Schatten über sie beugte, ihre rechte Hand nahm, ansetzte und mit einem maßgerechten Schnitt ihren Zeigefinger abtrennte. Schweigend, wie er gekommen war, verschwand er im nahe gelegenen Wald und ließ die blutüberströmte Frau zum Sterben zurück.

„Hat jemand meine Frau gesehen?“, erkundigte sich Sandro Kaiser bei den Mitreisenden.

„Die ging mit der Kippe in der Hand zu dem kleinen Park da“, erklärte der Busfahrer und Kaiser ging daraufhin dankend in die entsprechende Richtung.

„Ein bisschen Beeilung“, rief ihm der Busfahrer noch hinterher. „In 15 Minuten fahren wir weiter.“

Zustimmend nickte ihm Sandro Kaiser zu und ärgerte sich ein wenig über seine Frau, weil sie sich so weit vom Parkplatz entfernt hatte. Minutenlang suchte er den Park ab, doch keine Spur von Inka. Langsam machte er sich Sorgen, denn solch eine Unachtsamkeit passte eigentlich nicht zu ihr.

Angespannt ging er zurück zum Bus, um nachzuschauen, ob Inka bereits zurück war. Doch negativ. Es war ihm unangenehm, gegenüber dem dominant auftretenden Busfahrer zugeben zu müssen, dass er seine Frau noch nicht gefunden hatte.

„Ich kann nicht ewig warten“, mahnte der. „Die Fahrt muss weitergehen.“

„Noch zehn Minuten“, bat Sandro Kaiser und der Busfahrer gewährte sie ihm widerwillig.

Eilig rannte Kaiser den Park noch einmal ab, entdeckte dann den Pfad zum Teich und ging ihn entlang.

Schock! Da lag sie! Regungslos! Die Hände im Todeskampf an den Bauch gepresst, aus dem das Blut langsam in die Erde sickerte.

„Inka“, brüllte er, fiel auf sie und sein Schrei übertönte sogar die Geräusche der Autobahn. Kurz darauf waren einige Reisende und der Busfahrer zu ihm gekommen und alarmierten die Polizei.

Kalte Gewalt

Oberkommissar Rolf Tauer traf mit schlechter Laune am Tatort ein. Eigentlich hatte er zwei Karten für die 2. Bundesliga und wollte das Abendspiel mit zwei seiner Kumpels besuchen. Dieser beschissene Mord beim Rastplatz durchkreuzte seine Pläne und entsprechend missmutig schlenderte er zur Leiche, wo Gerichtsmedizin und KTU bereits agierten.

„Schaffen Sie mir diese Gaffer weg“, schnauzte er einen Kollegen in Uniform an, der alle Hände voll zu tun hatte, um die Schaulustigen hinter der weiß-roten Absperrung in Schach zu halten.

„Eine wilde Herde“, erwiderte der Kollege fast schon hilfesuchend.

Da platzte Tauer der Kragen, baute sich breitbeinig vor der Meute auf, schob seine Cordjacke nach hinten, so dass die Waffe in seinem Halfter gut sichtbar wurde und brüllte ungehalten:

„Ruhe jetzt. Eure Neugierde ist erbärmlich. Hier gibt es nichts zu gaffen. Abmarsch oder ich lasse jeden einzelnen wegen Behinderung der Polizeiarbeit abführen.“

Bestürzte Blicke trafen ihn und einer rief:

„Unfreundliche Bullen sollte man aus dem Verkehr ziehen."

Da traf der Vorwitzige genau den falschen Nerv bei Tauer. Mit geballten Fäusten trat er einen Schritt nach vorne, wirkte wie ein Löwe kurz vor dem Angriff, fixierte den Kerl mit einem düsteren Blick und polterte:

„Spaßvögel sollte man zum Abschuss freigeben ..."

Getuschel, Gemurmel, dann wiederholte Tauer seine Aufforderung:

„Ich sagte Abmarsch ..."

Widerwillig und schimpfend löste sich die Menschenmenge auf und Tauer begab sich zufrieden zur Leiche.

„Todesursache?", fragte er Gerichtsmediziner Uwe Kurts mit Blick auf das Opfer:

„Sechs Messerstiche in den Bauch. Innerlich verblutet ..."

„Todeszeitpunkt?"

„Zwischen 18.00 und 19.00 Uhr."

„Name?"

Inka Kaiser. Wollte mit dem Bus nach Budapest."

„Alleine?"

„Nein, ihr Mann hat sie gefunden. Er wird im Rettungswagen psychologisch betreut."

„Dann schnappe ich mir den mal. Vielleicht ein tödlicher Ehestreit ...", meinte Tauer und zuckte kurz:

„Was ist das denn?" Dabei nickte er in Richtung rechter Hand des Opfers.

„Der rechte Zeigefinger wurde abgeschnitten", erklärte Kurts.

„Und, habt ihr ihn gefunden?"

„Bisher nicht ..."

„Was ist das denn für ein Killer? Sammelt Finger. Auf den Vogel bin ich ja mal gespannt", sagte Tauer trocken.

„Schlechte Laune?", fragte ihn Kurts, der unbeeindruckt seine Arbeit fortsetzte.

„Mir geht heute Abend ein Fußballspiel flöten. Kannst dir vorstellen, wie ich mich auf den Scheiß hier freue ..."

„Bist und bleibst eine arme Sau. Hattest du eigentlich schon mal einen Mordfall, der passend reinplatzte?"

„Nee. Deshalb hasse ich die Mörder ja auch so sehr, weil sie ständig mein Privatleben versauen. Mal werde ich beim Fußball gestört, mal beim Saufen und immer wieder beim Bumsen."

„Das ist ja ganz übel. Deshalb klappt es bei dir nicht mit der Fortpflanzung“, entgegnete Kurts, ohne dabei zu grinsen.

„Kümmere du dich um die Opfer, nicht um meinen Nachwuchs. Außerdem gibt es zur Zeit keine Braut, der ich ein Kind machen wollte.“

„Schlechte Laune macht einsam“, meinte Kurts und Tauer schoss zurück:

„Welche Frau will einen Kerl, der kurz vor dem Orgasmus zu einem Mordfall gerufen wird?“

„Eine Masochistin“, scherzte Kurts und Tauer verließ ihn schweigend.

Apathisch saß Sandro Kaiser auf der Pritsche des Krankenwagens. Eingehüllt in eine Decke blickte er starr in die Weite.

„Herr Kaiser“, wandte sich Tauer an ihn und beugte sich leicht nach vorne, um seinen Blick einzufangen.

Doch Kaiser reagierte nicht. Blitzschnell ratterte es im Kopf von Tauer, wie fast immer, wenn ihm Zeugen oder Verdächtige gegenüberstanden: Einfache Kleidung. Geringes Einkommen. Abgekaute Fingernägel, Zeichen für Unzufriedenheit, Stress im Leben. Gepflegte Hände, also kein Handwerker. Viele Lachfalten und ein Ehering, der ins Fleisch drückte. Lange nicht mehr abgezogen. Treu, humorvoll, loyal, ehrlich. So sein erster Eindruck.

„Mordkommission. Ich hätte ein paar Fragen“, blieb Tauer hartnäckig, dem es zwar etwas unangenehm war, Hinterbliebene direkt nach so einer fürchterlichen Tat befragen zu müssen. Aber das gehörte zu seinem Job und da konnte er keine Rücksicht auf persönliche Befindlichkeiten nehmen. Deshalb erhob er die Stimme und wurde offensiver, als Kaiser steif und stumm wie eine Eissäule blieb.

„Herr Kaiser. Wir müssen reden. Wir wollen den Mörder Ihrer Frau einlochen ...“

Plötzlich warf ihm Kaiser einen Blick zu. Die Augen gläsern, das Gesicht wie versteinert.

„Eine Zigarette, bitte“, stammelte Kaiser und Tauer kramte eine Packung aus der Innentasche seiner Jacke. Es handelte sich dabei um seine Notration. Eigentlich hatte er sein Pensum an Kippen auf fünf pro Tag dezimiert. Zwei morgens, eine mittags, zwei abends. Doch wenn der Stress zunahm, beispielsweise beim Fußball gucken, ließ er gerne mal alle Fünfe gerade sein.

Nachdem er Kaiser eine Zigarette zugesteckt hatte und ihm das Feuerzeug reichte, sagte er entschlossen:

„Wissen Sie was? Ich rauche eine mit Ihnen!“

Voller Vorfreude nestelte er eine Zigarette aus der Packung, zündete sie an und inhalierte genussvoll den Rauch. Fast schon schwärmerisch betrachtete er die Zigarette in seiner Hand und erklärte:

„Mann, schmeckt manchmal saugut ..."

„Ich rauchte hin und wieder mit Inka eine, wenn wir bei einem Glas Wein entspannten", fing Kaiser mit einem Mal an zu plaudern.

„Hatten Sie heute Streit"?, kam Tauer direkt zur Sache.

„Wir? Heute? Nein. Wir freuten uns auf die Reise, wollten unseren bevorstehenden Hochzeitstag feiern ..."

„Warum entfernte sich Ihre Frau alleine vom Bus?"

„Ich musste zur Toilette und meine Frau wollte eine rauchen. Sie genießt es dabei, ihre Ruhe zu haben."

„Und als Sie zurück waren, machten Sie sich auf die Suche?"

„Ich erkundigte mich beim Busfahrer, ob er meine Frau gesehen hatte. Er erklärte, sie sei Richtung Grünanlage. Ich suchte sie dort, ohne Erfolg. Ging zurück zum Bus, doch sie war nicht da. Ich war unter Zeitdruck, weil der Bus weiterfahren wollte. Da fand ich den Pfad zum Teich ..."

Erschüttert legte Kaiser den Kopf in seine rechte Hand und weinte Tränen der Verzweiflung.

„Verstehe“, nickte Tauer, zu dessen Stärken Trösten und Trauerarbeit nicht unbedingt gehörten.

„Und so was wie Feinde? Hatte die Ihre Frau?“

„Feindschaften war für sie ein Fremdwort“, beteuerte Kaiser und Tauer sah keinen Grund mehr, das Gespräch vorerst weiter fortzuführen. Außerdem hatte er Kaiser genug gequält und dessen Trauer trug nicht gerade dazu bei, dass sich die Laune des Oberkommissars verbesserte, denn sein Blick zur Uhr hatte ihm klar gemacht, dass das Spiel in sieben Minuten angepfiffen werden würde. Und zwar ohne ihn ...!

„Dann werden wir in Kontakt bleiben. Hier meine Karte, falls Ihnen etwas einfällt“, sagte Tauer und schob seine Visitenkarte in die Hemdtasche von Kaiser.

Verunsichert mit zittrigen Händen verabschiedete Kaiser den Polizisten und blieb als ein Häufchen Elend zurück.

„Wo ist denn die Reisegruppe aus dem Bus, mit dem die Kaisers unterwegs waren?“, erkundigte sich Tauer bei einem Kollegen in Uniform.

„Die sind weg. Zeitdruck“, meinte der Fahrer.

„Was?“, platzte es aus Tauer hervor.

„Weg ...? Ich glaube es nicht. Das ist ein Scherz, oder?“, war Tauer kurz vor einem Tobsuchtsanfall.

„Wir können doch nicht über 50 Reisende einfach zurückhalten“, verteidigte der Polizist das Vorgehen.

„Was wir können und was nicht, entscheide ich. Verstanden?“

„Spielen Sie sich nicht so auf“, konterte der Polizist, verärgert über den Anschiss.

„Aufspielen? Was bist du denn für ein Vögelchen? Zwitscherst hier rum und vertauschst die Rollen ...“

„Arschloch“, hallte es ihm entgegen und Tauer spürte, dass er selbst unausstehlich war und Grenzen überschritt:

„Stimmt, Kollege, ich verhalte mich wie ein Arschloch. Sorry ... Schlechte Nerven heute.“

Etwas ungläubig nickte der Streifenpolizist, denn die gelegentlichen Wutausbrüche von Tauer hatten sich bereits rumgesprochen. Jedoch auch, dass Tauer grundsätzlich ein grober Kollege war, jedoch auch kumpelhaft sein konnte.

„Habt Ihr denn den Namen des Busunternehmens?“, fragte Tauer nach und holte sich eine Kippe raus.

„Auch eine?“

Der Polizist schüttelte mit dem Kopf und gab Antwort auf Tauers Frage:

„Raabe-Reisen, Inhaber Heinz Raabe. Hier Anschrift und Telefonnummer. Bus war auf dem Weg nach Budapest. Heinz Raabe sitzt selbst am Steuer. Seine Handynummer steht auf dem Zettel.“ Tauer bekam die handschriftlichen Notizen des Kollegen gereicht.

„Gute Arbeit, Kollege. Danke dir ... Schönen Feierabend.“

„Ebenso ...“

Gerade nochmal hatte Tauer die Kurve bekommen und konnte die Eskalation des Streits verhindern. Zugegebenermaßen ärgerte er sich über seine unsensible Art. Fast hätte er dem Kollegen die Laune und damit den Abend versaut. Tauer wusste, welche Folgen das haben konnte.

Kollege kommt angepisst nach Hause, ein falscher Blick von der Ehefrau. Streit. Gebrüll. Die Kinder weinen. Haben Angst, dass sich die Eltern trennen ...

Nein, das wollte er nicht und nahm sich zum wiederholten Mal vor, in Zukunft seine Aggressionen einfach wegzuschlucken, wie auch immer ...

„Ich lasse die Leiche abtransportieren“, rief ihm Gerichtsmediziner Uwe Kurts zu und Tauer brüllte zurück:

„Mach‘ was du willst ...“

Dann fuhr er ins Präsidium, denn Schlaf würde es heute Nacht nicht viel geben. Der Staatsanwalt wollte bestimmt morgen früh den ersten Bericht.

***

Mittlerweile waren Charleen Weindel und Lothar Hackenberg bei Familie Grabner eingetroffen und sie drückte den Klingelknopf des zehnstöckigen Wohnhauses. Lange Zeit passierte nichts, erst nachdem Weindel mehrfach hintereinander schellte, meldete sich eine männliche Stimme über die Gegensprechanlage.

„Wer terrorisiert uns da?“, hallte es mit rüdem Ton den Polizisten entgegen.

„Polizei. Bitte machen Sie auf“, forderte Hackenberg vehement und kurz darauf summte der Türöffner.

Sofort drückte Weindel die Glastür und betrat mit Hackenberg den Flur.

„Puuuhh“, rümpfte sich Weindel die Nase. „Da liegt Hundescheiße rum ...“

„Nicht nur das. Da hinten neben dem Aufzug, eine Babywindel. Bestimmt randvoll gefüllt ...“

Angewidert hielt Weindel die Luft an und schob sich erleichtert in den Aufzug, denn dort roch es nach Putzmittel.

„Wohin?“, fragte Hackenberg, der vor den Knöpfen stand.

„10. Stockwerk“, erwiderte Weindel und Hackenberg aktivierte den Lift.

Oben angekommen, nahm sie ein Mann freundlich in Empfang. Seine Haare, glatt mit Gel gestylt, erinnerten an eine Elvis-Frisur, dazu ein Muskelshirt, das den kräftigen Bizeps zur Geltung brachte und eine graue Jogginghose mit schwarzen Sportstiefeln.

„Jürgen Grabner, was kann ich für Sie tun?“, fragte er und Weindel wie auch Hackenberg wunderten sich über die merkwürdige Vorstellung.

„Können wir uns in der Wohnung unterhalten?“, bat Weindel und Grabner führte sie lächelnd über den Flur in die Wohnung und schließlich ins Wohnzimmer.

„Liebling. Die Polizei ist da ...“, rief Grabner, als sie auf der Sofalandschaft Platz genommen hatten.

Für einen kurzen Moment verbleichte das Strahlen in seinem Gesicht und es blitzte ein Funke von Zorn hervor.

„Lieeebling. Ich habe gerufen ...“ wurde seine Stimme lauter und plötzlich eilte eine Frau in Schürze und mit Lockenwicklern in den Haaren herbei.

„‘Tschuldigung. Hatte den Fön an“, sagte sie rechtfertigend und schaute dabei eher in Richtung ihres Mannes.

„Begrüße die Polizisten“, forderte Jürgen Grabner, die daraufhin beiden Polizisten die Hand reichte.

„Meine Frau Svenja kann uns was zu trinken holen oder ein paar Häppchen“, schlug Grabner vor und seine Frau nickte zustimmend.

„Danke nein. Mein Name ist Charleen Weindel und das ist mein Kollege Lothar Hackenberg.“

„Und Sie sind wegen Almut hier“, schien sich Grabner zu freuen und wandte sich kurz flüsternd an seine Frau:

„Hol‘ mir mal ein Bierchen ...“

„Gerne“ und sie huschte in die Küche.

„Wie - Almut?“, entgegnete Hackenberg überrascht.

„Na, wegen unserer Tochter. Wir wollen die doch zurückhaben“, betonte Grabner etwas ungeduldig und brüllte:

„Wo bleibt das Bier?“

Sofort eilte seine Frau mit einer geöffneten Flasche Pils herbei und reichte sie ihm.

Mit verzogenem Gesicht schaute er das Bier an und warf seiner Frau einen vorwurfsvollen Blick zu:

„Soll ich im Beisein von Gästen aus der Flasche trinken?“

Erschrocken zuckte Svenja Grabner zusammen, stürzte zur Vitrine, holte ein Bierglas hervor und reichte es ihrem Mann.

„Sie müssen entschuldigen“, grinste Jürgen Grabner. „Meine Frau kennt nicht so die Etiketten, wenn sich gebildete Leute unterhalten.“

„Wo waren Sie heute zwischen 16.00 und 17.00 Uhr?“, fragte Weindel mit messerscharfem Blick, denn das Getue von Grabner fand sie unerträglich. Unter Garantie schlug dieses Schwein seine Frau, unterdrückte sie und machte sie fertig. Da hatte Linda Reich richtig gehandelt und die kleine Almut zu einer Pflegefamilie gegeben.

„Wie bitte?“, echauffierte sich Grabner. „Wo ich war?“

„Genau. Beantworten Sie bitte meine Frage“, fiel ihm Weindel vehement ins Wort.

„Hier“, antwortete er mit Blick zu seiner Frau, die zustimmend nickte, jedoch war Weindel ebenso wie Hackenberg klar, dass sie das Alibi nicht ernst nehmen konnten.

„Klar. Wo auch sonst?“, lächelte Hackenberg provozierend. „Haben Sie Fernsehen geklotzt oder einfach nur gesoffen?“, versuchte er Grabner aus dem Konzept zu bringen, denn der wirkte auf ihn wie einstudiert. Nur mit Druck konnte man seine Emotionen hervorlocken und das wahre Ich entfachen. Zumindest war das die Strategie von Hackenberg.

„Bewerbungen geschrieben“, erwiderte Grabner, dem man anmerkte, wie er krampfhaft dagegen ankämpfte, nicht die Fassung zu verlieren und weiterhin freundlich wirkte.

„Bewerbungen? Für was denn? Zuhälter?“, grinste Hackenberg und Weindel war klar, dass ihr Kollege gezielt provozierte.

„Sicherheitsdienst. Die suchen Leute. Habe eine Anzeige entdeckt“, gab sich Grabner weiterhin ruhig und gelassen.

„Linda Reich“, schaltete sich Weindel wieder ein.

„Ach, die Schlampe. Hat die uns angezeigt?", schoss es unverhohlen aus Grabner hervor.

„Wann haben Sie Frau Reich das letzte Mal gesehen?"

„Du, Svenja. Erzähle du ... Ich habe von dieser Zicke die Schnauze voll ..."

„Vor vier Tagen", erklärte Svenja Grabner und schaute immer wieder verstohlen aus den Augenwinkeln zu ihrem Mann.

„Wo?", wollte Weindel wissen.

„Wir fingen sie vor dem Amt ab. Ich und mein Mann. Wir wollten Almut zurück ..."

„Und wie verlief das Zusammentreffen?"

„Sie war bockig", brüllte Jürgen Grabner dazwischen. „Dabei war ich bereit, ein Anti-Aggressions-Training durchzuführen. Aber nein, sie wollte uns hinhalten."

„Und dann sind Sie ausgeflippt", ergänzte Hackenberg.

„Nein ...", widersprach Svenja Grabner. „Jürgen war für seine Art recht ruhig. Aber Frau Reich ließ uns einfach stehen und ging zu ihrem Auto. Da stellte sich Jürgen vor die Fahrertür und forderte Antworten auf unsere Fragen."

„Und was tat die Schlampe?", wütete Grabner. „Sie holte ihr Handy raus und erklärte, die Polizei zu holen. Das hatte mir gerade noch gefehlt. Wir gingen dann einfach nach Hause ..."

„Und schworen Rache", meinte Hackenberg.

„Im ersten Moment sagt man viel. Hat sie uns deshalb angezeigt?", erkundigte sich Jürgen Grabner.

„Nein. Dazu ist sie nicht mehr in der Lage", versicherte Weindel.

„Wie? Ist sie krank oder auf die Schnauze gefallen? Würde passen", fragte Jürgen Grabner anscheinend unwissend und lachte feist.

„Tot", sagte Weindel mit festem Blick zu Jürgen Grabner.

„Tot? Wie? Herzinfarkt wegen Aufregung oder was?"

„Ermordet!" Und das eine Wort schien bei Jürgen Grabner einzuschlagen wie eine Granate.

Schlagartig wurde er fahlweiß, sein Gesicht starr und sein Mund blieb halb offen, während seine Frau fassungslos einen Seufzer ausstieß.

„Ermordet?", wiederholte sie flüsternd.

„Und Sie bleiben dabei? Sie waren heute Nachmittag hier?", wandte sich Weindel noch einmal an Jürgen Grabner.

Der nickte schweigend und krallte seine Hände in die Lehne des Sessels. Es schien in ihm zu brodeln.

„So schweigsam?", lockte ihn Hackenberg aus der Reserve und Grabner explodierte:

„Sie sind hier, weil Sie glauben, dass ich ein Mörder bin ..."

Dabei verzerrte er wütend das Gesicht und schäumte vor Wut:

„Einmal asozial, immer asozial? Ihr Stümper ... Das würde zu euch passen. Marschiert hier rein und schnappt euch den Jürgen Grabner. Fall gelöst ..."

„Noch haben wir Sie nur befragt", betonte Weindel und versuchte das Gespräch wieder auf eine sachlichere Ebene zu hieven.

„Nur befragt", äffte Grabner sie nach. „Und wann klicken die Handschellen? Ihr braucht doch schnell eine Festnahme wegen der Presse. Die macht euch Feuer unterm Arsch ..."

„Ruhe jetzt", brüllte Weindel und klatschte fest in die Hände. „Wenn Sie ein Alibi haben, sind Sie raus ..."

„Da habe ich aber Glück gehabt ...", erwiderte Grabner.

„Glück mit was?", wollte Hackenberg wissen. „Mit der Lüge Ihrer Frau?"

„Quatsch. Du kleiner Beamtenpups. Ohne Knarre rutschen dir doch die Hodensäcke in die Kniekehle“, schimpfte Grabner weiter. „Ich bin ein Kerl und Svenja liebt Kerle. Sie steht zu mir und sagt die Wahrheit ...“

„Dann nehmen wir das mal so hin“, versicherte Weindel und spürte, dass das Ganze momentan keinen weiteren Sinn mehr machte.

„Wir bleiben in Kontakt“, erklärte sie mit einem mahnenden Blick in Richtung Svenja Grabner und verließ mit Hackenberg die Wohnung.

„Da kommen wir nicht weiter“, erklärte Weindel auf dem Weg zum Aufzug.

„Ein lebendes Pulverfass. Ein Funke und er geht hoch“, meinte Hackenberg und fügte hinzu:

„Aber Mord? Auf so harte Weise? Ob ich ihm das zutrauen würde?“

„Warum nicht? Der hasst Frauen und schlägt garantiert seine eigene Frau. Der ist zu allem fähig“, teilte Weindel nicht die Meinung ihres Kollegen und fügte hinzu:

„Vielleicht hat er Linda Reich besucht, wollte eine Unterredung wegen der Tochter und es eskalierte. Das Alibi seiner Frau stinkt doch zum Himmel.“

„Davon gehe ich auch aus. Und wohin jetzt?“, wollte Hackenberg wissen.

„Zu Fuß fünf Minuten. Da wohnt Sören Berger. Linda Reich hat seine Frau überredet, ins Frauenhaus zu flüchten. Daraufhin hat er sie bedroht. Also das wird ein ebenso aufbauendes Gespräch wie das mit Jürgen Grabner“, bereitete sie ihren Kollegen sachte auf eine mögliche Konfrontation mit Sören Berger vor.

***

Die Kollegen von der KTU waren vorerst mit der Spurenaufnahme im Haus der Familie Reich fertig und räumten ihre Gerätschaften in die Wagen. Noch immer hatten sich neugierige Passanten auf dem Bürgersteig versammelt und hofften, Neuigkeiten zu erhaschen.

Für Clemens waren Gaffer nicht unbedingt ein Ärgernis, solange sie die Ermittlungen nicht störten. Ihm war bewusst, dass Menschen ihre inneren Ängste am besten abbauen konnten, wenn sie möglichst viele Informationen über ein Verbrechen oder Unglück sammelten. Wissen schaffte Kontrolle und die meisten Menschen fühlten sich wohler, wenn sie zur Kenntnis kamen, dass beispielsweise ein Mord hätte verhindert werden können, wenn das Opfer anders gehandelt hätte. Nichts baute mehr

Phobien ab, als der Schluss: „Das hätte mir nicht passieren können, weil ...“

Noch einmal betrachtete sich Clemens den Tatort und das direkte Umfeld. Manchmal waren es Details, die einem nicht sofort ins Auge sprangen. Eine neue Perspektive, veränderte Geräuschkulissen oder ein plötzlich menschenleeres Zimmer konnte eine ganz andere Sichtweise ermöglichen.

Warum der rechte Zeigefinger?, murmelte Clemens nachdenklich vor sich hin. Natürlich mussten sie bei den Ermittlungen auch Manuel Reich ins Visier nehmen. Der war zwar mit seiner Tochter angekommen, jedoch musste geprüft werden, ob er zur Tatzeit wirklich im Kindergarten oder auf dem Weg dorthin war.

Doch alles zu seiner Zeit, machte sich Clemens selbst keinen Druck.

Überhaupt fühlte er sich momentan recht entspannt. Vielleicht lag das daran, dass er sich auf die Stelle des Leiters einer neu zu bildenden Profiling-Einheit beworben hatte und laut Personalabteilung im engeren Kreis der aussichtsreichen Kandidaten war. Das gab ihm eine gewisse Freiheit, wenn er auch noch gar nicht wusste, wie er sich entscheiden würde, falls man ihm die Stelle anbot. Darüber zerbrach er sich nicht sonderlich den Kopf, wenn es auch nicht einfach war, diese Gedanken abzuschalten. Natürlich reizte ihn eine neue Herausforderung, aber er war auch ein Freund von Beständigkeit, denn bei der Mordkommission wusste er, wie es lief. Mit den Kollegen kam er gut aus, nur das Verhältnis zu Staatsanwältin Jessica Ravelsberg war nicht ideal und belastete die Atmosphäre. Und vielleicht war es eine Trotzreaktion von ihm, um Ravelsberg eins auszuwischen. Wobei, solche Kindereien waren eigentlich nicht seine Art. Nein, vielleicht war es mit Anfang 40 einfach mal an der Zeit, etwas neues zu beginnen und Profiling fand er schon immer hochinteressant. Mal die Birne wieder ankurbeln, lernen, unbekannte Pfade betreten ...

Doch jetzt standen die Ermittlungen im Vordergrund, riss er sich selbst aus den abschweifenden Gedankengängen und konzentrierte sich auf den Tatort, ohne zu merken, dass plötzlich alle Kollegen abmarschiert waren.

Nur die gedämpften Stimmen der Psychologen, die noch Manuel Reich und seine Tochter betreuten, hallten aus der Ferne zu ihm ins Wohnzimmer.

Mit leisen Schritten verließ auch er das Haus und fuhr direkt ins Präsidium.

***

„Hier das Namensschild“, deutete Weindel auf die Klingel von Familie Berger.

„Ziemlich kaputt, das Schild“, stellte Hackenberg fest, während er den Knopf drückte.

„Wie so vieles hier“, erwiderte Weindel und visierte mit ihren Blicken die zersprungene Glasscheibe neben der Eingangstür an, anschließend wanderten ihre Augen zu dem Müllcontainer neben dem Haus, der anscheinend angezündet worden war, denn das Kunststoff wirkte angeschmolzen.

„Macht nicht auf“, meinte Hackenberg und schellte Sturm. Keine Reaktion. Als zwei junge Typen aus dem Haus kamen und die Türe öffneten, hielt Hackenberg sie auf und musste sich einen dummen Spruch anhören:

„Was willst denn du mit der Alten im Haus, Opa?“

„Zieht weiter“, fauchte er hinterher, doch die Jungs wollten anscheinend Stress machen.

Beide bauten sich vor Hackenberg auf und der größere von den beiden meinte selbstbewusst:

„Kann nicht jeder einfach so ins Haus, du Knecht ...“

„Knecht?“, lachte Hackenberg überheblich und schob seine Jacke zur Seite, so dass die beiden seine Knarre erkennen konnten.

Schlagartig veränderte sich deren Gesichtsausdruck und das provozierende Verhalten.

„Nichts für ungut. Nur ein Witz“, versuchte der Kleine von den beiden die Situation zu entschärfen.

„Blöder Witz. Ich konnte gar nicht lachen“, erwiderte Hackenberg, als sich die Jungs an ihm vorbeischoben.

„So, jetzt zu Berger“, erklärte er tatkräftig gegenüber Weindel und gemeinsam betraten sie den Flur.

„Scheiße“, fluchte Weindel, nachdem sie festgestellt hatte, dass der Aufzug defekt war.

„Achter Stock“, stöhnte sie und beide machten sich über die Treppenstufen auf den Weg nach oben.

„Während Hackenberg kaum außer Atem war, rang Weindel bereits im dritten Stockwerk nach Luft.

„Haben Sie eine Pferdelunge?“, wunderte sie sich über die Kondition ihres Kollegen.

„Nein. Das sind die Nebenwirkungen von gelegentlichem Joggen und etwas Selbstverteidigung.“

„Muss ich mir merken“, seufzte Weindel und legte eine kurze Pause ein.

Endlich im achten Stockwerk angekommen, hatte sie das Gefühl, ihre Lunge würde kollabieren. Doch nach einer kurzen Rast erholte sie sich recht schnell wieder und zusammen mit Hackenberg erreichten sie ganz am Ende des Flurs die Wohnung der Bergers.

Trotz mehrmaligem Klingeln und Klopfen an der Tür machte niemand auf.

„Scheint nicht da zu sein“, bemerkte Hackenberg und Weindel dachte kurz nach, ob sie mit Hilfe des Hausmeisters in die Wohnung sollten.

Aber ist denn wirklich Gefahr in Verzug? Vielleicht war Berger einfach nur einkaufen oder auf der Arbeit.

„Abmarsch“, meinte sie trocken zu Hackenberg und sie marschierten zum Treppenhaus, wo ihnen ein Mann entgegenkam und Weindel sofort reagierte:

„Sören Berger?“, fragte sie ihn und der starrte sie entgeistert an. Blitzartig ließ er seine Plastiktüte fallen, drehte sich um und raste die Stufen nach unten. Hackenberg und Weindel eilten hinterher, was nicht ungefährlich war, denn ein Ausrutschen auf der teils glatten Treppe könnte unangenehme Folgen haben. Ungeachtet der Gefahr raste Berger nach unten und konnte den Abstand zu seinen Verfolgern immer weiter vergrößern.

Unten angekommen, jagte er zur Eingangstür, riss sie auf und rannte den Bürgersteig entlang. Das war die Chance von Hackenberg, denn zu Fuß war er nicht nur ausdauernd, sondern auch besonders schnell. Und so hatte er schon nach wenigen Metern den Abstand zu Berger verkürzt, der bereits nach Luft japste und immer schwerere Beine bekam.

Plötzlich drehte der sich um und stand direkt vor Hackenberg, der abrupt abgebremst hatte.

„Stopp", brüllte Berger, zog ein Springmesser aus der Hosentasche und richtete es auf Hackenberg.

Von weitem beobachtete Weindel die bedrohliche Situation, zog ihre Waffe und näherte sich den beiden.

„Machen Sie keinen Scheiß", mahnte Hackenberg. „Wir wollen Ihnen nur ein paar Fragen stellen."

„Ihr wollt mich fertig machen", erwiderte Berger keifend und fummelte mit dem Messer vor Hackenbergs Bauch herum, als mit einem Mal Weindel hinter Berger mit vorgestreckter Waffe drohte:

„Messer weg oder ich schieße."

Erschrocken drehte Berger kurz seinen Kopf nach hinten und in diesem Moment trat ihm Hackenberg mit einem seitlichen Fußkick das Messer aus der Hand, packte die rechte Handfessel, drehte sie nach rechts und warf Berger mit einem Hebel zu Boden. Der stöhnte geschockt vor Schmerz.

„Haben Sie sich beruhigt?“, fragte Hackenberg mit einem mahnenden Unterton.

„Alles klar. Ich wusste nicht, dass ihr Bullen seid“, stammelte Berger und Hackenberg lockerte etwas den Hebelgriff. Dann zog er Berger nach oben und legte ihm Handschellen an. Gemeinsam mit Weindel führte er ihn zum Wagen und schob ihn auf den Rücksitz. Als die Fahrt begann, wollte Berger wissen, was ihm vorgeworfen werde und Hackenberg erklärte trocken:

„Mord“, was Berger zutiefst schockte und er es vorzog, sich erst einmal ruhig zu verhalten, um seine persönliche Situation nicht noch zu verschlimmern.

Haltlose Aggression

Als Helen Klar, Leiterin des Zeugenschutzprogramms beim LKA, den Anruf auf ihrem Handy entgegennahm, spürte sie sofort die Aufregung der Anruferin. Manuela Schmitz war in der Leitung und atmete hastig:

„Wir müssen uns treffen. Sofort“, forderte sie und in der Stimme vibrierte die Angst.

„Was ist passiert?“, wollte Klar wissen, doch misstrauisch geworden durch die vielen Jahre mit einer fremden Identität erwiderte Schmitz:

„Nicht am Telefon. Leitungen haben Ohren ...“

„Ist etwas Ernsthaftes passiert oder haben Sie nur eine persönliche Krise?“, erkundigte sich Klar und Schmitz echauffierte sich:

„Habe ich mich jemals wegen einer Banalität an Sie gewendet?“

„Nein. Sie haben Recht. In einer Stunde auf dem Rastplatz am Hessenring. Okay?“

„Ja. Das schaffe ich. Ich warte vor dem Schnellrestaurant ...“

„Bis dann ...“

Nachdem das Gespräch beendet war, ging Klar zu ihrem Mitarbeiter Miro Schneider, der sich von

Anfang an ebenfalls um die Angelegenheit „Schmitz“ gekümmert hatte.

„Manuela Schmitz hat sich gemeldet“, informierte ihn Klar, die mit einem Plastikbecher Kaffee vor ihm stand und mit ihrer schwarzen Lederhose und der passenden Motorradjacke ziemlich verführerisch auf Schneider wirkte. Doch da er genau wusste, dass seine Chefin immun war gegen eine Anmache am Arbeitsplatz, ließ er seine Fantasien erst gar nicht in Wallung geraten. Zu kühl, zu dominant, zu kalt konnte Klar sein. Das schätzte er an ihr und machte die Zusammenarbeit kalkulierbar.

„Was wollte Sie?“, erkundigte sich Schneider.

„Ein Treffen. In 30 Minuten am Hessenring. Sie sollten dabei sein ...“

„Die Schmitz neigt zu Überreaktionen. Sie sollte psychologische Unterstützung erhalten.“

„Ein Risiko“, schmetterte Klar die Idee ab. „Wenn sie bei einer Psychotherapie plötzlich über die Vergangenheit plaudert, kann das brandgefährlich werden.“

„Auch wieder wahr. Dann hören wir uns mal an, was sie zu sagen hat. Wird ihr Mann dabei sein?“

„Keine Ahnung. Davon war keine Rede“, erklärte Klar, blickte zur Uhr und mahnte zur Eile:

„Wir müssen los ...“

„Mit einem Wagen?“, wollte Schneider wissen.

„Fahren wir lieber getrennt“, antwortete Klar nach einer kurzen Denkpause und beide machten sich auf den Weg.

Als sie wie vereinbart knapp eine halbe Stunde später zeitgleich am Rastplatz ankamen, stand Manuela Schmitz rauchend an ihrem Wagen.

Während Helen Klar auf sie zuging, begrüßte und vorschlug, im Restaurant einen Kaffee zu trinken, wollte sich Schmitz lieber auf einer nahe gelegenen Parkbank unterhalten.

„Wie Sie wollen“, stimmte Klar zu, der auffiel, wie fertig Manuela Schmitz aussah. Tiefe Ränder unter den Augen, spröde Fingernägel, faltige Gesichtshaut und fettige Haare. Und sobald eine Zigarette zu Ende geraucht war, zündete sie sich die nächste an. Nachdem sich die beiden Frauen auf die Parkbank mit Blick in den Wald gesetzt hatten, stieß Miro Schneider zu ihnen, der zuvor die Umgebung inspiziert hatte.

„Alles gut?“, erkundigte er sich zur Begrüßung bei Schmitz, doch die schüttelte den Kopf:

„Nichts ist gut. Da liegt was in der Luft. Das spüre ich ...“

„Was ist passiert?“, wollte es Schneider genauer wissen und versuchte die flatterhaften Blicke von

Manuela Schmitz einzufangen. Doch die wirkte fahrig, unkonzentriert:

„Ein paar Straßen weiter in dem Viertel, wo Sie uns untergebracht haben, wurde eine Frau ermordet ... Das hat was mit uns zu tun ...“

„Wie kommen Sie darauf?“, hakte Klar nach.

„Wieso wissen Sie nichts davon?“, klagte Schmitz. „Sie müssen doch informiert werden, wenn in unserem Umfeld Gefahr droht ...“

„Sie sehen daran, dass selbst beim LKA niemand etwas von Ihrem Aufenthaltsort weiß. Also keine Sorge, wir hätten schon gehandelt, wenn wir von einer Fahndung Wind bekommen hätten.“

„Ich habe Angst ...“

„Verständlich. Aber wieso sollte es einen Zusammenhang mit dem Mord und Ihrem Zeugenschutzprogramm geben?“, fragte Schneider mit skeptischem Blick.

„.... weil der Mörder die Frau am helllichten Tag brutal erstochen hat. Kommt Ihnen das nicht bekannt vor?“, wetterte Schmitz ungehalten.

„Frau Schmitz“, versuchte Klar zu beruhigen. „Keine Panik. Wir gehen der Sache nach. Versprochen!“

„Wie geht es eigentlich Ihrem Mann? Sieht er auch einen Zusammenhang?", erkundigte sich Schneider fürsorglich:

„Ach, Kai. Das läuft nicht mehr so zwischen uns. Wir streiten ständig. Keine Ahnung, wie das weiter gehen soll."

Mit einem besorgten Blick erklärte Klar:

„Viele in Ihrer Situation bekommen irgendwann eine Identitätskrise. Das müssen Sie aushalten. Ich weiß, das ist alles nicht einfach. Aber Ihr Mann und Sie sollten zusammenhalten ..."

„Die Angst frisst mich auf", sagte Schmitz kraftlos und Tränen schossen aus ihren Augen. „Bei jedem Fremden denke ich, er spioniert uns aus. Wenn es an der Tür läutet, bekomme ich Herzrasen. Und dann der Mord ... Ich ahne, dass noch etwas passiert!"

„Bewahren Sie Ruhe. Ich schaue mal in die Unterlagen des Kollegen und prüfe die Spurenlage bei dem Mord. Und dann informieren wir Sie. Okay?"

Hilflos und erschöpft wirkend nickte Manuela Schmitz und zündete sich erneut eine Zigarette an.

„Dann lösen wir das Treffen jetzt auf", bestimmte Helen Klar und ging zu ihrem Wagen, kurz darauf verließ Manuela Schmitz die Parkbank in Richtung ihres Autos und Miro Schneider bildete die Nachhut.

Noch auf dem Weg zurück ins Präsidium rief Klar ihren Mitarbeiter Schneider an und fragte ihn nach seiner Einschätzung:

„Nicht einfach. Manuela Schmitz steht vor einem Zusammenbruch. Wir sollten etwas unternehmen."

„Und was schlagen Sie vor?"

„Mit Ihrem Mann reden und Manuela notfalls für einen Zeitraum rausnehmen. Eine Kur, einen längeren Urlaub ... So was in die Richtung. Mit oder ohne Ihren Mann."

„Aber prüfen Sie zuerst, was es mit dem Mord auf sich hat!"

„Kann ich die Kollegen von der Mordkommission einweihen oder inkognito?"

„Müssen Sie entscheiden. Ich bin immer dafür, dass so wenige Personen wie möglich von unseren Zeugen wissen. Also Daten nur im absoluten Bedarfsfall rausgeben."

„Sehe ich ebenso", bestätigte Schneider und fand die Einstellung seiner Chefin immer inspirierend, denn sie handelte besonnen mit einem messerscharfen Verstand, was in diesem Job lebenswichtig war.

***

Nur knapp zwei Stunden hatte Rolf Tauer auf dem Sofa in seinem Büro geschlafen und wie erwartet kreuzte um kurz nach sieben Uhr Staatsanwalt Simon Haller bei ihm auf, der ihn mit seiner frühmorgendlichen überschwänglichen Laune nervte.

„Moooorgen, Herr Oberkommissar", strahlte er. „Gut geschlafen?"

„Im Computer", seufzte Tauer und rekelte sich müde.

„Im Computer? Kann man da schlafen?", grinste Haller.

„Im Computer ist der Bericht. Ich schicke ihn gleich per Mail an Sie!"

„Fix. Sehr vorbildlich, Tauer. Wir brauchen einen schnellen Abschluss. Die Reisesaison steht bevor. Und da sind Schlagzeilen über einen Reisebusmörder nicht sehr vorteilhaft ... Haben Sie schon einen Verdächtigen?"

„Klar. Der flog mir heute Nacht im Traum zu", verzog Tauer empört das Gesicht. „Der Mord passierte gestern Abend. Mann ..."

„Ist ja gut, Oberkommissar. Aber ein bisschen Dampf und positives Denken dürfte Ihnen nicht schaden."

„Wollen Sie mich belehren?“, schoss Tauer verärgert zurück, doch Haller ging auf den Kommentar nicht ein:

„Wie auch immer. Halten Sie mich auf dem Laufenden. Schnelle Ergebnisse sollten folgen ...“

„Schnelle Ergebnisse“, äffte ihn Tauer nach, als Haller das Büro wieder verlassen hatte.

„Konzentriere dich, Rolf“, versuchte er sich selbst zu motivieren und die Gedanken zu sammeln.

Dann suchte er nach der passenden Vorgehensweise, um die Ermittlung zügig voranzutreiben. Da seine Mitarbeiterin Silke Grupp noch immer in der Elternzeit war, musste er hier alleine schuften, obwohl man ihm zusicherte, dass Verstärkung unterwegs sei. Doch hier in diesem Beamtensilo wurde auf Zeit gespielt und das auf Kosten der Ermittlungsqualität. Dauerhaft wollte er sich das nicht gefallen lassen, momentan hatte er jedoch keine Nerven für eine derartige Auseinandersetzung.

„Der Busfahrer“, murmelte er nachdenklich vor sich hin und wählte seine Handynummer, die ihm gestern ein Mitarbeiter gab.

Es dauerte einen Moment, dann meldete sich Heinz Raabe.

„Herr Raabe?“, vergewisserte sich Tauer, weil er den Namen durch das Rauschen in der Leitung nicht richtig verstanden hatte.

„Wer will das wissen?“, fragte Raabe zurück.

„Oberkommissar Tauer. Es geht um ...“

„... das Unglück auf dem Rastplatz“, fiel ihm der Busunternehmer ins Wort.

„Sie haben sich gestern einfach aus dem Staub gemacht ...“, klang Tauer vorwurfsvoll.

„Ich habe gegenüber meinen Reisegästen eine Fürsorgepflicht“, rechtfertigte Raabe sein Handeln.

„Es geht um Mord“, machte Tauer deutlich, dass er mit der Weiterfahrt nach Budapest nicht einverstanden war.

„Was wollen Sie jetzt? Ich muss gleich fahren ...“, drängte Raabe zur Eile.

„Ein Gespräch mit Ihnen!“

„In Budapest? Kommen Sie gerne vorbei“, erwiderte Raabe, der ahnte, dass der Polizist das nicht realisieren konnte.

„Wann sind Sie zurück?“, erkundigte sich daraufhin Rolf Tauer und tippte nervös mit den Fingern auf seinen Schreibtisch.

„In zwei Tagen“, erklärte Raabe.

„In zwei Tagen erst“, stöhnte Tauer und überlegte, was er tun sollte.

„Dann bin ich morgen in Budapest“, legte er sich fest, denn solange konnte er nicht warten. Außerdem wollte er die Reisegruppe befragen und die löste sich am Ende der Reise sicherlich in alle Himmelsrichtungen auf.

„Gut, dann sende ich Ihnen die Hoteladresse, wo wir uns befinden“, schlug Raabe vor.

„So machen wir das“, stimmte Tauer zu und beendete das Telefonat.

„Scheiße“, fluchte er, denn er hatte keine große Lust, nach Budapest zu fahren. Doch wie hieß es noch: Was man nicht ändern kann, sollte man nicht verfluchen.

Per Telefon informierte er Staatsanwalt Haller über seinen Trip nach Budapest, der witzelte:

„Aber nicht ins Rotlichtviertel verirren.“

„Dafür werde ich keine Zeit haben ... Aber wenn Sie schon so gut drauf sind, Herr Staatsanwalt. Was ist eigentlich mit Verstärkung?“

„Verstärkung? Ist Ihre Abteilung nicht überbesetzt?“, nahm ihn Haller auf den Arm.

„Stimmt. Mein Büro muss wegen Überfüllung schließen ...“

„Nein, Tauer. Da bin ich dran, versprochen ...“

„Will ich hoffen“, schob Tauer hinterher und legte auf.

***

Die Nacht musste Sören Berger in der Zelle verbringen, denn Hackenberg und Weindel hatten das Verhör auf den heutigen Vormittag gelegt, was Clemens gar nicht so gut fand.

„Wir haben keine Zeit zu verschenken und Berger eine Nacht in der Zelle schmoren zu lassen, war keine besonders gute Idee“, tönte er missbilligend.

„Wir wollten ihn ein wenig weichkochen“, erklärte Hackenberg die Maßnahme.

„Weichkochen? Das klingt nach Vorverurteilung. Aber egal. Holen Sie diesen Berger jetzt her“, forderte Clemens mit verärgertem Unterton und Weindel ließ Sören Berger zu ihnen bringen.

Als Sören Berger von zwei Kollegen ins Büro geführt wurde, wirkte er kleinlaut und zurückhaltender als am gestrigen Tag. Anscheinend hatte die Nacht in der Zelle und die Angst, wegen Mordes angeklagt zu werden, seine Wirkung hinterlassen.

„Nehmen Sie Platz“, forderte ihn Clemens auf und Berger setzte sich auf den Stuhl ihm gegenüber. Dann stießen Hackenberg und Weindel hinzu.

„Die beiden Kollegen kennen Sie bereits. Ich bin Hauptkommissar Clemens.“

Schweigend nickte Berger und schaute Clemens mit fragendem Blick an.

„Sie wissen, warum Sie hier sitzen?“, erkundigte sich Clemens.

„Mord ... Aber ich würde nie jemanden töten“, beteuerte Berger flehend.

„Wo waren Sie gestern zwischen 16.00 und 17.00 Uhr?“, wollte Clemens wissen und Berger dachte nach. Nahe der Verzweiflung versuchte er seine Erinnerungen aufzufrischen, doch in Stresssituationen gelang es ihm kaum, sich zu konzentrieren.

„Gestern ...“, stammelte er. „Ich muss nachdenken ...“ Wütend auf sich selbst spannte er die Halsmuskulatur ein, die Schlagader trat hervor und pochte gut sichtbar.

„Verdammt ...“, brüllte er zornig. „Ich kann nicht ... Ein Loch in den Erinnerungen ...“

„Ganz ruhig, Berger“, versuchte Clemens ihn runterzuholen. „Wir wollen nur ein paar Fragen von Ihnen beantwortet bekommen. Keine Panik ...“

„Ich bin ... fertig ... kaputt ...“, stotterte Berger und Weindel war nicht sicher, ob der Verdächtige schauspielerte oder tatsächlich eine Art Panikattacke hatte.

„Wo ist Ihre Ehefrau, Erika?“, fragte sie ihn, um vom eigentlichen Thema etwas abzuweichen. Vielleicht nahm ihm das den Druck ...

„Erika", schluckte er mit starrem Blick.

„Weg ist die Erika und ich bin schuld. Alles habe ich zerstört.“

„Erklären Sie uns das genauer, bitte ...“, blieb Weindel dran.

„Immer wieder konnte ich mich nicht beherrschen ... Ich liebe Erika ... Doch ich habe ihr immer wehgetan ...“

„Und wer hat Ihrer Frau geholfen, Sie zu verlassen?“, hakte Weindel nach.

Weinerlich jammerte Berger: „Die Frau vom Sozialamt. Reich ... Linda Reich ...“

„Wissen Sie, wo Linda Reich wohnt?“

Verwirrt wirkend schüttelte sich Berger und fing an, seine Fingernägel zu kauen.

„Schön wohnt sie. Wunderschön. Da hätte sich auch Erika wohlgefühlt. Alles so sauber und ordentlich ...“

„Waren Sie mal dort ...?“, bohrte Weindel tiefer und hatte den Eindruck, Berger zu einem Geständnis animieren zu können.

„Einmal ... So ein schönes Haus ...“

„Warum waren Sie dort, Herr Berger? Aus welchem Grund?“

„Wegen Erika. Ich wollte sie um Verzeihung bitten .... Die Reich hätte mir helfen können.“

„Aber ...?“

„Sie war nicht da ...“

„Wann war das?“

„Vor zwei Tagen.“

„Und die Adresse. Wo hatten Sie die her?“

„Telefonbuch“, antwortete Berger und wirkte plötzlich entspannt und offen.

„Und dann sind Sie gestern noch einmal hingefahren?“, warf Hackenberg ein, doch Berger schüttelte den Kopf:

„Nein. Nicht noch einmal ...“

„Sicher?“, gab sich Hackenberg ungläubig. „Sie machte auf, wollte mit Ihnen nicht sprechen und dann wurden Sie wütend. Ist doch verständlich ...“

„Warum wollen Sie mir das einreden?“, wehrte sich Berger sichtlich irritiert.

„Ich will nur Ihre Erinnerung wieder auffrischen“, täuschte Hackenberg ein wohlwollendes Verhalten vor.

„Ich weiß, dass ich gestern nicht unterwegs war“, beteuerte Berger.

„Dann waren Sie zu Hause?“, fragte Clemens und Berger schien kurz vor dem Durchdrehen zu sein.

„Ich weiß ... es ... nicht“, brüllte er unbeherrscht und schlug seinen Schädel wuchtig auf den Tisch.

Sofort eilte der Kollege in Uniform hinzu, der sich neben der Tür postiert hatte und hielt Berger zurück ...

„Schon gut“, beruhigte er sich und meinte etwas außer Atem: „Tut mir leid ... Aber ich habe gerade erst mit der Therapie begonnen ...“

„Welche Therapie?“, erkundigte sich Clemens.

„Gegen meine Wutanfälle, meine unbeherrschte Aggression. Wenn ich das im Griff habe, kann Erika zu mir zurückkommen. Ich arbeite an mir. Das wird ihr gefallen ...“

„Wie war Ihr Verhältnis zu Linda Reich?“, lenkte Weindel das Thema wieder auf den eigentlichen Anlass der Befragung.

„Zornig war ich auf sie. Am Anfang. Gehasst habe ich sie. Ich wollte sie killen ... Doch jetzt bin ich dankbar. Ich hätte Erika weiter wehgetan. Wer weiß, wie das geendet wäre ... Es ist gut so, auch wenn ich sie unendlich vermisse ...“

„Und wollten Sie Linda Reich nicht mal so richtig eins auswischen?“

Plötzlich jubelte Berger: „Jetzt fällt es mir wieder ein. Ich war zuhause. Ich holte mir gestern im Supermarkt Bier und Bacardi. Dann machte ich es mir auf dem Sofa gemütlich ..."

„Wann waren Sie im Supermarkt?", fragte Hackenberg.

„Genaue Uhrzeit? Keine Ahnung. Auf jeden Fall vormittags."

„Und Sie waren alleine zu Hause?"

„Klar. Erika ist ja leider nicht da ... Momentan ..."

„Fahren Sie ein Auto?", horchte ihn Hackenberg weiter aus.

„Klar. Einen Kadett. Uralt. Aber gut in Schuss."

„Farbe?"

„Rot ... Warum?"

„Vielleicht haben Sie gestern doch eine Spritztour mit Ihrem Kadett gemacht", spekulierte Hackenberg.

Doch Berger grinste verstohlen: „Ich war racke. Bier und Rum ... Da fahre ich kein Auto mehr ..."

Nachdenklich beobachtete Clemens Sören Berger und wurde nicht so ganz schlau aus ihm. Seine Unbeherrschbarkeit machte ihn zu einer tickenden Zeitbombe, doch er wirkte bei der Befragung authentisch und glaubwürdig. War er echt oder ein perfekter Schauspieler? Um das herauszufinden, wollte Clemens den Druck erhöhen. Mit erhobener Stimme wandte er sich vehement an Berger:

„Herr Berger. Kann es sein, dass Sie in das Haus von Linda Reich eingedrungen sind, Linda Reich überwältigt und mehrfach auf sie eingestochen haben ... Und jetzt kein Märchen erzählen."

Die Dominanz und Autorität von Clemens beeindruckte Berger enorm und der Inhalt der Frage schockierte ihn geradezu:

„Ich ...? Reich ...? Erstochen ...?"

„Genau. Ihre Unbeherrschbarkeit wurde zu einer tödlichen Waffe ...", legte Clemens nach.

Der Blick von Berger wurde starr und seine ganze Muskulatur versteifte sich. Für einen Moment schien sein Atem zu stocken. Stille! Fassungslosigkeit in seiner Mimik. Dann ein Fauchen:

„Drecksau! Nein. Ich bin kein Mörder, du dreckige Sau willst mir was anhängen ..."

Die Spucke spritzte aus seinem Mund, die Augen waren rot unterlaufen und weit aufgerissen.

„Abführen", rief Clemens dem Kollegen zu. „Der muss sich erst einmal abkühlen ..."

Als Berger abgeführt wurde, begann der plötzlich zu jammern: „Entschuldigung. Bitte, nicht einsperren ... Bitte ..."

Doch Clemens blieb gnadenlos und ließ sich nicht erweichen.

„Schuldig?“, fragte Weindel im Anschluss und Clemens zuckte mit den Schultern:

„Ehrlich? Keine Ahnung. Der wirkt auf mich gespalten. Wie zwei Persönlichkeiten in Einem. Der kalkulierte Lügner und der ehrliche Kerl von nebenan. Ein dauernder Kampf zwischen Gut und Böse. “

„So wird es auch sein“, pflichtete Hackenberg bei.

„Wir müssen ihn noch einmal befragen und uns ein Bild von ihm machen“ erklärte Clemens. „Im Moment glaube ich, dass er nichts mit der Tat zu tun hat. Aber das ist nur ein Bauchgefühl ...“

Gerade wollte Clemens die nächsten Schritte besprechen, da läutete sein Telefon. Kollege Miro Schneider war in der Leitung.

„Hallo Miro. Was gibt`s?“, begrüßte ihn Clemens.

„Ludger. Bitte keine Fragen nach dem Warum. Du verstehst hoffentlich!“

„Worum geht es?“

„Der Mord an der Frau im Neubaugebiet ...“

„Linda Reich ...“

„Habt ihr da schon Verdächtige, Motive, Hintergründe?“

„Nur vage Vermutungen. Das Opfer war Sozialarbeiterin und betreute familiäre Härtefälle. Da sehen wir im Moment den möglichen Täter."

„Okay. Also keine Auffälligkeiten oder Merkwürdigkeiten ...?"

„Nein ... Aber willst du mir nicht den Hintergrund deiner Fragen erklären. Dann könnte ich dich besser ..."

„Nein. Ludger. Das geht wirklich nicht. Halte mich soweit das geht einfach auf dem Laufenden. Wäre das möglich?"

„Klar, Miro. Werde ich tun."

„Danke Dir ..."

Etwas verwundert drückte Clemens das Gespräch weg und wandte sich wieder Weindel sowie Hackenberg zu.

„Wie gehen wir weiter vor?", fragte er erwartungsvoll in die Runde und hoffte auf neue Ideen.

„Wir haben zur Zeit nicht viel in der Hinterhand", musste Weindel zugeben. „Wir sollten den Ehemann beleuchten ..."

„Und den Chef von Linda Reich befragen", schlug Hackenberg vor.

„Ja. Klingt vernünftig. Vor allem will ich wissen, wie harmonisch die Ehe der Reichs wirklich war", äußerte Clemens sein Misstrauen.

„Dann klopfe ich den Reich ab", erklärte sich Weindel bereit, „und ich fahre zum Sozialamt", teilte Hackenberg mit.

***

Der Alltag von Manuela Schmitz glich einer Einzelhaft. Kein freies Leben, keine Selbstbestimmung, keine Kontakte zu Freunden oder Verwandten. Nur Angst und Einsamkeit bestimmten ihr Dasein. Den ganzen Tag, abgeschottet von der Öffentlichkeit, hielt sie sich vorwiegend im Schlafzimmer des schmucklosen Einfamilienhauses auf. Rollo runter, Fenster zu, Dunkelheit. Dazu kein Telefon, Fernseher, keine Geräusche. Nur Grabesstille. Mit jeder Stunde, jedem Tag in diesem Haus wurde der Zustand für sie immer unerträglicher und am liebsten würde sie aus diesem Leben ausbrechen. Wenn sie könnte. Doch dazu war es zu spät. Ihr Schicksal in dieser Verdammnis war besiegelt. Keine Hoffnung auf Änderung. Keine Aussicht, diese Situation jemals verändern zu können. Warum nur hatte sie sich damals überreden lassen, als Kronzeugin auszusagen? Diese Fehlentscheidung hatte ihr ganzes Leben zerstört, sie in die völlige Isolation katapultiert. Nur ihr Mann Kai war ihr geblieben und die seltenen, heimlichen Telefonate mit ihrem Bruder, die sie eigentlich gar nicht führen durfte. Doch sie brauchte den Kontakt zu Holger, der die letzte Brücke zu ihrem alten Leben war.

Ihr Nervenzusammenbruch war vorprogrammiert, die Endzeitstimmung immer fühlbarer. Wozu war ihre Aussage gut gewesen? Nur um diesen Killer Samuel Hallach hinter Gittern zu bringen. Und jetzt? Jetzt war ihr Leben am Ende. Zum Abschlachten freigegeben. Das böse Auge hatte sie im Visier. Man wollte sie töten und sie war sicher, die Schergen von Hallach waren längst unterwegs zu ihr. Sicherlich rochen sie schon ihr Blut und hatten die Fährte wie gierige Orks aufgenommen. Das spürte sie. Nein, sie war nicht irre, hatte keine Wahnvorstellungen. Sie war in diesem tödlichen Spiel die einzig Normale. Kai, ihr Mann, war ebenso unachtsam wie die Polizisten Schneider und Klar, die sie letztlich nicht schützen konnten.

Wie eine Beute kurz vor dem Abschuss fühlte sie sich den Killern von Hallach ausgeliefert und niemals würde man die Jagd nach ihr einstellen. Sie hatte deren Guru, deren Anführer, deren Gott ans Messer geliefert und dafür würde man sie zu Tode foltern. Nicht mit einem einfachen, schnellen Sterben, sondern qualvoll wie auf der Folterbank.

Sie ahnte schreckliches, wusste intuitiv, was man mit ihr vorhatte. Ihren Leidensweg filmen, jede Szene, ihren Todeskampf und die Aufnahmen Hallach vorlegen, der sich daran ergötzen würde und seinen ganzen Hass befriedigt sah. Ihr Tod war sein einziger Lebensinhalt. Da war sich Manuela Schmitz zu 100 Prozent sicher. Und manchmal glaubte sie schon den Atem ihrer Mörder im Nacken zu spüren und ihren mit Adrenalin gefüllten Schweiß zu riechen. Lieber jetzt als morgen wollte sie in deren Fängen landen, denn dann hatte dieses jämmerliche Leben und das Warten auf ihr Sterben ein Ende. Der Tod hatte etwas Gutes: Er nahm Angst und Schmerzen mit in die Dunkelheit. Er schenkte Erlösung und einen Neuanfang.

Nackte Angst

Amtsleiter Arno Koschkin wollte gerade seine Mittagspause beginnen, als es klopfte und Hackenberg eintrat, um sich nach Linda Reich zu erkundigen.

Das kleine Büro mit dem unaufgeräumten Schreibtisch roch muffig und Koschkin empfing ihn mit einem missmutigem Blick.

„Ich habe gleich Pause“, erklärte er vorwurfsvoll.

„Wir hatten telefoniert. Hackenberg!“

„Ach, der Polizist“, huschte plötzlich unerwartet ein Lächeln über das Gesicht von Koschkin und schob mit kurzem Blick zur Uhr an der Wand hinterher:

„Sind wir in 15 Minuten durch?“

„Kriegen wir hin“, versicherte Hackenberg und die Miene von Koschkin verfinsterte sich:

„Ganz schreckliche Sache, das mit Linda. Ich kann es nicht fassen. Das ging hier rum wie ein Lauffeuer ...“

Hackenberg nickte zustimmend und Koschkin bot ihm einen Sitzplatz am freien Schreibtisch rechts von seinem Arbeitsplatz an.

„Danke. Ich sitze viel zu viel“, erwiderte Hackenberg und zog es vor, das Gespräch im Stehen fortzusetzen.

„Wie war Linda Reich? Ihre Einschätzung?“, fing Hackenberg an und fixierte Koschkin, der mit seinem Ziegenbart und dem Zopf irgendwie originell wirkte und ihn an einen chinesischen Mönch erinnerte.

„Wie war die Linda?“, dachte Koschkin laut nach. „Zuverlässig, couragiert ... Aber sie konnte auch sehr stur sein ...“

„Inwiefern?“

„Wenn sie davon überzeugt war, dass eine Kindesgefährdung vorlag, ließ sie so lange nicht locker, bis gehandelt wurde.“

„Das heißt, das Kind wurde dann den Eltern entzogen.“

„Klar. Pflegefamilie.“

„Da hatte Linda Reich bestimmt Anfeindungen.“

„Das haben wir alle hier. Unsere Klienten neigen zum Abwälzen ihrer Probleme auf die Menschen, die ihnen helfen wollen. Sozialarbeit ist kein Job, bei dem man ein Danke erwarten kann.“

„Gab es konkrete Drohungen gegen Linda Reich?“, wollte es Hackenberg genauer wissen.

„Nun. Sören Berger kreuzte hier auf ...“

„Den haben wir uns schon vorgeknöpft“, warf Hackenberg ein.

„Ansonsten ist mir nichts bekannt ...“

„Wie war das Verhältnis von Linda Reich zu den Kolleginnen und Kollegen?“

„Normal ... Sie war Teilzeitkraft und meist unterwegs. Da war der Kontakt zu den anderen eher spärlich. Meist sahen wir uns nur zum wöchentlichen Teammeeting.“

„Also keinen Streit am Arbeitsplatz? Kein Mobbing?“

„Nein. Wir haben hier ein recht gutes Arbeitsklima. Jeder hat seinen Bereich und kann eigenständig agieren.“

„Noch eine letzte Routinefrage. Hatte Linda Reich eine intime Beziehung zu einem Kollegen?“

Verblüfft blickte ihn Koschkin an: „Sie stellen Fragen. Linda war durchaus attraktiv, aber konnte sehr autoritär auftreten. Ich glaube, da traute sich keiner der Kollegen ran.“

„Gut. Glauben ist nicht Wissen“, erwiderte Hackenberg und lächelte kurz: „15 Minuten sind um. Guten Appetit!“

Zufrieden lächelte Koschkin zurück und holte seine Brotbox aus der Schreibtischschublade, während Hackenberg das Büro verließ und sich auf den Weg zurück ins Präsidium machte. Sehr aufschlussreich war die Unterhaltung nicht gewesen, doch zumindest trugen die Informationen ein wenig dazu bei, sich ein Gesamtbild von Linda Reich machen zu können.

Zurück im Büro informierte er Clemens und Weindel über den Inhalt des Gesprächs mit dem Chef von Linda Reich. Anschließend berichtete Charleen Weindel, was sie über deren Mann herausfinden konnte:

„So richtig gut geht es dem Manuel Reich nicht. Haus bis zum Anschlag verschuldet und einen weiteren Kredit in Höhe von 43.000 Euro schlägt ebenfalls noch zu Buche. Bei seinem Einkommen eine ziemlich hohe Belastung. Und noch etwas gibt Ausschluss über den Charakter von Manuel Reich. Er liebt schnelle Autos, fährt neben dem Passat einen Porsche Boxter und ... er wurde angezeigt wegen Belästigung am Arbeitsplatz. Die Kollegin wurde jedoch versetzt und zog die Anzeige zurück.“

„Ganz schönes Kaliber, unser Witwer“, folgerte Clemens.

„Mir ist noch etwas eingefallen, das mir seit gestern nicht aus dem Kopf geht“, sprach Weindel weiter.

„Was denn?“, hakte Clemens nach.

„Als ich bei Stefanie Henschke war ...“

„Der besten Freundin des Opfers?“, ergänzte Clemens.

„Genau und ihre Kollegin. Als ich ihr von dem Mord erzählte, erkundigte sie sich ausschließlich über den Zustand von Manuel Reich. Keine Frage zur Tochter Angelika. Wie die damit zurechtkam ... Vielleicht reagiere ich jetzt über ... Aber ich fand es merkwürdig.“

„Ist schon okay“, bestärkte sie Clemens, ihrer Intuition freien Lauf zu lassen.

„Reich ein Verhältnis mit der besten Freundin seiner Frau“, erörterte Hackenberg und empfand dies als abwegig. „Linda Reich hätte das doch gemerkt. Und ihr Chef beschrieb sie als ziemlich konsequent ...“

„Vielleicht war ihre Freundin und ihr Mann einfach geschickt“, widersprach Weindel.

„Am besten konfrontieren wir die beiden mit unserer Vermutung“, schlug Clemens vor und Weindel fand das gut:

„Ich spreche mit Henschke und Kollege Hackenberg mit Manuel Reich ...“

„So machen wir das“, stimmte Clemens zu ...

„Ja was ist?“, forderte Weindel ihren Kollegen Hackenberg auf.

„Wie - was ist?“, fühlte der sich etwas irritiert über die Frage.

„Machen wir uns auf den Weg“, drückte sie sich deutlicher aus.

„Ja, alles klar“, verstand Hackenberg die Botschaft und schnappte sich die Autoschlüssel.

Lange Zeit hatte Weindel Hackenberg nicht ausstehen können. Sie sah in ihm einen unliebsamen Konkurrenten beim Buhlen um die Gunst von Chef Clemens. Mittlerweile fand sie das albern und Hackenberg wirkte anders auf sie. Der schien gar nicht so der verbissene Spießer zu sein, den sie anfangs in ihm sah.

In einigen Situationen war sie mittlerweile froh gewesen, ihn an ihrer Seite zu haben. Hackenberg konnte resolut sein, sich bestens selbst verteidigen und hatte Durchsetzungskraft. Aus Ablehnung wurde mittlerweile Sympathie und sie freute sich schon morgens, Hackenberg im Büro zu treffen.

„Haben Sie eigentlich Hobbys?“, fragte sie ihn auf der Fahrt zu Manuel Reich.

„Hobbys?“, wunderte sich Hackenberg über die Frage, der es eigentlich gar nicht mochte, mit einer

Kollegin über private Felder seines Lebens zu sprechen. Da liebte er es eher anonymer, denn schnell bildeten sich Menschen eine unverrückbare Meinung über einen anderen, wenn sie etwas mehr über dessen Privatsphäre wussten. Und das konnte gerade im Kollegenkreis verfänglich sein.

Doch ganz so abweisend oder gar unfreundlich wollte sich Hackenberg nun auch nicht geben, denn man hatte ihm ja schon des Öfteren unkollegiales Verhalten vorgeworfen. Und eine kollegiale Inkompetenz oder gar berufsmäßiger Autismus wollte er sich nicht attestieren lassen.

„Nun. Zeit für Hobbys bleibt ja nicht viel ... Ich spiele Schach ...“

„Gegen Computer oder im Verein?“

„Weder noch. Im Kopf ...“

„Wie im Kopf?“

„Ich ziehe in Gedanken für Schwarz und Weiß oder spiele einfach Partien nach, über die ich in Fachbüchern gelesen habe.“

„Verrückt“, kommentierte Weindel. „Und woher können Sie so gut Selbstverteidigung?“

So langsam war Hackenberg die viele Fragerei unangenehm. Er hatte wenig Interesse, das bisher klar geregelte Verhältnis zwischen ihm und Weindel mit privatem Tratsch zu verwässern. Gut, noch eine

Antwort, motivierte er sich. „Ich war mal Landesmeister in Ju-Jutsu und trainiere ab und an mit den Jungs von der Bereitschaftspolizei ...“

„Interessant ...“, nickte Weindel anerkennend.

„So, wir sind da“, freute sich Hackenberg, denn so hatte das Verhör von Weindel endlich ein Ende.

„Wie gehen wir vor?“, fragte sie Hackenberg vor dem Aussteigen.

„Ich konfrontiere ihn behutsam mit unserer Vermutung. Sie können sich ja bei Bedarf jederzeit einschalten.“

„Gut. Machen wir das so“, lächelte Weindel, beide stiegen aus und sie läutete kurz darauf an der Haustür.

Als die kleine Angelika öffnete und die Polizisten sah, rief sie ins Haus:

„Polizei, Papa ...“

Es dauerte einen kurzen Moment, bis Manuel Reich erschien und merklich aufgeräumter wirkte als am Tag des schrecklichen Verbrechens.

„Was gibt es?“, wollte Reich wissen, ohne den beiden Polizisten anzubieten, ins Haus kommen zu können.

„Wir würden das nicht gerne zwischen Tür und Angel besprechen“, erklärte Hackenberg, in der

Hoffnung, Reich würde den kleinen Hinweis richtig verstehen.

„Sie kommen ungelegen. Ich habe Besuch ...“, erwiderte Reich mit standhaftem Blick in die Augen von Hackenberg.

„Zehn Minuten, länger wird es nicht dauern“, bot Hackenberg einen Kompromiss an.

„Tut mir leid. Ich bin psychisch noch labil und kann Ihnen momentan nicht Rede und Antwort stehen. Der Psychologe hat mich krankgeschrieben ... Mir geht es nicht sonderlich gut ...“

„Sie wirken aber besser als gestern“, schaltete sich Weindel ein und unternahm noch einmal einen Versuch, Reich umzustimmen.

„Das wirkt nur so. Folgen der starken Tabletten. Antidepressiva ...“

„Gut. Dann wäre es schön, wenn Sie sich zeitnah telefonisch bei uns melden zwecks eines Gesprächstermins“, machte Hackenberg seine Unzufriedenheit deutlich.

„Werde ich tun. Ich habe ja Ihre Visitenkarte“, versicherte Reich mit einem kurzen Lächeln und schob die Tür zu.

„Was für eine Pleite“, musste sich Weindel eingestehen, als sie zurück zum Wagen gingen.

„Keine Pleite. Eine Unverschämtheit“, meinte Hackenberg und als sie im Auto saßen, fixierte er mit zusammengekniffenen Augen das Einfamilienhaus.

„Ich würde zu gerne wissen, um wen es sich bei dem Besuch handelt“, sagte Hackenberg mit spitzer Zunge.

„Dann warten wir, bis der Besuch verschwindet“, schlug Weindel vor und Hackenberg nickte zustimmend.

„Warum sind Sie eigentlich noch Single?“, durchbrach Weindel urplötzlich die Stille und Hackenberg fühlte sich langsam genervt.

„Wollen Sie ein Fahndungsprofil von mir erstellen?“, entgegnete er mit ruhiger Stimme, jedoch einem leicht scharfen Unterton.

„Wie? Wieso ...?“, gab sich Weindel verunsichert.

„Na, weil Sie mir Löcher in den Bauch fragen ...“

Das traf Weindel wie der Stich einer Wespe. Peinlich, dachte sie still. Hatte sie Hackenberg anmerken lassen, dass sie ein gewisses Interesse für ihn hegte? Die Frage nach dem Single-Dasein war im Nachhinein tatsächlich übergriffig und sie ärgerte sich über ihr kindisches Verhalten. Schnell versuchte sie sich geschickt aus der Situation herauszumanövrieren:

„Sorry. Mir ist nur langweilig und da unterhalte ich mich ganz gerne."

„Unterhalten ist ja okay, aber Sie stellen ja nur Fragen ..."

Doch Weindel kam nicht dazu, auf Hackenbergs Feststellung zu reagieren, denn plötzlich öffnete sich die Haustür und beide staunten darüber, wer freudestrahlend das Haus verließ.

„Stefanie Henschke", platzte es aus beiden nahezu synchron heraus und sie beobachteten, wie Henschke, adrett und auffallend verführerisch gekleidet, zu ihrem gelben Cabrio huschte und davonfuhr.

„Damit scheint unsere Frage beantwortet, ob die beiden ein Verhältnis haben", stellte Weindel fest.

„Mal nicht so voreilig", mahnte Hackenberg und mochte es nicht, wenn man zu schnell Rückschlüsse zog. „Vielleicht kümmerte sie sich tatsächlich nur um das Wohlergehen des Mannes ihrer ehemals besten Freundin."

„Und warum machte Reich dann so ein Geheimnis um ihren Besuch?"

„Er wollte nicht gestört werden. Ist doch verständlich."

„Vertrauen Sie mal bei diesem Thema der Intuition einer Frau. Die beiden haben was miteinander ...“

„... was ihn jedoch noch nicht zum Mordverdächtigen macht“, schränkte Hackenberg ein und startete den Wagen.

„Aber rückt ihn in ein anderes Licht“, blieb Weindel hartnäckig.

„Lassen wir das mal so dahingestellt sein“, meinte Hackenberg und war froh, dass sich die Unterhaltung mit der Kollegin wieder auf eine berufliche Ebene verschoben hatte.

***

Justizvollzugsanstalt, Innenhof. Einige Häftlinge drehten monoton ihre Runde, spazierten auf den schmalen Wegen immer wieder hin und her, andere saßen zusammen auf einer Bank, rauchten oder tranken Cola. Hinter der Gitterabsperrung beobachteten die Vollzugsbeamten die Geschehnisse und waren froh, dass keine Aggression in der Luft lag. Entspannt mit beiden Händen in den Hosentaschen schlenderte der großgewachsene schmale, hohläugige Häftling 314 über den Hof. Umgeben von zwei Mithäftlingen, die ihn in ihre Mitte nahmen, ging er den gesamten Hof bis zum Gitter, machte zackig kehrt und lief bis zur Mauer, dann ging es wieder zurück. Häftling 314 schwieg und ging, denn dabei konnte er am besten nachdenken. Mit seiner Glatze und dem dünnen Bart, dessen Spitze zusammengeflochten war, dazu den Tattoos am Hals und den Ohren, ähnelte er Kämpfern aus der Wikingerzeit. Die meisten Insassen der JVA verehren Häftling 314 und würden alles für ihn tun, sogar sterben. Für sie war er ein Heiliger, ein Gott und eine große Ehre, dass er mit ihnen hinter Gittern unter einem Dach lebte.

Den Vollzugsbeamten war Häftling 314 ein Dorn im Auge, eine Bedrohung, denn für ihn wäre es ein leichtes Spiel, eine Revolte anzuzetteln, an der sich nahezu alle Häftlinge beteiligen würden. Deshalb versuchte man ihn in Schach zu halten, Provokationen zu vermeiden und seine Sonderwünsche zu erfüllen, wenn diese ein bestimmtes Maß nicht überstiegen.

„Ich will eine Flasche von ihrem Blut. Sagt das unseren Fußtruppen draußen“, sagte Häftling 314 mit einem entschlossenen und autoritären Gesichtsausdruck.

„Wir werden es weitergeben, Meister“, versprach der durchtrainierte Begleiter links von ihm, dessen

Arme nur aus Muskeln, Sehnen und Fleisch bestanden. Elf Jahre musste der absitzen. Als Karatemeister hatte er bei einer Kneipenschlägerei einem Gast den Schädel mit Fußkicks zersplittert. Einer, der dem Opfer zu Hilfe eilte, schlug er mit Ellenbogen und Knietritten in den Rollstuhl. Jetzt war er stolz, hier im Knast eine Art Adjutant vom Meister sein zu dürfen. Eine große Ehre und Aufgabe, die ihn erfüllte. Der Meister behandelte ihn nicht wie Dreck, sondern respektvoll, ehrlich und schon dafür liebte er ihn.

„Warum dauert es so lange, sie zu finden?", wollte Häftling 314 von dem hageren Begleiter rechts von ihm wissen. Der wiederum musste lebenslänglich hier absitzen. Freiheit dürfte er wohl nie mehr genießen können. Als sein Chef ihm klar machte, dass er ihn aus der Metzgerei entlassen musste, hängte er ihn bei lebendigem Leibe auf den Fleischerhaken und nahm ihm alle Organe aus. Anschließend trennte er der Metzgersfrau die Kehle mit dem Beil durch, schnitt ihr die Zunge raus, zerstach die Pupillen und stellte sich grinsend der Polizei.

„Ich kann es nicht sagen", erklärte er dem Meister. „Die Suche ist extrem schwierig."

„Das enttäuscht und schwächt mich. Wenn das Judas-Blut nicht fließt, verliere ich meine Energie."

„Ich werde das noch einmal in aller Deutlichkeit vermitteln!"

„Und zwar ruhig etwas härter. Ich mag es nicht, wenn meine Wünsche nicht respektiert werden. Und wir wollen doch alle Respekt, oder nicht?"

„Aber natürlich", stimmten ihm beide zu. Nachdenklich setzte Häftling 314 einen Fuß vor den nächsten.

Mit einem Mal ballte Häftling 314 die Fäuste und sein Gesicht spannte sich an. Am Hals pochte die Schlagader und geladen fauchte er:

„Es muss was passieren. Ich will das Blut, sonst werden mich die Fußtruppen von einer anderen Seite kennenlernen."

„Wir werden uns darum kümmern", versprachen seine beiden Mithäftlinge nachhaltig und wussten genau, dass sie ihren Meister nicht enttäuschen durften.

***

Gerade hatte sich Ludger Clemens einen frischen Becher Kaffee gezogen und wollte ihn in aller Ruhe genießen, da stürmte Staatsanwältin Jessica Ravelsberg ins Büro. Und zwar in gewohnt aufgeregter Manier, so dass sie Clemens eigentlich gar nicht mehr ernst nehmen konnte.

„Wir müssen reden“, schimpfte sie und Clemens dachte im ersten Moment, die Staatsanwältin hätte Wind davon bekommen, dass er sich für eine andere Stelle beim LKA beworben hatte. Doch vorerst kam es anders:

„Schlafen Sie eigentlich im Büro?“, fragte Ravelsberg provokant.

„Wie bitte?“ Clemens wusste nicht, worauf die Staatsanwältin hinauswollte.

„Anders gefragt“, legte sie nach. „Tragen Sie und Ihre Mitarbeiter Scheuklappen während der Arbeit?“

„Jetzt reicht es, Frau Staatsanwältin“, schmetterte Clemens mit erhobener Stimme zurück. „Was soll das Theater mit diesem blödsinnigen Ratespiel?“

„Kein Ratespiel, Clemens. Ich decke Unzulänglichkeiten auf ...“

„Welche Unzulänglichkeiten, bitte?“

Genau in diesem Moment kamen Weindel und Hackenberg durch die Türe, die bereits auf dem Flur die lauten Stimmen wahrgenommen hatten.

„Die Frau Staatsanwältin“, waren Weindels erste Worte. „Wer sonst?“, schob sie hinterher.

„Wie - wer sonst?“, wollte es Ravelsberg genauer wissen.

„Wenn im Präsidium gebrüllt wird, sind meistens Sie mit im Gewühl.“

„Ich im Gewühl. Sie sind ein unverschämtes Persönchen“, legte Ravelsberg richtig los. „Und Sie alle drei haben keinen Grund sarkastisch zu sein ...“

Dann trat sie einen Schritt näher an den Schreibtisch von Clemens und knallte ihm einen Computerausdruck vor die Nase.

„Wissen Sie, was das ist?“

„Sie werden es uns gleich sagen“, erwiderte Clemens, der noch immer nicht wusste, was die Staatsanwältin eigentlich wollte.

„Ein Bericht von einem Mord, der seit gestern auf dem Zentralcomputer steht und Ihnen ins Auge gesprungen sein müsste. Müsste“, betonte sie.

„Und warum ist der Bericht so wichtig?“, hakte Clemens mit fragendem Blick nach.

„Lesen Sie selbst. Mir ist das zu blöde hier. Peinlich genug, dass ich Sie darauf hinweisen muss.“

Mit einem abschätzenden Blick machte sich Ravelsberg aus dem Staub und Clemens las den Bericht, den sie ihm auf den Tisch gefeuert hatte. Anfangs zeigte er wenig Interesse, doch mit jedem Satz wurde er konzentrierter und angespannter.

„Scheiße“, murmelte er. „Da hat uns die Staatsanwältin vielleicht einen Joker in die Karten gespielt.“

Neugierig horchten Weindel und Hackenberg auf.

„Was steht da drin?“, erkundigte sich Weindel.

„Gestern passierte auf einem Rastplatz, etwa 50 Kilometer von hier, ein Mord ...“

„Na und?“, hakte Weindel weiter nach.

„Eine Frau wurde erstochen und zwar mit mehrfachen Stichen und der Täter trennte ihr den rechten Zeigefinger ab ...“

„Wie bei Linda Reich“, bemerkte Hackenberg. „Das kann kein Zufall sein ...“

„Nein, das glaube ich auch nicht. Es ermittelt ein Oberkommissar Rolf Tauer. Weindel, nehmen Sie mal mit ihm Kontakt auf ...“

„Wird erledigt. Soll ich einen Termin mit Tauer ausmachen?“

„Fragen Sie ihn erst einmal nach dem Stand der Ermittlungen und erklären Sie ihm, dass wir an einem Mordfall dran sind mit ähnlichem Tatmuster ... Hier auf dem Ausdruck finden Sie die Telefonnummer von Tauer.“

Sofort nahm Charleen Weindel telefonisch Kontakt zu Rolf Tauer auf. Als sie ihn in der Leitung hatte, hörte der sich allerdings nicht gerade sehr motiviert an.

„Tauer. Wer stört?“

„Charleen Weindel, Mordkommission LKA!“

„Und? Was geht mich das an?“

Was für ein Kotzbrocken, schoss es durch Weindels Gedanken, doch sie ließ sich nicht beeindrucken und hoffte, dass Tauer sich verändern würde, wenn er vom Anlass ihres Anrufs erfahren hatte.

„Sie ermitteln aktuell in einem Mordfall auf dem Rastplatz Kirzberg.“

„Ja, weiß ich und warum erzählen Sie mir das?“, blieb Tauer weiterhin desinteressiert.

„Das Opfer wurde erstochen und der rechte Zeigefinger abgetrennt ...“

„Liebe Kollegin“, erhob Tauer die Stimme. „Was wollen Sie? Ich habe keine Zeit für Smalltalk ...“

„Jetzt hören Sie doch mal zu“, forderte Weindel daraufhin vehement und Tauer verstummte.

Dann kam Weindel zum Kern der Sache:

„Wir arbeiten an einem Mordfall, bei dem das Opfer, eine Frau, ebenfalls mit enormer Wucht erstochen wurde. Und jetzt kommt es – der Täter trennte ihr den rechten Zeigefinger ab.“

Stille in der Leitung. Tauer musste nachdenken und wunderte sich noch immer über den Anruf.

„Und?“, zeigte er sich weiterhin nicht kooperativ, was auch daran lag, kein Interesse daran zu haben, dass das LKA ihm in die Ermittlungen pfuschte.

„Was heißt hier und?“, regte sich Weindel auf. „Es könnte sich um denselben Täter handeln.“

„Der soll an einem Nachmittag zwei Morde im Umkreis von 50 Kilometern begehen?“; zeigte sich Tauer uneinsichtig.

„Warum denn nicht? Jetzt schalten Sie doch nicht auf stur, Kollege ...“, wurde Weindel immer lauter, wenn ihr auch klar war, dass sie mit dieser Art nicht gerade zu einem harmonischen Gesprächsklima beitrug. Aber dieser ignorante Tauer ging ihr einfach auf den Keks.

„Kollegin. Lassen wir das mal ruhen. Sie sind mir im Moment zu aufgeregt und ich habe keine Lust auf eine Auseinandersetzung.“

Jetzt wurde Weindel rasend vor Wut, denn so wollte sie sich keinesfalls herabwürdigen lassen.

„So, Kollege Tauer. Jetzt sage ich Ihnen mal, wer wen an der Leine führt. Ich, Charleen Weindel, LKA. Zum Mitschreiben, Tauer. LKA steht über deiner Dienststelle und du hältst jetzt mal die voreilige Schnauze ... Kapiert?“

Weindel musste erst einmal schnaufen. Clemens und Hackenberg warfen ihr entgeisterte Blicke zu, doch sie wussten ja, wie die Kollegin ausflippen konnte, wenn man den falschen Nerv bei ihr traf.

Doch diesmal schien Weindel eine richtig harte Nuss knacken zu müssen, denn sie traute ihren Ohren nicht.

„Tauer?", rief sie in den Hörer und dann tobte sie: „Arschloch. Das Arschloch hat aufgelegt."

Baff starrte sie zu Clemens und ihr Mund war halb offen. Mit einem Mal entfachte ihre ganze Kämpfernatur und energisch sagte sie zu Clemens:

„Erbitte die Erlaubnis, Kollege Rolf Tauer persönlich aufsuchen zu dürfen."

„Oh je", konnte sich Clemens nicht verkneifen. „Der arme Tauer." Nach einer kurzen Pause witzelte Clemens dann:

„Lassen Sie besser Ihre Dienstwaffe da, sonst könnte es eskalieren."

„Danke, Chef", grinste Weindel und erwiderte: „Solche Hornochsen wie den Tauer erschlage ich mit meinen Worten."

Und schon war Weindel verschwunden, die innerlich kochte, denn sie konnte es überhaupt nicht ertragen, wenn Kollegen auf solch schnöselige Art die Zusammenarbeit boykottierten. Und das, was Tauer tat, war einfach unverschämt. Vielleicht hatte der auch ein Problem mit Frauen. Egal! Sie hatte mittlerweile gelernt, dass man diesen Macho-Vögeln nicht einfach klein beigeben durfte. Im Gegenteil. Man musste ihnen Paroli bieten. Und so freute sie sich geradezu, Tauer vorzuknöpfen, den sie sich in Gedanken schon einmal vorstellte: Bierbauch, schmierige Haare, fette Hände, bequem und einfach eklig. Mal sehen, dachte sie sich, ob sie den Kollegen richtig einschätzte.

Blinder Zorn

Trostlos schlugen die Regentropfen gegen die runtergezogenen Rollläden und das düstere Wetter verstärkte noch zusätzlich die Angstschübe bei Manuela Schmitz. Teilnahmslos saß sie auf der Bettkante im dunklen Schlafzimmer und spürte, wie die Furcht vor Vergeltung immer mehr nach ihr griff. Ihr Ehemann Kai Schmitz hatte sich diesen Tag extra freigenommen, um ihr beizustehen. Doch mittlerweile fühlte auch er sich machtlos und wusste einfach nicht, wie er Manuela helfen sollte. Auch er verfluchte zwischenzeitlich dieses Zeugenschutzprogramm, das ihr Leben völlig auf den Kopf gestellt hatte. Der Preis dafür war hoch, zu hoch, denn Manuela schien damit nicht fertig zu werden. Ein Funke noch und der Zusammenbruch würde entfacht werden. Mit den Leuten vom Landeskriminalamt wollte er nicht in Verbindung treten, weil er mit ihnen nicht richtig klar kam. Und trotzdem musste er das ins Kalkül ziehen, wenn Manuela mit ihren Panikattacken die Sicherheit gefährdete. Ein Ausraster von ihr, eine kriminelle Handlung, ein Pressefoto in Zeitungen oder auf Online-Portalen könnte in einer Katastrophe enden. Als IT-Experte wusste Kai

Schmitz nur zu gut, wie einfach es war, das Internet nach Fotos zu durchstöbern. Es wäre also ein Leichtes, Manuela und ihn zu entlarven. Im schlimmsten Falle wäre das ihr Todesurteil, denn Kai Schmitz war sicher, dass die Hintermänner des Killers, gegen den sie damals aussagten, noch immer auf Rache aus waren ...

Plötzlich summte das Handy von Manuela Schmitz und sie zuckte bei dem Geräusch panisch zusammen. Dann kam ihr in den Sinn, dass es ihr Bruder Holger sein könnte, mit dem sie noch immer den heimlichen Kontakt pflegte.

Hastig griff sie nach ihrem Handy, das auf der Ablage neben dem Bett lag.

Tatsächlich war Holger in der Leitung und Manuela versuchte so leise wie möglich zu reden, denn Kai durfte nichts von ihrer Verbindung zu ihrem Bruder wissen.

„Holger. Mir geht es nicht gut ...", jammerte sie, doch Holger konnte darauf nicht eingehen, da er zu aufgebracht war.

„Manuela. Katastrophe", informierte er sie und seine Schwester war mit einem Mal angespannt wie ein Fallschirmspringer vor dem Sprung.

„Was ist, Holger?", stammelte sie.

„Geh‘ mal an den Computer. Schnell. Bitte!“, forderte Holger und Manuela eilte ins kleine Büro und setzte sich vor den Bildschirm.

„Und jetzt?“, fragte sie mit zitternder Stimme.

„Gib mal euer Regionalnachrichten-Portal ein und gehe auf Fußball.“

„Ja, bin ich ...“

„Dann schau‘ dir mal den Bericht unten links mit dem Foto an ...“

Schnell scrollte Manuela nach unten und ...

„Neiiinnn“, brüllte sie voller Verzweiflung.

„Das geht jetzt auch überregional rum“, legte ihr Bruder nach und schimpfte: „Ich habe immer gesagt, dein Mann ist ein Ochse. Der ist das größte Sicherheitsrisiko für dich ...“

„Ich muss auflegen“, jammerte Manuela, denn Kai betrat, aufgeschreckt durch ihren Schrei, das Büro.

Nachdem sie das Telefonat weggedrückt hatte, gingen ihr komplett die Nerven durch. Weinend presste sie ihren Kopf gegen den Bauch ihres Mannes und trommelte gegen seine Rippen:

„Du Idiot. Du hast alles kaputt gemacht. Du hast uns ausgeliefert. Verschwinde ...“

„Was soll das, Manuela? Reiß dich zusammen“, polterte er verärgert und zugleich hilflos, denn er wusste einfach nicht mehr, wie er mit seiner Frau umgehen sollte.

„Was ist denn los?“, fuhr er sie an.

„Du bist schuld. Du bist schuld ...“, weinte sie und Kai schaute im PC nach, um sich zu vergewissern, was Auslöser des Nervenzusammenbruchs seiner Frau war. Und es dauerte nicht lange, bis er begriff, dass es sich tatsächlich um eine Katastrophe handelte, doch musste er jetzt einen kühlen Kopf bewahren.

„Ruhig bleiben, Manu“, nahm er seine Ehefrau in den Arm. „Ich werde das LKA informieren. Sofort!“

„Dann müssen wir wieder weg. Aber ich will mir endlich eine Heimat aufbauen“, klagte sie mit kraftloser Stimme.

„Unsere Sicherheit geht vor“, betonte ihr Mann, löste sich aus ihrer Umklammerung, holte das Geheimhandy aus dem Wandtresor im Schlafzimmer und wählte die Nummer von Helen Klar.

Es dauerte keine Minute, bis die Kommissarin in der Leitung war.

„Klar“, meldete sie sich.

„Kai Schmitz. Wir haben ein Problem ...“

„Geht es um Ihre Frau?“, wollte Klar wissen.

„Indirekt ...“

„Können Sie mir das Problem am Telefon erklären?“, erkundigte sich Klar.

„Natürlich ... Sitzen Sie am Computer?“,

„Ja“, erwiderte Klar und winkte Miro Schneider zu, der am Schreibtisch gegenüber saß. Nachdem der sich hinter sie gestellt hatte, informierte sie Schmitz kurz:

„Ich stelle auf Mithören, damit Kollege Schneider auch im Bilde ist ...“

„Kein Problem. Klicken Sie mal unser regionales Nachrichtenportal an und dann den Link Fußball ...“

„Bin dabei ...“, bestätigte Klar.

„Ich spiele Fußball in der Seniorenmannschaft“, erklärte Schmitz. „Am letzten Wochenende schoss ich, beim Versuch, das Tor zu treffen, einen Zuschauer ins k.o. Das muss wohl ein Reporter aufgenommen haben. Das Bild macht jetzt auch überregional die Runde.“

„Verdammter Mist“, platzte es aus Klar hervor, nachdem sie den Link mit Bericht und Foto von Kai Schmitz vor sich hatte.

„Das heißt Alarmstufe Rot“, musste sie feststellen und drehte sich zu Schneider um, der zustimmend nickte.

„Bleiben Sie zu Hause. Wir beratschlagen uns hier kurz und informieren Sie, was zu tun ist.“

„Gut. Ich warte ..."

Während Schmitz seine Frau beruhigen konnte und ihr erklärte, dass das LKA nach einer Lösung suchte, fluchte Klar im Beisein von Schneider.

„Wir haben dem Schmitz nicht erlaubt, zu kicken. Verdammt nochmal. Der Fall Schmitz ist wirklich ein Problem. Manuela Schmitz ist psychisch labil und ihr Mann fahrlässig ..."

„Wie auch immer. Wir müssen handeln", meinte Schneider. „Die beiden müssen umgesiedelt werden ..."

„Wenn die bereits im Fokus der Killer sind? Was dann? Die nehmen die Verfolgung auf und wir können die hinbringen, wo wir wollen. Die sind dran ...", äußerte Klar ihre Bedenken.

„Dann müssen wir sie heute Nacht heimlich wegbringen", schlug Schneider vor.

„Unsere einzige Chance. Suchen Sie nach einer zwischenzeitlichen Unterbringungsmöglichkeit, ehe wir eine komplett neue Identität zusammenstellen?"

„Wird gemacht ..."

„Gut. Dann bereite ich Manuela und Kai Schmitz darauf vor und organisiere die Umsiedlung."

Ihr war klar, dass die Aktion nicht ohne Risiko war. Auch sie war sicher, dass die Leute von Samuel Hallach auf Rache sannen. Das hatte er noch im Gerichtssaal deutlich gemacht und seine Hinterleute waren einflussreich und technisch versiert. Für sie musste es eine Leichtigkeit sein, das Foto von Kai Schmitz im Internet auszuspähen. Garantiert waren permanent Software-Tools aktiviert, die einen Fotoabgleich durchführten.

***

Mittlerweile hatte Charleen Weindel das Revier erreicht, in dem Rolf Tauer sein Büro hatte. Mit vorgehaltenem Dienstausweis und resolutem Vorgehen erkundigte sie sich nach dem Zimmer von Tauer, stapfte dann schnellen Schrittes an den Kollegen vorbei und schob ohne anzuklopfen dessen Türe auf.

„Ich suche Tauer", platzte sie herein und schaute auf einen verdutzten Kerl mit Dreitagebart, sportlich kurzen Haaren und verwegenem Gesicht. Cooler Typ, blitzte es durch ihre Gedanken und war kurz irritiert, als der Typ erwiderte:

„Sie stehen vor ihm. Sind Sie etwa die Zicke vom LKA?"

„Wie bitte? Zicke? Ich habe nur auf Ihr Macho-Gehabe reagiert."

„Was wollen Sie hier?“, wollte Tauer verärgert wissen, woraufhin Weindel die Fäuste in die Hüften drückte und energisch betonte:

„Zusammenarbeit. Kollege, wir haben beides Fälle, die zusammenpassen könnten. Da wäre ein Kleinkrieg zwischen uns fahrlässig ...“

„Immer das LKA. Ihr wollt die Fälle an euch reißen. Kein Respekt vor den Dienststellen unter euch ...“, klagte Tauer.

„Schwachsinn. Sie haben da irgendein LKA-Trauma. Wir wollen das Gleiche wie Sie: Verbrecher einlochen ...“

„Das sagt Ihr arroganten Spezialagenten immer. Ihr habt zu viel Akte X geglotzt und lauft rum wie FBI-Ermittler. Dabei kocht ihr auch nur mit Wasser ...“

„Scheiße, Tauer. Jetzt kotzen Sie sich mal hier nicht aus und lamentieren rum wie ein Kleinkind. Wäääh, wäähhh, das LKA nimmt mir das Spielzeug weg. Sie wirken jämmerlich, Tauer ...“

Da musste der Kollege tatsächlich schlucken, denn die kleine Zicke vom LKA hatte es echt in sich. Ein wahres Kraftpaket und dazu auch noch ziemlich sexy. Ein Frauentyp, vor dem man sich in Acht nehmen musste.

„Also. Was schlagen Sie vor?“, schien sich Tauer schlagartig zu wandeln und zeigte sich kooperativer.

„Wir tauschen die Informationen aus und ermitteln weiter. Sie hier, wir bei dem Fall in der Wohnsiedlung. Wir halten uns auf dem Laufenden und prüfen, ob es sich um den gleichen Täter handeln könnte.“

„Informationen? Ich habe kaum was. Der Fall ist noch taufrisch“, erklärte Tauer.

„Na, es gibt doch einen Bericht der Gerichtsmedizin und Sie waren doch am Tatort. Und was ist mit Zeugenbefragungen?“

„Mal nicht so einen vorwurfsvollen Befehlston an den Tag legen“, mahnte Tauer und Weindel verdrehte die Augen, nahm sich dann jedoch etwas zurück:

„Ich werde mich bessern und Sie mit Samthandschuhen anfassen ...“, versprach sie.

„Also“, fing Tauer an. „Ich fahre morgen nach Budapest und spreche mit dem Busfahrer und den Reisegästen ...“

„Welche Reisegäste? Welcher Busfahrer?“, hakte Weindel nach.

„Das Opfer war mit ihrem Ehemann auf einer Busreise nach Budapest. Bei einer Rast rauchte sie eine Zigarette und der Ehemann fand ihre Leiche ..."

„Und der Bus fuhr einfach weiter?"

„Ja. Die Kollegen haben gepennt", bestätigte Tauer.

„Wann war der Todeszeitpunkt?"

„Laut Gerichtsmedizin zwischen 18.00 und 19.00 Uhr. Genauere Angaben werden folgen."

„Interessant", rechnete Weindel konzentriert nach und Tauer fand ihren Gesichtsausdruck dabei ungemein anziehend.

„Linda Reich starb zwischen 16.00 und 17.00 Uhr. Von dem Tatort zum Rastplatz braucht man mit dem Auto gerade mal 30 Minuten. Also genug Zeit, um zwei Morde zu begehen."

„Und warum macht sich der Täter so viel Stress? Er hätte doch auch an zwei unterschiedlichen Tagen zuschlagen können", gab Tauer zu bedenken.

„Das ist unser Job, diese Frage zu beantworten. Vielleicht gibt es einen Zusammenhang und Ihr Opfer wäre alarmiert oder vorgewarnt, wenn sie vom Tod von Linda Reich erfahren hätte. Nur Spekulation ..."

„... aber durchaus keine unlogische Variante“, fiel ihr Tauer ins Wort. „Und dann gibt es ja noch die abgetrennten Zeigefinger!“

„Exakt. Dahinter steckt ein Ritual, ein Symbol, das wir allerdings im Moment noch nicht deuten können.“

„Trotz der vielen Spezialisten beim LKA?“, meinte Tauer mit spitzer Zunge und Weindel fragte:

„Wo ist eigentlich Ihr Team? Ziemlich leer das Büro.“

„Team?“, lachte Tauer gequält. „Ich bin das Team. Fahnder, Profiler, Ermittler in einer Person. Und die Post muss ich ebenfalls selbst öffnen. Wollen Sie hier anfangen? Eine Mutterschaftsvertretung wird gesucht?“

„Danke, Kollege. Aber ich glaube, hier bekäme ich Platzangst.“

„Dann muss ich wohl einsam bleiben ...“

„Sie sind ein einsamer Wolf?“, konterte Weindel.

„Ich streife lieber alleine durch die Steppe ...“, meinte Tauer und Weindel fragte sich gerade in Gedanken, ob sich das Gespräch in Richtung eines Flirts verirrte. Um dem vorzubeugen, auch wenn ihr Tauer nicht unbedingt unsympathisch war, kam sie wieder zum Kern ihres Anliegens.

„Steht unser Deal? Wir tauschen uns aus ...“

„Der Deal steht, wenn ich Sie irgendwann mal einladen darf. Zu einem Drink!"

Durchaus geschmeichelt schmetterte Weindel vorerst die drohende Verknüpfung von Job und Privatleben ab, wollte jedoch die Kooperation mit Tauer nicht riskieren und antwortete diplomatisch mit offenem Ausgang:

„Alles zu seiner Zeit. Erst der Job ..."

„... dann das Vergnügen", fiel ihr Tauer grinsend ins Wort.

„Hier meine Visitenkarte, Kollege. Bei Neuigkeiten einfach anfunken. So geht's schneller."

„Gefällt mir, diese Offensive. Ich hoffe, sie bleibt nicht einseitig."

Den Kommentar ließ Weindel einfach schweigend im Raum stehen und machte sich wieder aus dem Staub.

***

Schon 600 Kilometer hatte Charly Bäcker mit seinem Wohnmobil am heutigen Tag runtergespult und musste jetzt erst mal auf dem Rastplatz eine Pause einlegen. Ein festes Ziel hatte der ehemalige Berufskraftfahrer keines. Sein Motto hieß, immer der Nase nach. Einfach losfahren und die Welt kennenlernen. Mal übernachtete er auf Campingplätzen, ließ es sich jedoch auch nicht nehmen, sein Wohnmobil mitten in der Natur abzustellen. Die Einsamkeit war seine Leidenschaft und er liebte den Geruch von Gummi und Diesel. Das war viele Jahre sein Leben gewesen. 20 Tonnen unterm Arsch, hoch oben auf dem Bock sitzend wie ein König auf dem Thron. Respekt hatte man vor ihm, wenn er mit seinem fetten Koloss auf die Parkplätze fuhr ...

Dann dieser beschissene Abend im November, vor drei Jahren. Plötzlich Glatteis. Enge Kurve, Bäcker bremste sachte, doch der Bock war nicht mehr zu kontrollieren. Wie ein Metallkoffer auf glitschiger Seife rutschte der LKW auf eine Böschung zu. Ein Knall. Ein fürchterlicher Aufprall. Dunkelheit. Mit dem Hubschrauber wurde Bäcker in die Klinik geflogen, nachdem die Feuerwehr ihn mit schwerem Gerät aus dem Wrack geschnitten hatte. Teile davon hatte Bäcker mitbekommen, versank jedoch immer wieder in Ohnmacht.

Drei Stunden Not-OP, linker Unterschenkel amputiert, eine Niere raus, Milz geflickt. Sieben Tage künstliches Koma ...

Mit dem Brummifahren war es vorbei. Zusammen mit Helga, mit der er 36 Jahre verheiratet war, fuhr der 57-jährige mit dem Wohnmobil in den

Süden. Adria, Riviera, französische Küste. Sie genossen die Freiheit, die Leichtigkeit, das Leben. Dann Rückenschmerzen bei Helga. Das Schicksal konnte so gnadenlos sein und schlug erneut zu. Krebs ... Überall Krebs. Drei Monate nach der Diagnose war Charly Bäcker Witwer und düste alleine über den Asphalt. Alle Ziele, die er mit Helga erreicht hatte, fuhr er noch einmal an. Jetzt war er auf dem Weg zum Goldstrand in Bulgarien. Da wollte Helga immer hin, doch diesen Wunsch hatte er ihr nicht erfüllen können. Es sollte seine letzte Tour werden, dann wollte er das Wohnmobil in Rente schicken und er selbst hatte auch keine Lust mehr ... Leben ohne die Hälfte, die ihn ergänzt hatte, das war wie Bier ohne Schaum. Da fehlte einfach etwas gewohntes, auf das man nicht verzichten wollte.

Das Leben war nicht mehr seins und auch er war nicht mehr der alte Charly Bäcker von früher. Die Falten im Gesicht war tiefer geworden und seine Gedanken dunkler. Mittlerweile hasste er sein Schicksal und es kochte eine gehörige Portion Wut in ihm. Warum war es ihm gemeinsam mit Helga nicht vergönnt gewesen, auf der Sonnenseite des Lebens zu leben? Warum ging es anderen gut und seine Helga musste so qualvoll sterben? Mit diesen

Gedanken wachte er morgens auf und ging abends damit schlafen. Sie pochten in seinem Kopf wie fiese klebrige Biester und er suchte nach einem Ventil, diesen elenden Druck ablassen zu können. Manchmal fuhr er dann besonders offensiv, risikoreich, provozierte andere Autofahrer, bremste Brummifahrer aus oder, wenn es die Gelegenheit dazu gab, hielt er auf Katzen oder andere Viecher am Straßenrand voll drauf. Das Ruckeln beim Überfahren verschaffte ihm eine gewisse Befriedigung.

Die einsamen Abende verbrachte er meist mit Fernsehen und dem heimlichen Beobachten fremder Paare in ihren Wohnmobilen. Eine gewisse Erregung konnte er nicht verbergen, wenn er das Glück hatte, durch die Fenster wilde Liebesszenen zu erhaschen. Seine Fantasien bekam er dabei nicht in den Griff und machte auch keinerlei Anstalten, sie im Zaum zu halten. So wartete er auch an diesem Nachmittag auf den Einbruch der Dämmerung und kochte sich seine Lieblingsspeise, die er sich einmal in der Woche gönnte. Hirn vom Rind mit viel Curry und Ketchup. Dazu Pilze, die er selbst gesammelt hatte und getrocknete Schweineohren, die eigentlich als Kauspaß für Hunde gedacht waren. Doch das Knacken der Ohren beim Kauen und der Geschmack nach Geräuchertem waren für ihn ein Gaumengenuss höchster Güte. Manchmal gab es auch Gulasch von Vögeln, die er mit seinem Luftdruckgewehr vom Himmel oder den Bäumen holte. Das war der große Vorteil von seinem Leben in der Natur. Unbeobachtet konnte er Dinge tun, die in einer dicht besiedelten Stadt unmöglich wären. Alleine durch den Wald schlendern, Tiere beobachten und manchmal sogar das Glück haben, Katzen oder gar Hirsch und Reh beim Rammeln zu beobachten. Die Vereinigung war für ihn ein göttlicher Akt und in seinen Gedanken malte er sich aus, wie das Sperma verteilt wurde und seinen Lauf bis hin zur Befruchtung nahm. Ihm war es nie vergönnt gewesen, ein Kind zu zeugen. Helga war nicht fruchtbar gewesen. Trotzdem hatte er sie über alles geliebt, aber der Wunsch, ein Kind zu machen, seine Gene zu erhalten, lebte noch heute in ihm. Nur jung musste die Mutter sein und mit Freude sein Kind austragen. Doch Bäcker wusste auch, dass er nicht der attraktivste Mann war. Durch seinen Unfall musste er große Anstrengungen meiden und hatte nicht verhindern können, dass er einen ziemlich dicken Bauch bekam. Seit dem Tod von Helga war auch die regelmäßige Körperpflege in den Hintergrund getreten und in seinem Wohnmobil stank es entsprechend nach Urin, Schweiß und Essensresten. Ihn störte das nicht, denn er selbst war es ja, der diese Ausdünstungen produzierte.

Endlich! Die Dämmerung brach herein und die dunklen Wolken schoben sich wie Jalousien über die sinkende Sonne. Den Abstellplatz hatte er minutiös ausgesucht. Rechts neben ihm ein junges Pärchen mit einer kleinen Tochter, die er besonders süß fand. Und links daneben ein Paar mittleren Alters, dessen Frau besonders große Brüste hatte, was seinem Geschmack entsprach, da diese wundervoll hüpfen mussten, wenn sie in Ekstase auf ihrem Mann ritt.

Sein Ritual begann. Vorsichtig und behutsam legte er an. Das Nachtsichtgerät in beiden Händen schob er vor das kleine Fenster, das auf das Wohnmobil des Pärchen mittleren Alters gerichtet war. Bei dem anderen Paar hatte er wenig Hoffnungen auf Sexszenen, da sie ja ein Kind an Bord hatten. Außerdem war die Frau mit den großen Brüsten und dessen Stecher, der sie sicherlich hart rannehmen würde, seine Favoriten. Sicherheitshalber hatte er schon mal den Reißverschluss seiner

Hose geöffnet, um schnell Hand anlegen zu können, wenn die Show losging.

Doch er wurde enttäuscht. Gemütlich saßen die zwei an dem Klapptisch und fraßen. Wie konnten die jetzt Essen in sich reinschaufeln, wo es doch Zeit für ein Fickerchen war.

„Verdammte Spießer", schimpfte er leise. Außer Fraß nichts in der Birne. Enttäuscht, nein eher wütend starrte er noch eine Weile in das Wohnmobil und machte sich darauf gefasst, an diesem Abend leer auszugehen.

Nach einer kurzen Pause und drei Büchsen Bier versuchte er noch einmal sein Glück und wurde ein wenig versöhnt. Denn die mit den großen Brüsten zog sich schamlos aus und ihre Nippel blitzen ihm in die Augen.

„Geile Tante", murmelte er und dann wurde er Zeuge eines unfassbaren Ereignisses.

Was war das? Wer war das? Seine Gedanken rotierten, denn vor der Tür des Wohnmobils stand ein Mann. Nur die Rückseite konnte Bäcker erkennen und bekam mit, wie der Kerl an die Tür klopfte. Die Frau mit den großen Brüsten zog schnell wieder ihre Bluse an und ihr Mann öffnete die Tür, was Bäcker gut erkennen konnte.

Ein Wortwechsel zwischen den Männern, dann erschien die Frau hinter ihrem Macker.

Wie spannend, dachte Bäcker und konnte nicht genug bekommen von den merkwürdigen Szenen. Der Fremde wurde in das Wohnmobil gelassen.

„Mist", fluchte Bäcker, denn für einen Moment verschwanden die Personen in einen Bereich, der für ihn uneinsehbar war.

Dann tauchte der Fremde auf, den er jetzt ganz gut erkennen konnte. Ein düsterer Kerl. Ob der das Pärchen kannte? Warum sollten sie ihn dann ins Wohnmobil lassen? Da. Die Frau stand mit ihrem Geldbeutel vor dem Fremden.

Wie das? Die Parkgebühren für das Wohnmobil waren doch schon bei der Einfahrt abkassiert worden? Was zahlt die dem? Ein Callboy? Durfte sich Bäcker auf einen deftigen Dreier freuen ...?

Nein! Verwunderung! Anspannung bei Bäcker. Was für Szenen ... Der Fremde zog plötzlich etwas aus seiner Jackentasche, hielt es dem Wohnmobilbesitzer an den Hals. Ein Elektroschocker? Auch Bäcker hatte so ein Ding im Handschuhfach. Man wusste ja nie. Jedenfalls sackte der Getroffene ruckzuck zusammen, die Frau wollte helfen, doch auch ihr verpasste er das Ding. Sie zuckte ..., stürzte auf den Boden!

Der Fremde schien sich auf die Opfer zu stürzen, ging in die Knie. Jeder Muskel bei Bäcker war hart wie Stahl. Kurzzeitig hielt er den Atem an. Wurde er gerade Zeuge eines Verbrechens? Ein Überfall? Raub?

Jetzt konnte er nicht beobachten, was sich im Innenraum abspielte. Doch dann ... Der Fremde huschte nach vorne. Was nun? Die Gedanken im Kopf von Bäcker kreisten ... Der Motor sprang an, die Lichter leuchteten. Der Fremde fuhr davon ... Nur einen kurzen Moment zögerte Bäcker, dann war ihm klar. Er musste hinterher. Rausfinden, was da passiert war und noch geschehen würde. Diese Spannung konnte und wollte er sich nicht entgehen lassen. Langsam und im sicheren Abstand nahm er die Verfolgung auf und die Fahrt führte sie auf die Autobahn ...

***

Obwohl es bereits nach 20.00 Uhr war, fuhr Charleen Weindel noch ins Präsidium. Die Fahrt war der reinste Horror gewesen. Berufsverkehr, Staus, ein umgekippter LKW. Dreimal so lange wie üblich hatte sie für die Strecke gebraucht. Natürlich verwunderte es sie nicht, dass sowohl Clemens als auch Hackenberg noch im Büro und tief versunken in Arbeit waren.

„Und?“, erkundigte sich Clemens neugierig, als Weindel das Zimmer betrat.

„Ein Kotzbrocken, der Kollege Tauer ... Aber ich glaube, er kooperiert.“

„Und hat er was Brauchbares?“

„Noch nicht. Es gab eine Panne. Das Opfer war mit einer Reisebusgruppe unterwegs nach Budapest. Der Reisebus fuhr einfach weiter und Tauer düst morgen nach Budapest.“

„Was sind das denn für Anfänger?“, kommentierte Clemens ungehalten.

„Vorsicht“, mahnte Weindel. „Das nie gegenüber Tauer erwähnen. Er hat eine chronische Allergie gegen Besserwisser vom LKA!“

„Ach, so einer ist das“, bemerkte Clemens. „Alle Abteilungen über mir sind böse ...“

„So ähnlich“, bestätigte Weindel.

„Na ja, mal sehen, ob der uns wirklich auf dem Laufenden hält“, äußerte Clemens seine Zweifel.

„Und wie machen wir morgen weiter?“, wollte Weindel wissen und fixierte Clemens mit ihren Blicken.

„Ich nehme mir Sören Berger noch einmal vor. Ihr solltet morgen nochmal mit der Henschke reden und herausfinden, ob sie wirklich eine Affäre mit Manuel Reich hat. Und eruieren, wie gut die Ehe war. Wenn Linda Reich von der Liebelei wusste, gab es vielleicht Streit ..."

„Wäre ein Motiv", ergänzte Weindel und Clemens nickte:

„Zumindest eine Variante ..."

„Sollten wir nicht mal einen Experten einschalten?", gab Hackenberg zu bedenken.

„Experte für was?", wollte Clemens wissen.

„Einen Psychologen, der uns Anhaltspunkte geben kann, weshalb ein Täter den rechten Zeigefinger abtrennt. Ich meine, das wäre doch keine unwichtige Erkenntnis ..."

„Guter Ansatz, Hackenberg. Kennen Sie einen Experten?"

Ohne lange nachzudenken, antwortete Hackenberg:

„Dr. Karsten Sachner, Dozent an der Polizeihochschule. Seltsam, aber ein absoluter Profi, was Täteranalyse betrifft!" Bei der Aussage kam Hackenberg geradezu ins Schwärmen und brachte den Namen so überzeugend ins Spiel, dass Clemens zustimmte:

„Dann nehmen Sie morgen Kontakt mit ihm auf. Er soll zu uns ins Präsidium kommen. Bei dem Gespräch wäre ich gerne dabei ...“

„Den rufe ich jetzt noch an“, meinte Hackenberg, der wusste, dass Sachner ein Arbeiter der späten Stunden war.

„Tun Sie das. Ich mache jetzt Feierabend“, betonte Clemens und auch Charleen Weindel zog es vor, nach Hause zu gehen.

Steinerner Schock

Am frühen Morgen wurde Rolf Tauer wie durch einen Gongschlag vom Wecker aus dem Schlaf gerissen. 5.15 Uhr. Das war einfach nicht seine Zeit. Erschlagen, müde quälte er sich unter die Dusche und hoffte, gleich zu sich zu kommen. Vielleicht war gestern Abend doch das eine oder andere Bierchen zu viel gewesen, das er sich vor dem Fernseher gegönnt hatte. Aber das war jetzt nicht mehr zu ändern und so stellte er die Dusche erst einmal nur auf lauwarm, um den Kreislauf ein wenig in Schwung zu bringen.

Viel Zeit hatte er nicht, denn um 5.45 Uhr wollte er die Wohnung verlassen und in Richtung Budapest rasen. Nach der Dusche schnell noch einen tiefschwarzen Kaffee, runter in die Tiefgarage und Wagen starten. Um 6.05 Uhr fuhr er im Stadtverkehr Richtung Autobahn und freute sich schon auf die kommende Nacht mit etwas mehr Schlaf ...

***

Für Kai und Manuela Schmitz war die Nacht ein Horrortrip gewesen. Miro Schneider und Helen Klar war es nicht gelungen, kurzfristig eine Unterkunft zu finden, die sicher genug gewesen wäre. Im Minutentakt hatte Manuela Panikattacken, schrie bei jedem Geräusch und bekam kein Auge zu und das, obwohl ihr zugesichert wurde, dass vier Zivilkollegen die ganze Nacht über das Haus observierten.

Entsprechend aufgewühlt war Helen Klar, die bereits kurz nach sechs Uhr mit Schneider im Büro erschien, weil sie heute umgehend handeln mussten.

„Unterkunft?", fragte sie kurz und knapp Schneider, der versicherte, eine Bleibe in einem kleinen Weindorf ausfindig gemacht zu haben.

„Objektsicherheit geprüft?", hakte Klar nach, die ein wenig verärgert über Schneider war, weil er es nicht geschafft hatte, schon gestern die Umsiedlung zu organisieren.

„Ein altes Bauernhaus, Ortsrand, direkt am Wald, recht gut zu sichern."

„Recht gut oder gut?", wollte es Klar genau wissen.

„Ich war nicht vor Ort. Nur Fotos aus dem Computer!".

„Wie weit entfernt?"

„60 Kilometer!"

„So nah?", wunderte sich Klein.

„Wir kriegen so schnell keine bessere Alternative“, verteidigte Schneider seinen Vorschlag.

„Wir müssen Manuela Schmitz in den Griff bekommen. Besorgen Sie einen Therapeuten.“

„Ist notiert!“

„Wann siedeln wir um?“

„Für 10.00 Uhr geplant. Die Kollegen sind informiert.“

„Und Sie haben alles organisiert?“, erkundigte sich Klar mit einem äußerst skeptischen Blick.

„Ja, Chefin ...“, erwiderte Schneider, der das Wort Chefin nur verwendete, wenn er genervt war und das chronische Misstrauen von Klar nicht mehr ertragen konnte.

„Dann holen Sie frischen Kaffee, mir ein Croissant und wir gehen den Plan noch einmal durch.“

Mit verdrehten Augen machte er sich auf den Weg und marschierte in die Kantine, um die Bestellung seiner Chefin zu holen. Was er eigentlich nicht widerwillig tat, denn er akzeptierte durchaus die Führungsrolle von Klar. Sie war die Nummer eins in der Abteilung und er ordnete sich unter, auch wenn er irgendwann einmal aufsteigen wollte. Doch nicht auf Kosten von Klar. Da war er loyal und sie zahlte ihm das mit Freiraum bei der Arbeit zurück und auch mit ihrer Rückendeckung, wenn mal etwas schief lief.

So machte ihm der Job riesig Freude, wenn es auch viel Stress gab - verbunden mit hohem Risiko, wie jetzt im Falle von Manuela und Kai Schmitz.

***

Die ganze Nacht über war dieser Fremde mit dem Wohnmobil über die Autobahn gefahren und Charly Bäcker hinterher. Natürlich so geschickt, dass der ihn nicht entdecken konnte. Jetzt stand das mysteriöse Wohnmobil auf einem Autobahnparkplatz zwischen zwei LKWs und der Fahrer schien sich auf der Toilette ein wenig frisch machen. Das hätte Bäcker zwar ebenfalls gern getan, doch ein direktes Zusammentreffen mit dem Fremden wollte er nicht riskieren. Der sollte nicht mitbekommen, dass er einen Verfolger und Mitwisser hatte. Ungemein erregend und spannend fand es Bäcker, dass er der einzige Zeuge dieses Verbrechens war und wusste, welche Szenen sich im Wohnmobil zugetragen hatte.

Zu gerne hätte Bäcker einen Blick ins Innere geworfen, um herauszufinden, was der Kerl mit dem Pärchen angestellt hatte, von dem nichts mehr zu sehen war. Hatte er sie gekillt, betäubt? Entsorgt haben konnte er die beiden nicht, denn das hätte Bäcker mitbekommen. Wie ein Magnet klebten die Augen von Bäcker an dem Wohnmobil und ließ es keine Sekunde aus den Augen ...

Da! Er kam zurück. Ein wirklich düsterer Kerl, der seinen Kopf mit der Kapuze seines Pullis verdeckte. Doch die Tattoos am Hals und die kalten Augen konnte Bäcker trotzdem mit seinem Fernglas erkennen.

Plötzlich wich er schnell zurück, weil der Typ in seine Richtung blickte. Hatte er ihn entdeckt? Bäcker hielt die Luft an, blieb mit dem Kopf weg vom Fenstern. Dann schob er sein Gesicht wieder vorsichtig zur Seite ...

„Ohhh“, platzte es aus ihm hervor. Das Wohnmobil fuhr davon. Eilig sprang Bäcker auf den Fahrersitz, warf den Motor an und setzte die Verfolgung fort.

***

Die Anspannung war Miro Schneider im Gesicht anzusehen. Die ganze Muskulatur war verkrampft und sein Kiefer mahlte nervös, wie wenn er eine harte Nuss zu knacken hätte. Per Funk war er mit den zwei Kollegen verbunden, die Manuela und Kai Schmitz ebenfalls auf der Fahrt begleiten sollten. Die Nachhut bildete Helen Klar, die Schlusslicht der Kolonne war.

„Wie ist die Lage im Haus?“, funkte sie Schneider an.

„Sie haben das Notwendige gepackt. In der Garage steigen wir gleich in den Wagen“, antwortete er, teilte jedoch nicht mit, dass Manuela Schmitz kurz vor einem Panikausbruch war, da sie direkt neben ihm stand. Ihr Körper zitterte, die Augen waren rot unterlaufen und jegliches Zureden prallte an ihr ab wie ein Springball an einer Zementwand. Kai Schmitz war dagegen regelrecht gelöst und sichtlich froh, dass Abwechslung in sein Leben kam. Die triste Atmosphäre in diesem Spießergebiet hatte ihn nicht gerade motiviert. Überhaupt stellte er sich in letzter Zeit immer häufiger die Sinnfrage. Wo sollte das alles hinführen? Gefangen in dieser künstlichen Identität, steril wie in einem Brutkasten. Spontanität, Freiheit, Ausbrechen aus den gewohnten Bahnen? Fehlanzeige. Jeder Schritt musste genau überlegt sein und hinter jedem außerplanmäßigen Handeln steckte die Gefahr, aufzufliegen. Eigentlich ein elendes Leben und dazu noch eine Frau an der Seite, die völlig am Ende war ...

„Können wir?“, fragte Schneider, der mit seiner hektischen Art nicht gerade Ruhe ausstrahlte. Schneider selbst konnte sich nicht erklären, weshalb er heute so unruhig war. Eigentlich eine Routinearbeit, die er schon mehrfach durchgeführt hatte. Trotzdem überfielen ihn düstere Gefühle. Vorahnung? Angst? Oder war er einfach nur erholungsbedürftig? Schon einmal stand er kurz vor einem Burnout. Überarbeitet, dann die Scheidung mit dem Streit um die Erziehung von Sohn Tim. Eines Abends brach er zusammen, heulte, konnte nicht mehr aufstehen, musste sich am nächsten Tag krank melden. Mit enormer Willenskraft rappelte er sich damals wieder auf, kam zurück, ohne irgendjemand davon erzählt zu haben. Wer weiß, wie Klar reagiert hätte. Einen Schwächling im Team, der mit seinen Kräften nicht umgehen konnte, das hätte sie als Sicherheitsrisiko ausgelegt.

„Wann werden unsere Möbel nachgeliefert?“, erkundigte sich plötzlich Manuela Schmitz, als Schneider sie auf dem Rücksitz seines Wagens platzierte.

„Sobald wir ein neues Haus gefunden haben. Jetzt fahren wir erst einmal zu einer Zwischenlösung ...“, erklärte Schneider.

„Ich will ans Meer“, sagte Manuela Schmitz plötzlich mit einem schwärmerischen Klang in der Stimme, so als wäre sie nicht von dieser Welt.

„Das besprechen wir alles noch“, versprach Schneider und war genervt, weil Kai Schmitz nicht auftauchte.

„Herr Schmitz“, brüllte er aus der Garage ins Haus. Keine Antwort.

„Der braucht immer solange auf dem Klo“, meinte Manuela Schmitz, doch Schneider hatte einfach keine Geduld mehr.

„Bin gleich wieder da. Warten Sie hier“, raunte er und machte sich auf die Suche.

„Was ist los bei euch? Wo bleibt Ihr?“, wollte Klar über Funk wissen und Schneider antwortete mit gereizter Stimme:

„Der Schneider trödelt. Ich hole ihn jetzt.“

Die leichte Überforderung von Schneider hatte Klar registriert und hoffte, dass ihr Mitarbeiter seine Nerven unter Kontrolle hatte. Seine Nervosität konnte auf die zu schützenden Personen überspringen und da Manuela Schmitz extrem labil war, machte sich Klar schon etwas Sorgen.

„Ruhig bleiben, Schneider. Wir haben alles im Griff“, versuchte sie ihn mental zu stärken.

„Alles im Lot“, erwiderte er und konnte nicht glauben, was er da sah.

Schmitz stand auf der Terrasse und zog sich eine Kippe rein.

„Schmitz. Wir warten“, mahnte er mit vorwurfsvollem Unterton.

„Gleich. Ich brauche diese einsamen Momente.“ Dann schnippte er die Kippe weg, schloss die Terrassentür und folgte Schneider, der zügig vorausging.

„Vollzählig. Wir starten jetzt“, funkte Schneider und die drei Wagen vor dem Haus warfen die Motoren an, während sich das Garagentor automatisch öffnete.

Langsam schob sich der Wagen mit Schneider am Steuer auf die Straße und reihte sich zwischen den Autos der anderen Kollegen ein. Als sich die kleine Kolonne in Gang gesetzt hatte, folgte Klar mit einem kleinen Abstand, so dass ein möglicher Verfolger nicht mitbekommen sollte, dass sie ebenfalls zu dem Tross gehörte.

Alles schien in bester Ordnung und Klar machte sich ihre Gedanken, ob die ganze Aktion hier tatsächlich notwendig gewesen war. Doch genau solche Gedankengänge, wusste Klar aus Erfahrung, waren es oft, die Killern eine Chance gaben, aus dem Hinterhalt zuzuschlagen. Wenn niemand mit einem Angriff rechnete. Wenn eine trügerische Sicherheit blind vor Gefahren machte. Solche Momente des Leichtsinns waren ein fruchtbarer Nährboden für Fehler und Unachtsamkeit. Dafür hatten die Killer einen Spürsinn. Daher war sie überzeugt, dass die Umsiedlung richtig und unumgänglich war, wenn sie auch nicht vor Gefahren schützte. Falls die Killer von Hallach das Versteck des Ehepaares Schmitz herausgefunden hatten, wäre das der richtige Zeitpunkt, um sich ihnen an die Fersen zu heften. Aus diesem Grund war ein Zeugenschutz immer eine Gleichung mit Unbekannten. 100 Prozent Schutz konnte niemand gewähren, wenn es auch in den meisten Fällen gelang, die Zeugen vor Rachehandlungen abzuschirmen. Doch dazu bedurfte es der Mithilfe der zu schützenden Personen. Nur wenn die sich komplett an die Anweisungen hielten, konnte ein Auffliegen verhindert werden. Bei Manuela Schmitz hatte Klar so ihre Bedenken, ob sie dauerhaft kein Sicherheitsrisiko darstellen könnte. Da musste etwas unternommen werden, was Schneider ja bereits eingeleitet hatte.

Nach 15 Minuten Fahrt auf der Landstraße informierte Klar per Funk: „Verdächtiges Fahrzeug hinter mir. Verfolgt uns seit Verlassen des Hauses. Ich lasse mich zurückfallen und halte den Wagen in Schach."

Die Kollegen registrierten den Hinweis, setzten ihre Fahrt fort und sollten in knapp zwanzig Minuten den Zielort erreicht haben.

***

„Ich lasse mich von Ihnen nicht fertig machen", brüllte Sören Berger aufgebracht, als er Clemens im Büro gegenüber saß. Seine Nerven waren durch den Aufenthalt in der Zelle bis zum Bersten gespannt.

„Wer will Sie fertig machen?", versuchte Clemens ein wenig zu deeskalieren.

„Nur weil mir bei meiner Frau hin und wieder die Hand ausrutscht, bin ich kein Mörder."

„Hin und wieder?", lachte Clemens abschätzend. „Wenn ich mir die Krankenakte Ihrer Frau so anschaue ..."

„Sie neigt dazu, unglücklich zu stürzen", rechtfertigte sich Berger und Clemens bekam das Kotzen.

Mit wütendem Gesicht beugte er sich nach vorne zu Berger und fauchte bedrohlich:

„Neigung zum unglücklich stürzen? Berger, Sie sind ein jämmerlicher, feiger Versager. Lassen Ihre ganze Dummheit an Ihrer Frau aus, die so einen hirnlosen Depp wie Sie auch noch liebt. Pfui, Berger, Pfui ..."

Betreten starrte Berger zu Boden und brach plötzlich in sich zusammen: „Ich hasse mich selbst. Jeder Schlag tut mir in der Seele weh ..."

„Dann hören Sie auf zu schlagen", brüllte ihn Clemens an.

„Will ich ... Ich brauche Hilfe ... Und habe sie schon organisiert."

„Sie haben sich nicht unter Kontrolle", wurde Clemens mit einem Mal ganz sachlich. „Und deshalb sind Sie verdächtig, Linda Reich ermordet zu haben. Wenn Sie wütend sind, werden Sie zum Tier, Berger."

„Nein. Mord. Niemals. Ich will nach Hause. Ich brauche einen Drink. Ich zittere, schwitze ..."

„Und ich brauche die Wahrheit von Ihnen ..."

„Ja. Ich war dort."

„Wo?"

„Vor dem Haus von Linda Reich. Ich bin ihr nach der Arbeit gefolgt. Wollte ganz ruhig mit ihr reden!"

„Wann?"

„Vor drei Tagen ..."

„Also nicht an dem Tag des Mordes“, dachte Clemens laut nach. „Und? Weiter?“

„Ich stand vor der Tür, wollte läuten und dann hörte ich Gebrüll aus dem Haus. Die stritten heftig. Ein Kind begann zu weinen ... Da bin ich weg.“

„Und am nächsten Tag kamen Sie wieder und Linda Reich war alleine zu Hause. Sie war uneinsichtig, Sie flippten aus ... Ist doch verständlich, Berger. Sie sind krank im Kopf, verlieren schnell die Beherrschung ...“

„Ich war zu Hause am nächsten Tag ... Ganz sicher ...“ Plötzlich wurde Berger nachdenklich und blickte Clemens mit starren Augen an.

„Was ist, Berger? Kommen düstere Erinnerungen ans Tageslicht?“

„Für welche Zeit brauche ich ein Alibi?“, wollte Berger mit einem Mal wissen.

„Mittlerweile haben wir es genauer, Berger. Zwischen 16.30 und 17.00 Uhr. Und zaubern Sie jetzt keine Lügenstory aus dem Hut ...“

„Pizza. Ich habe Pizza bestellt“, stieß Berger geradezu euphorisch hervor.

„Wo und wann?“, fragte Clemens wenig beeindruckt zurück.

„Da, wo ich immer bestelle. Leone-Pizza. Ich war etwas angetrunken. Ich glaube so um 16.00 Uhr gab ich die Bestellung auf ...", versuchte Berger sich zu erinnern.

„Sicher?", hakte Clemens nach und Berger nickte eifrig.

„Wir werden das prüfen", versicherte der Kommissar und bei Berger schien Hoffnung zu keimen, seine Unschuld beweisen zu können.

„Sobald ich dazu etwas sagen kann, informiere ich Sie. Solange bleiben Sie in Haft", erklärte Clemens und ließ Berger abführen.

Als er vor dem Telefon saß, öffnete sich die Bürotür und Staatsanwältin Ravelsberg kam mit einem gewohnt missmutigen Gesicht herein.

„Wie lange wollen Sie diesen Berger noch festhalten? Ohne eindringliche Beweise."

„Bis sicher ist, dass er mit dem Mord nichts zu tun hat", rechtfertigte Clemens sein Vorgehen.

„Sie bewegen sich auf dünnem Eis. Wir können diesen Mann nicht tagelang einbuchten, ohne etwas gegen ihn in der Hand zu haben. Das müssten Sie eigentlich wissen, Clemens."

„Frau Staatsanwältin", betonte Clemens und versuchte seinen aufkommenden Ärger aufgrund der burschikosen Art von Ravelsberg im Zaum zu halten.

„Ich weiß sehr wohl, wo unsere Grenzen sind. Aber Berger hat Linda Reich bedroht, er ist unbeherrscht und hatte allen Grund, sauer auf das Mordopfer zu sein."

„Sauer? Glauben Sie, das reicht, um dem Oberstaatsanwalt zu erklären, dass Sie gegen Recht und Ordnung handeln?"

„Berger steht unter Verdacht. Bisher hatte er kein Alibi. Gerade eben brachte er eine Pizzabestellung kurz vor der Tat ins Spiel. Das werde ich jetzt prüfen."

„Ja, dann mal hopp", forderte Ravelsberg und Clemens verdrehte die Augen. Anschließend suchte er unter Beisein der Staatsanwältin die Telefonnummer der Pizzeria Leone heraus und rief dort an.

„Buongiorno, Pizzaservice Leone", meldete sich eine männliche Stimme mit italienischem Akzent.

„Sind Sie der Chef?", erkundigte sich Clemens.

„Momento", bekam er zur Antwort und kurz darauf meldete sich eine andere fröhlich klingende Männerstimme, ebenfalls italienisch klingend.

„Ciao, Chef Antonio Baldaricco."

„Herr Baldaricco, Ludger Clemens hier, Kriminalpolizei ..."

„Mamma mia, Policia will Pizza bestellen?"

„Nein, leider nein, vielleicht ein anderes Mal."

Neben Clemens verdrehte Ravelsberg ungeduldig die Augen und hoffte, Clemens komme endlich zur Sache.

„Kein Pizza? Wie ich kann Ihnen helfe?“

„Es geht um eine Bestellung von gestern. Lieferten Sie Pizza in die Wendelstraße 29 an einen Sören Berger?“

„Nicht so einfache Frage. Muss nachschauen in Computer“, entgegnete der Pizzeria-Chef.

„Gut. Dann tun Sie das bitte“, forderte Clemens und kurz darauf hörte er ein Rauschen und Knacken in der Leitung.

„Herr Baldaricco?“, vergewisserte er sich, ob die Leitung noch stand.

Dann die Reaktion: „Da kam Bestellung rein. 16.10 Uhr. Sören Berger, Wendelstraße, Pizza Salami plus Thunfisch mit eine große Flasche Rotwein.“

„Und wann wurde geliefert?“

„Momento ... Gar nicht. Nix da gewesen. 16.35 Uhr kam Mitarbeiter an und niemand zu Hause“, erklärte Baldaricco und die Verärgerung in seiner Stimme war deutlich zu hören.

„Sicher?“, hakte Clemens nach.

„Sicher, Chef. Zuverlässiger Mitarbeiter mich hat informiert darüber und kam mit Bestellung zurück. Ohne Bezahlung."

„Danke Ihnen, Herr Baldaricco", beendete Clemens das Telefonat und informierte Ravelsberg über den Inhalt des Gesprächs:

„Alibi von Berger ist geplatzt. Um 16.10 Uhr gab er die Bestellung auf, um 16.35 Uhr machte er zu Hause nicht auf ..."

„Wie lange dauert es von der Wohnung bis zum Tatort?", wollte Ravelsberg sichtlich genervt wissen.

„Knapp 30 Minuten schätze ich. Genug Zeit, um den Mord zu begehen ..."

„Wie auch immer", blieb Ravelsberg unbeugsam. „Das ist mir zu wenig. Berger kommt frei. Und beschaffen Sie mehr belastendes Material ... Ich veranlasse, dass Berger aus der Zelle kommt."

„Zicke", murmelte Clemens, als Ravelsberg das Büro verließ, kam kurz zurück, steckte den Kopf ins Zimmer und erwiderte:

„Zügeln Sie Ihre Zunge. Ich habe gute Ohren ..."

Mit einer abschätzenden Handbewegung und innerlich geladen schüttelte Clemens den Kopf und alleine schon diese Auseinandersetzung gab ihm neue Argumente, die Stelle, auf die er sich beworben hatte, doch ins Kalkül zu ziehen. Denn dauerhaft hatte er keine Lust, gegen eine Staatsanwältin anzukämpfen, die ihm und seinem Team das Leben schwer machte.

***

Mittlerweile hatte der Konvoi mit Manuela und Kai Schmitz an Bord das kleine Dorf erreicht, an dessen Ortsrand das alte Bauernhaus stehen musste, in dem die Zeugen vorübergehend untergebracht werden sollten.

„Helen. Wir sind gleich da", funkte Schneider seine Chefin an und wunderte sich, dass sie anscheinend außer Reichweite war, denn sie antwortete nicht.

„Da vorne muss die Bleibe sein", informierte er deshalb die Kollegen im vorausfahrenden Wagen

Die Gegend war karg, viel Feld, ein paar Trauerweiden standen am Ufer des Flusses und keine Menschenseele war zu sehen, nur ein Traktor mit Hänger kam ihnen entgegen.

„Hier werden wir wahnsinnig", monierte Kai Schmitz. „Das schreit geradezu nach Langeweile."

„Momentan geht es nicht um eine erfüllte Zeit, sondern um Ihre Sicherheit", schmetterte Schneider die Kritik ab.

„Hier sollen wir sicher sein? In so einem Kaff spricht sich doch schnell rum, dass hier Fremde rumlungern ...“

„Der Bürgermeister glaubt, Sie seien Künstler, die eine gewisse Zeit zurückgezogen ihrer kreativen Arbeit nachgehen. Deshalb werden wir ein kleines Atelier einrichten. Im Haus erhalten Sie neue Papiere und Ihre neue Identität.“

„Wieder neue Namen? Grausam“, meckerte Kai Schmitz.

„Schmitz“, fuhr ihn Schneider barsch an. „Ich kann mir auch etwas Besseres vorstellen, wie hier in der Einöde Wache zu schieben. Aber ich habe uns das nicht eingebrockt ...“

„Jetzt geben Sie uns die Schuld? Die ganze Schutz-Scheiße hier macht unser Leben kaputt ...“, regte sich Schmitz auf, doch Schneider hatte keine Lust auf eine derartige Auseinandersetzung und lenkte den Wagen auf einen Abstellplatz vor der Scheune, während die Kollegen direkt vor der Eingangstür des Fachwerkhauses parkten, dessen maroder Verputz und die Fenster mit Holzrahmen renovierungsbedürftig aussahen.

„Bleiben Sie im Wagen, bis die Kollegen das Objekt gesichert haben“, ordnete Schneider an und Manuela Schmitz erwachte aus ihrem Tiefschlaf.

Anfangs etwas orientierungslos schaute sie sich um und sagte mit müder Stimme:

„Wie schön hier. Natur, Ruhe ...“

„Ruhe?“, fiel Kai Schmitz ihr ins Wort: „Das ist schlimmer als Knast.“

Kopfschüttelnd über die launische Art von Schmitz verließ Schneider den Wagen, nachdem die Kollegen winkend signalisiert hatten, dass alles in Ordnung sei.

Widerwillig stieg auch Kai Schmitz aus, holte missmutig die zwei Taschen aus dem Kofferraum und folgte dem LKA-Beamten gemeinsam mit seiner Frau, die genüsslich die frische Landluft einatmete.

„Wo bleibt die Klar?“, dachte Schneider laut und wunderte sich, denn seine Chefin war ein Informations- und Kommunikationsmonster. Sie hielt das Team stets auf dem aktuellen Stand und konnte ein Funkloch überhaupt nicht ertragen.

***

„Ja und?“, gab sich Stefanie Henschke trotzig, als Hackenberg sie zusammen mit Weindel in deren Reihenhaus besuchten und direkt fragten, ob sie ein Verhältnis mit Manuel Reich hätte.

„Linda war nicht der Typ für Zärtlichkeit. Die Ehe der beiden war Schrott. Der Ausdruck stammt von ihr ..."

„Und wusste sie von Ihrer Affäre mit Manuel Reich?", hakte Weindel nach.

„Keine Ahnung. Linda war ein analytischer und realistischer Mensch. Ich denke, dass sie gute Miene zum bösen Spiel machte, aus Rücksicht auf ihre Tochter Angelika."

„Wollte sich Manuel Reich denn trennen?"

„Wir sprachen darüber. Aber uns beiden war klar, dass es eine heikle Angelegenheit war. Linda hätte alles dafür getan, um Angelika bei einer Scheidung von ihrem Vater fern zu halten. Da war sie knallhart."

„Dann kam Ihnen beiden der Tod von Linda Reich ganz recht", spekulierte Hackenberg und Weindel wunderte sich über die verbale Angriffslust und Direktheit des Kollegen.

Herablassend lächelnd spielte Henschke den Vorwurf runter:

„Natürlich macht es uns das leichter, keine Frage. Aber glauben Sie wirklich, ich könnte nicht mit den Waffen einer Frau kämpfen, um einen Mann für mich zu gewinnen. Dazu bedarf es keinen Mordes ..."

„Und Manuel Reich. Quälte ihn nicht dauerhaft dieses Doppelleben?“, fragte Hackenberg mit festem Blick.

„Natürlich kotzte es ihn an, neben einer Frau aufzuwachen, die er nicht mehr liebte. Aber Manuel ist Vater zu 100 Prozent. Mord würde für ihn bedeuten, Angelika verlieren zu können. Das Risiko würde er niemals eingehen ...“

„Was ist Manuel Reich für ein Typ? Aufbrausend oder gibt er klein bei? Wie sprach er über seine Frau?“, schaltete sich Weindel wieder ein.

„Verlangen Sie ernsthaft von mir, dass ich meinen Liebhaber belaste?“

„Können Sie ihn denn belasten?“

„Natürlich nicht. Manuel liebt das Leben und Linda bremste ihn aus. Aber er hasste sie nicht. Und aufbrausend? Manuel ist ein Mann mit Energie und lebte an der Seite einer wortkargen Idealistin ...“

„Gefährliche Mischung“, stellte Weindel fest und Henschke sagte mit Blick auf ihre Armbanduhr:

„Redezeit beendet. Ich muss zum Job.“

„Wir bleiben in Kontakt“, erklärte Weindel, was eher wie eine Drohung klang und verließ mit Hackenberg das Reihenhaus.

Schwerer Fall

Die Fahrt nach Budapest war für Rolf Tauer eine Foltertour gewesen. Permanentes Stop-and-Go, dann wieder Stillstand, unendliche Baustellen, nervige Überholmanöver der LKWs. Ziemlich genervt und mit verspannter Muskulatur erreichte er das Hotel Wachin, dessen Adresse ihm Busfahrer und Busunternehmer in einer Person, Heinz Raabe, auf sein Handy geschickt hatte.

An der Rezeption erkundigte er sich nach ihm und der Mann hinter dem Tresen hätte nach Ansicht von Tauer eine Extraschulung zum Thema ‚Kundenfreundlichkeit' vertragen können. Im gebrochenen Deutsch nuschelte er unverständliche Wortfetzen vor sich hin und Tauer hatte Mühe, auch nur einen einzigen brauchbaren Satz zwischen den gelben Raucherzähnen rauszuhören.

„Wie bitte? Können Sie mal Ihre Lautstärkenregler etwas hochschieben", polterte Tauer und erntete einen entgeisterten Blick.

„Ja, nicht glotzen, machen ... Heinz Raabe ..., bitte!", legte Tauer nach und der Hotelangestellte ließ sich trotzdem nicht aus der Ruhe bringen. Im Zeitlupentempo suchte er im Gästebuch nach der

Zimmernummer, benutzte das Telefon und schien das Zimmer von Heinz Raabe anzurufen. Ungeduldig tippelte Tauer mit den Fingern der rechten Hand auf den Tresen. Der Hotelmitarbeiter sprach mit irgendjemandem, legte auf, wandte sich an Tauer und erklärte:

„Mister Raabe kommen runter ..."

„Prima. Das lange Warten hat sich gelohnt", lobte Tauer, der sich im Nachhinein über seine eigene Ungeduld und ungehobelte Art ärgerte. Daran musste er noch arbeiten. Doch alles zu seiner Zeit. Ziele konnte man nur erreichen, wenn man sie nicht zu hoch ansetzte. Nach diesem Motto lebte er bestens. Nach wenigen Minuten sah er einen kräftigen, leicht übergewichtigen Mann mit Halbglatze und ungewöhnlich großen Händen auf sich zukommen. Im ersten Moment hatte Tauer den Eindruck, dass die großen Pranken gar nicht zu den merkwürdig kurzen Unterarmen passten. Dann ratterte es wieder mal in seinem Kopf: Geruch nach Nikotin. Zeichen für Nervosität und Langeweile in den Fahrpausen. Übermäßiger Parfümduft. Starker Schweißaustritt und mit Duft auf Frauenfang. Single oder Fremdgänger? Fremdgänger wegen des Eherings. Große Hände? Passt nicht zu einem Busfahrer. Umschulung oder Busunternehmen geerbt? Tauer tippte auf Erbschaft. Seine Frau bekam das Unternehmen von ihren Eltern. Raabe führte die Ehe weiter, um die Existenz nicht zu gefährden. Ob er damit richtig lag, wollte Tauer herausfinden, denn das war für ihn so was wie sportlicher Ehrgeiz.

„Herr Tauer?“, erkundigte sich der Mann und der Angesprochene reichte ihm seine Hand, begrüßte ihn:

„Freut mich, Herr Raabe ...“

„Wollen wir im Bistro was trinken?“, schlug Raabe vor.

„Gut. Gehen Sie vor“, erwiderte Tauer und sie betraten das einfache, aber gut besuchte Hotelbistro.

Als sie an einem Zweiertisch vor dem Fenster Platz genommen hatten, fragte der Ober nach der Bestellung.

Während Tauer einen Kaffee bestellte, orderte Raabe ein Pilz plus einen Magenbitter, etwas zur Verwunderung von Tauer, denn es war gerade mal Mittagszeit und ein Busfahrer sollte doch eigentlich etwas behutsamer mit Alkohol umgehen.

„Und wie läuft das Busgeschäft?“, leitete Tauer das Gespräch ein, um Raabe ein wenig locker zu machen.

„Wieder besser. Die Leute lassen sich gerne rumfahren."

„Wie lange machen Sie das schon?"

„Jetzt elf Jahre. Vorher war ich auf dem Bau. Meine Frau übernahm das Busunternehmen von ihren Eltern, ich holte die Führerscheine nach und stieg voll ein ..."

„Dann kommen Sie viel rum, ohne Ehefrau!"

„Na ja, so seine Freiheit zu haben hat doch was", grinste Raabe feist in sich rein und freute sich, als Bier und Magenbitter vor ihm standen.

„So, Herr Raabe. Wie war das jetzt mit dem Ehepaar Kaiser?", kam Tauer zur Sache.

„Sauschlimm. Eklig tragisch", kommentierte Raabe, trank mit einem Schluck das halbe Bierglas aus, entschuldigte sich für einen kleinen Rülpser und meinte betroffen blickend:

„Sowas habe ich noch nie erlebt. Wirkten sehr harmonisch die zwei. Aber wie kann man sich als Frau in eine solche Gefahrensituation begeben? Unbegreiflich ..."

„Wie meinen Sie das", fragte Tauer skeptisch blickend.

„Na, die Kaiser entfernte sich alleine von der Reisegruppe. Ich mahnte sie noch, dass es bald weiterginge. Doch die musste noch eine rauchen.

Ich meine, Herr Kommissar, ich bin auch Raucher. Aber auf einem Rastplatz läuft so viel Gesindel rum. Da kann ich mir die Kippe verkneifen. Außerdem hätte sie doch bei uns in der Nähe eine reinpfeifen können."

Noch ein Schluck und das Glas war leer ...

Ungeduldig schaute Raabe nach dem Ober, der ihn nicht zu registrieren schien.

„Moment bitte. Muss grad was erledigen", schnaufte er zu Tauer und streckte sich breit über den Tisch, um dem Ober lauthals die Bestellung durch den Raum zu rufen:

„Excuse me. Noch ein Bier ..."

Freundlich nickte der Ober zu und Raabe war zufrieden.

„Diese Wanderarbeiter sind meist nicht so schnell im Kopf", erklärte er und schaute Tauer selbstzufrieden an.

„Ist Ihnen etwas aufgefallen? Eine Person, die Inka Kaiser nachging, die Gruppe beobachtete ..."

Nachdenklich blickte Raabe auf das faltenfreie Tischtuch, kniff die Augen zusammen und meinte:

„Da waren so viele Menschen ..."

„Mal zu Ihrer Reisegruppe. Hatte sich jemand mit den Kaisers angefreundet oder vielleicht gestritten?"

„Herr Kommissar. Ich sitze vorne im Cockpit. Bin als Pilot für Sicherheit und Weiterkommen verantwortlich. Im Hinterkopf habe ich keine Augen ... Verstehen Sie?“

„Klar. Sie nehmen Ihren Beruf sehr ernst“, entgegnete Tauer und Raabe war nicht sicher, ob das ehrlich oder ironisch gemeint war. Entsprechend verunsichert war er im ersten Moment, was Tauer bewirken wollte, um Raabe in ein anderes Denkmuster zu hieven.

„Und Sie?“

„Wie und ich?“, gab sich Raabe verdutzt.

„Na, haben Sie sich vielleicht vom Bus entfernt und sind Inka Kaiser hinterher? Sie sind doch ein kleiner Frauenheld.“

„Also, jetzt mal langsam“, war Raabe echauffiert. „Ich bin doch ... kein ... Frauenmörder ...“

„Nein? Beweisen Sie das Gegenteil.“

„Ich stand die ganze Zeit am Bus. Die Mitreisenden können das bestätigen.“

„Können Sie die Leute benennen, mit denen Sie sprachen?“, blieb Tauer hartnäckig.

„Mmh, da muss ich in mich gehen ...“, versuchte sich Raabe krampfhaft zu konzentrieren.

Eigentlich wollte Tauer nur testen, wie ausgeprägt die Beobachtungsgabe von Raabe war, um sich zu vergewissern, ob Raabe tatsächlich nicht mitbekommen hatte, ob sich jemand auffälliges im Umfeld von Inka Kaiser aufhielt.

„Fallen mir jetzt nicht ein, die Personen“, musste Raabe zugeben.

„Schon gut, Herr Raabe. In meinen Augen sind Sie kein Mörder“, beruhigte ihn Tauer und fragte nach den Reisegästen.

Sichtlich erleichtert wischte sich Raabe mit dem Ärmel seiner Strickjacke den Schweiß von seiner Stirn, trank den Schaum vom frischen Bier ab und erklärte:

„Die besichtigen mit einem Reiseführer die Altstadt. Um 17.00 Uhr fahre ich die Gruppe zu einem Weingut. Abendessen mit Weinprobe. Um 13.00 Uhr wird hier im Hotel gegessen. Da können Sie die Leute befragen, wenn Sie wünschen ...“

„Werde ich müssen“, meinte Tauer, schaute auf sein Handy, um die Uhrzeit zu eruieren und überlegte, was er mit den zwei Stunden, die er hatte, noch anstellen könnte.

„Dann mal vorerst danke für die Auskünfte, Herr Raabe. Wenn Ihnen noch etwas einfällt, hier meine Visitenkarte. Ach, noch was, geben Sie mir die Namensliste der Mitreisenden?“

„Ja, natürlich. Kriegen Sie um 13.00 Uhr. Meine Frau kann sie mir durchfaxen."

„Haben Sie keine Liste mit?", wunderte sich Tauer.

„Nein. Ich zähle immer durch, damit mir keiner durch die Lappen geht."

„Wie in der Schule", stellte Tauer trocken fest und Raabe lachte übereifrig:

„Guter Vergleich, Herr Kommissar. Komme mir oft vor wie bei einer Klassenfahrt."

Mit einem kurzen Nicken stand Tauer auf, klopfte mit der Faust leicht auf den Tisch und ließ Raabe alleine. An der frischen Luft bei einem Bummel durch die Stadt oder am Fluss entlang, wollte Tauer den Kopf frei bekommen.

***

Zum Glück, dachte Charly Bäcker, bin ich jahrelang auf dem Bock gesessen und habe tausende Kilometer runtergespult. Daher war es für ihn ein Leichtes, die Verfolgung des mysteriösen Wohnmobils mühelos durchzuhalten. Hartnäckig klebte er hinter dem Gefährt, ohne sich auffällig zu nähern. Mal wechselte er die Spur, ließ sich zurückfallen, überholte mal, um nicht entdeckt zu werden. Die Spannung animierte ihn ungemein, spornte ihn an. Endlich mal wieder was los im Leben und liebend gerne würde er beobachten, wenn der Fremde schmutzige Spielchen mit der Großbusigen anstellte. So ein paar Sauereien hautnah miterleben zu dürfen, wäre schon etwas Feines. Das Adrenalin in seinen Adern verdrängte die Müdigkeit und die Vorfreude auf ein großes Abenteuer und ließ ihn wieder richtig jung fühlen.

„Was stellt der denn an?“, wunderte sich Bäcker plötzlich, als das Wohnmobil vor ihm den Blinker setzte und die Autobahn verließ. War Bäcker aufgeflogen? Wollte der Fremde herausfinden, ob er ihm weiter folgte? Jetzt musste er vorsichtig sein ... Geschwindigkeit runter, zurückfallen lassen, in größerem Abstand folgen.

„Was jetzt?“, murmelte Bäcker vor sich hin und empfand das Verhalten immer merkwürdiger. Das Wohnmobil bog in einen Waldweg ab und Bäcker überlegte angestrengt, wie er sich nun verhalten sollte ... Den Fremden von der Leine lassen? Nein, auf gar keinen Fall. Das war ihm das Risiko wert. Vorsichtig näherte er sich dem Weg, in dem der Camper eingebogen war. Bäcker hielt an, starrte in den schmalen Pfad hinein, der gerade breit genug war, um ein Wohnmobil durchzuschleusen. Doch von dem war weit und breit nichts zu sehen. Wie konnte der sich so schnell in Luft auflösen? Er musste handeln, bog ebenfalls in die Richtung ein und manövrierte seinen Wagen so geschickt zwischen Weg und Bäume, dass er problemlos fahren konnte. Nach wenigen Metern parkte er seinen Wagen geschickt im Unterholz und hoffte, ein gutes Versteck für seine Karre gefunden zu haben.

Entschlossen holte er aus dem Handschuhfach das kleine Beil, das er für den Fall der Fälle dabei hatte, stieg aus und betrat den Waldweg, um zu eruieren, wo sich das geheimnisvolle Wohnmobil befand. Der Boden war weich und seine Schritte wurden abgedämpft. An einigen Stellen war die Erde aufgewühlt. Zeichen, dass sich Wildschweine hier aufhielten. Das Krähen der Raben klang in dieser Stille wie ein Warnruf an die Wildtiere, dass sich Menschen im Revier aufhielten.

Dann nahm die Dichte der Bäume etwas ab und Bäcker entdeckte einen idyllischen kleinen See. Nicht sehr groß, aber immerhin tanzte am Ufer ein Ruderboot im Wasser.

„Da“, zuckte er zusammen und erspähte rechts am Ufer hinter zwei massiven Tannen das gesuchte Wohnmobil. Schnell duckte er sich hinter einen Busch und beobachtete aus sicherer Entfernung, was sich etwa zwanzig Meter vor ihm abspielte. Vorerst tat sich überhaupt nichts. Wie unbewohnt wirkte das Wohnmobil. Geisterhaft. Vorsichtig schob er mit der Hand einen Ast beiseite, um bessere Sicht zu haben.

Endlich! Es kam Bewegung ins Spiel. Die Tür öffnete sich ...

***

Jetzt war Miro Schneider klar, dass seiner Chefin Helen Klar etwas passiert sein musste. Eine Stunde war sie über der Zeit. Kein Funkkontakt mehr und bei ihrem Handy sprang die Mailbox an. Ein Unfall? Ein Überfall? Was auch immer, Schneider musste handeln und informierte per Handy Astrid Daniels, die Abteilungsleiterin der gesamten Zeugenschutzprogramme.

„Wie? Sie meldet sich nicht?“, fragte sie Schneider verwundert.

„Wir fuhren vorne weg und Klar übernahm die Nachhut. Sie meldete über Funk ein verdächtiges Fahrzeug, ließ sich zurückfallen und seitdem haben wir keinen Kontakt mehr ...“

„Fahren Sie umgehend die Strecke ab“, befahl Daniels. „Und informieren Sie mich sofort.“

„Ich soll aber hier die Zeugen sichern und in die neue Identität einweisen“, erklärte Schneider.

„Wie viele Leute von uns sind vor Ort?“

„Mit mir drei ...“

„Das genügt. Fahren Sie die Strecke ab ... Umgehend.“

Obwohl Schneider es fahrlässig fand, Manuela und Kai Schmitz ohne Einweisung mit zwei Kollegen zurückzulassen, führte er den Befehl aus, fragte sich jedoch, weshalb kein Kollege aus dem Präsidium den Job übernahm. Aber dann leuchtete ihm ein, weshalb Daniels ihn beauftragte. Sonst hätte ein Kollege mitbekommen, welche Strecke Klar gefahren war. Also ein Mitwisser mehr und das galt es so gut wie möglich stets zu vermeiden.

Nachdem er die Kollegen im Haus informiert hatte, fuhr er aufmerksam die Strecke ab, um die Stelle zu erreichen, an der sich seine Chefin zurückfallen ließ.

Im Bauernhaus packte Kai Schmitz währenddessen oben im Zimmer seine Sachen aus und überlegte, noch eine Runde zu joggen. Doch der Blick aus dem Fenster signalisierte ihm drohenden Regen, deshalb räumte er die Laufsachen in den Bauernschrank und ging nach unten, um sich ein Bierchen zu gönnen. In der Küche saß Manuela und wirkte ein wenig entspannter. Die Umgebung, die Landluft schien ihr gut zu bekommen. Beide Polizisten schauten hinter dem Haus nach Einbruchmöglichkeiten und rauchten dabei Zigaretten.

„Hallo. Ist hier jemand?“, hörte Kai Schmitz plötzlich eine männliche Stimme rufen und Manuela Schmitz zuckte verängstigt zusammen.

„Kai. Wo sind die Polizisten?“, bibberte sie.

„Keine Panik. Das wird ein neugieriger Dorfbewohner sein ...“, beruhigte ihr Mann, der in den Flur ging, um den unbekannten Gast zu begrüßen.

„Hallo“, rief ihm Kai zu, als er einen urig ausschauenden Mann mit grünem Parka, Kapuze über dem Kopf und einer Schrotflinte in der rechten Hand erblickte.

„Servus. Sie müssen entschuldigen. Ich bin Jäger hier und habe Autos vor dem Haus gesehen. Ziehen Sie hier ein?“

„Warum wollen Sie das wissen?“, fragte Schmitz zurück.

„Weil ich das Haus für die Jagdgesellschaft mieten wollte, die regelmäßig hierher kommt.“

In diesem Moment tauchten die beiden Polizisten auf und drängten den Jäger etwas unsanft aus dem Haus.

„Na, Sie sind aber rüde“, regte der sich auf und der Polizist machte ihm klar, dass er hier nicht erwünscht war:

„Das Künstlerpaar muss hier in Ruhe arbeiten. Also keine Störung, Herr ... Wie war Ihr Name?“

„Gruber, Hans Gruber. Also zu solch gastunfreundlichen Leuten komme ich nicht mehr. Typische Stadtleute“, schimpfte er, fuchtelte mit der Flinte rum und verließ das Grundstück.

„Haben Sie ihm Informationen mitgeteilt?“, wandte sich einer der Polizisten an Schmitz, der verneinend den Kopf schüttelte:

„Mehr als Hallo habe ich nicht gesagt ...“

„Gut. Dabei sollte es auch bleiben.“

„Warum beschützen Sie uns nicht richtig?“, brüllte Manuela Schmitz die Polizisten an. „Was, wenn der uns ausspioniert hat?“

„Manuela“, mahnte ihr Mann sie, nicht auszuflippen.

„Das war ein Jäger und die Polizisten können nicht überall sein.“

„Beruhigen Sie sich“, meinte einer der Polizisten und versprach, sich mit den Kollegen im LKA in Verbindung zu setzen, damit die recherchierten, ob Hans Gruber tatsächlich ein Jäger war und hier im Dorf wohnte.

„Aber schnell. Damit wir Klarheit haben“, forderte Manuela Schmitz und der Polizist trat vor das Haus, um einen besseren Empfang zu haben und rief einen Kollegen an, der nach Hans Gruber recherchierte und zurückrufen sollte.

Mittlerweile hatte Miro Schneider in etwa die Stelle erreicht, an der Helen Klar die Geschwindigkeit verringert hatte. Kein Unfall, kein abgestellter Wagen am Fahrbahnrand. Was war passiert? Wo hielt sich seine Chefin auf? Die Vermutung, dass ihr etwas zugestoßen war, verdichtete sich bei ihm, denn eine andere Vorstellung von dem spurlosen Verschwinden hatte er nicht.

Verlässlich, penibel und erfahren waren die Attribute seiner Chefin. Er kannte sie als besonnen, vorausschauend und nur bedingt risikobereit ...

„Hier Miro Schneider“, meldete er sich bei Astrid Daniels.

„Und?“

„Keine Spur von ihr ... Bin die Strecke komplett abgefahren.“

„Dann gebe ich die Fahndung raus ...“

„Gut. Ich fahre zurück ins Haus.“

„Nein. Sie warten vor Ort. Ich schicke vier Kollegen, die die Umgebung in einem größeren Radius absuchen. Aber kein Wort über den Unterbringungsort der Zeugen. Das behandeln Sie neutral. Verstanden?"

„Verstanden. Ich warte hier, bis die Kollegen eintreffen."

***

Nachdem Weindel und Hackenberg zurück im Präsidium waren, bat Clemens zu einer kleinen Besprechung, um die vorliegenden Informationen auszutauschen.

„Also", begann er konzentriert: „Dank unserer Staatsanwältin durfte Sören Berger die Zelle verlassen ..."

„Typisch. Wäre ja auch eine Überraschung, wenn Ravelsberg uns den Rücken stärkte", regte sich Weindel auf und schüttelte fassungslos den Kopf.

„Wie auch immer. Berger gab an, Pizza im Zeitraum der Tat bestellt zu haben. Die Bestellung gab er tatsächlich auf. Aber die Lieferung nahm er nicht an."

„Alibi geplatzt", resümierte Hackenberg, dem Clemens nickend zustimmte.

„Stefanie Henschke gibt zu, eine Affäre mit Manuel Reich zu haben“, berichtete Weindel. „Sie ist sich nicht sicher, ob Linda Reich davon wusste.“

„Kommen also Manuel Reich, Sören Berger und sogar Stefanie Henschke momentan als Verdächtige in Frage“, stellte Clemens fest.

„Und das Alibi von Jürgen Grabner ist ja auch fraglich“, ergänzte Hackenberg.

„Allerdings. Und dann wäre da noch der Mord auf dem Rastplatz“, warf Clemens in die Runde.

„Kollege Tauer ist heute in Budapest und befragt die Reisegruppe“, erklärte Weindel.

„Und hält uns hoffentlich auf dem Laufenden“, meinte Clemens mit einem etwas ungläubig klingenden Unterton.

„Er hat es versprochen“, lächelte Weindel gequält. „Aber ich bleibe an ihm dran ...“

„Wir müssen uns die Frage stellen, ob es da wirklich einen Zusammenhang gibt“, grübelte Clemens und wandte sich an Hackenberg:

„Wann kommt denn dieser Psychologe, den Sie empfohlen haben?“

„Dr. Karsten Sachner müsste in spätestens 30 Minuten hier sein.“

„Schön, dass wir das auch mal erfahren“, sagte Clemens etwas vorwurfsvoll.

„Ich sehe Sie ja heute zum ersten Mal", rechtfertigte sich Hackenberg.

„Und Ihr Telefon haben Sie verschluckt?", konterte Clemens, was bei Weindel ein stummes Lächeln provozierte, denn sie wusste genau, wie unangenehm es Hackenberg war, getadelt zu werden und einen Fehler eingestehen zu müssen. So waren sie eben, die Perfektionisten. Immer 100 Prozent geben und 100 Prozent haben wollen. Da waren Enttäuschungen vorprogrammiert.

„Kommt nicht mehr vor", versprach Hackenberg mit gesenktem Kopf.

„Kein Beinbruch. Wir sind alle unter Dampf", schränkte Clemens ein. „Aber eines dürfen wir nicht versäumen: die Kommunikation. Wenn wir alle auf dem gleichen Wissenstand sind, können wir unsere Energie bündeln. Und drei Gehirne sind leistungsfähiger als eines ...", zeigte sich Clemens überzeugt und konnte sich einen humorvollen Seitenhieb nicht verkneifen.

„Auch wenn ein weibliches Gehirn dabei ist ... Also haben wir zweieinhalb im Ring."

„Chef", grinste Weindel zurück. „Sie müssten als erfahrener Mann doch wissen, dass es bei den entscheidenden Dingen nicht auf die Größe ankommt."

„Ist das so? Als Mann kann man das doch gar nicht wissen“, warf Clemens den Fehdehandschuh zurück.

„Wie dem auch sei. Die Größe ist zweitrangig. Glauben Sie mir“, versicherte Weindel und Clemens beendete den kleinen verbalen Schlagabtausch, was Hackenberg innerlich begrüßte, denn er empfand solche Albereien als störend und zeitaufwändig.

***

Ihm stockte der Atem! Was da vor seinen Augen geschah, war der reinste Thriller. Besser als jeder Fernsehkrimi, denn hier saß Charly Bäcker tatsächlich in der ersten Reihe mit bester Aussicht. Der Fremde schleppte einen Plastiksack aus dem Wohnmobil. Verdammt schwer schien das lange Ding zu sein, denn der Kerl hatte Mühe, daran zu schaffen. Für Bäcker gab es keine Zweifel. Hier wurde gerade eine Leiche entsorgt. Das Stöhnen des Leichenentsorgers drang bis zu ihm ... Dann legte der Typ die vermeintliche Leiche in das Ruderboot, stieg mit ein und ruderte in die Mitte des Teiches. Zuvor hatte er Gewichte um den Plastiksack gehängt und mit einem Plumps verschwanden die toten Überreste im Wasser.

Sollte Bäcker die Polizei einschalten? Nein, kam es ihm schnell in den Kopf. Dieses Abenteuer wollte er weiter verfolgen und war gespannt, was er mit dem zweiten Opfer angestellt hatte. Natürlich wünschte sich Bäcker insgeheim, dass die Frau mit den großen Brüsten noch am Leben war und er Zeuge von sadistischen Spielchen werden konnte. Und seine Hoffnung wurde genährt, weil der Fremde ins Wohnmobil stieg und keine zweite Leiche entsorgte. Irgendwann würde für Bäcker die große Gelegenheit kommen: ein Blick ins Wohnmobil und alle Geheimnisse wären gelüftet. Eilig raste er durch den Wald zurück zu seinem Gefährt, denn er rechnete damit, dass der Fremde mit seinem Opfer an Bord die Fahrt fortsetzen würde und da musste Bäcker dran bleiben ...

***

„Bin ich hier richtig?“, fragte ein seltsam wirkender Mann etwas verunsichert, nachdem er die Tür zum Büro aufgeschoben hatte. Dünn wie ein Besenstiel, markante, blaue Augen, die funkelten wie Eiskristalle und tief in der Höhle lagen. Spitze Wangenknochen und schulterlange Haare.

„Ja sind Sie", strahlte Hackenberg für einen kurzen Moment, der Dr. Karsten Sachner sofort erkannt hatte. Mit der abgewetzten Ledertasche unterm Arm und seinem viel zu groß geratenen grauen Anzug wirkte der Psychologe wie ein Relikt aus dem letzten Jahrhundert. Irgendwie fehlplatziert, so, als habe man ihn aus der Vergangenheit gegen seinen Willen in diese Zeit gebeamt ...

„Hackenberg. Wir hatten telefoniert", wurde er freundlich begrüßt. „Mein Vorgesetzter Ludger Clemens und meine Kollegin Charleen Weindel ... Das ist Dr. Sachner", erklärte Hackenberg und Clemens wunderte sich überhaupt nicht über die merkwürdige Art von Sachner. Denn für ihn waren Psychologen und Psychiater nicht weit entfernt vom Geisteszustand ihrer Patienten. Das lag vielleicht auch daran, dass er schlechte Erfahrungen mit dieser Berufsgruppe gemacht hatte. Denn trotz mehrfacher Therapien konnte die bipolare Störung seiner Mutter nicht geheilt werden, was sie schließlich in den Suizid trieb.

„Was gibt es konkret zu tun?", erkundigte sich Sachner, setzte sich an den kleinen Besprechungstisch, holte aus der Ledertasche eine Thermoskanne und Brotbox hervor, die er beides behutsam nebeneinander platzierte und hungrig beäugte.

„Der Magen muss arbeiten, wenn der Kopf denkt", erklärte Sachner und schraubte die Thermoskanne auf. Dann schüttete er Kaffee in den Deckel und nahm einen Schluck von dem dampfenden Getränk und schob sich einen Bissen Brot in den Mund.

„Wir ermitteln in einem Mordfall", erklärte Hackenberg und legte Sachner Fotos der KTU von Linda Reich vor.

Konzentriert betrachtete Sachner die Fotos und das Denken wirkte bei ihm ungemein anstrengend. Das Gesicht angespannt, die Augen weit aufgerissen, die Mundwinkel nach unten gezogen.

„Hohes Aggressionspotenzial", murmelte Sachner. „Der Täter ist praktisch veranlagt. Messerstiche in den Bauch sind einfach und pragmatisch. Er wollte töten, nicht zerstören. Kein Kehlenschnitt, kein Stich ins Herz ..."

„Und", fügte Hackenberg hinzu, „er trennte anschließend den rechten Zeigefinger ab ..."

„Interessant", meinte Sachner und hörte sich fast schon schwärmerisch an.

„Er hat keine guten Erfahrungen mit dominanten Frauen gemacht ... Hatte das Opfer einen Beruf, bei dem Durchsetzungskraft und Dominanz gefragt waren?"

„Allerdings“, schaltete sich Clemens ein. „Sie war Sozialarbeiterin ... Doch was hat Ihre Feststellung mit dem abgetrennten Zeigefinger zu tun?“

„Denken Sie mal nach, was man mit dem rechten Zeigefinger anstellt“, entgegnete Sacher, doch Clemens wusste nicht, worauf der Psychologe hinaus wollte. Fragend zuckte er mit den Schultern.

„Na?“, wunderte sich Sachner, dass ihm keiner richtig folgen konnte.

„Man droht, ermahnt damit ... ‘Du machst jetzt deine Hausaufgaben‘, wettert die Mutter und untermalt das oft mit dem ausgestreckten Zeigefinger. Ein Symbol für Dominanz und Bedrohung.“

„Faszinierend“, bewunderte Weindel die Kombinationsgabe von Sachner, der fortfuhr:

„Sie haben es mit einem nicht sehr kräftigen, äußerst wütenden, cholerischen Mann zu tun. Single mit Bindungsangst, lebt in der Stadt, weil er sich in der Menge verstecken will. Im Beruf möglichst wenig Kundenkontakt.“

„Tötet er willkürlich oder hat er einen Bezug zum Opfer?“, wollte Clemens wissen und Sachner antwortete wie aus der Pistole geschossen:

„Er kannte sein Opfer. Nicht tiefgreifend, aber zumindest so, dass er wusste, wie dominant die

Frau war. Da reicht eine einzige Begegnung, um das festzustellen."

„Es gab noch einen zweiten Mordfall", erklärte Weindel. „Ähnliches Tötungsschema. Ebenfalls rechter Zeigefinger abgetrennt. Tatwaffe Messer."

„Aber knapp 50 Kilometer vom ersten Tatort entfernt auf einem Rastplatz", ergänzte Clemens und formulierte seine Folgefrage: „Glauben Sie, es ist der gleiche Täter und warum zwei Morde kurz hintereinander? Das ist doch Stress ..."

Grübelnd biss Sachner abermals herzhaft in das Leberwurstbrot und kaute genussvoll. „Das ist nicht so einfach zu beantworten", musste er zugeben. „War das zweite Opfer ebenfalls eine dominante Persönlichkeit?"

Mit fragender Miene blickte Clemens zu Weindel, die nach dem Gespräch mit Tauer eigentlich mehr Einblick in den Mordfall auf dem Rastplatz haben sollte. Doch bei dieser Frage musste sie passen und ärgerte sich über ihre eigene Unwissenheit.

„Da muss ich nachfragen ...", gab sie zu.

„Ich sehe zwei mögliche Varianten", erklärte Sachner. „Der Täter braucht den Adrenalinkick. Stress gibt ihm eine Art Flow. Er setzt sich selbst ein enges Zeitfenster für die Morde, um sich unter Druck zu setzen ... In diesem Falle können Sie davon ausgehen, dass der Täter das Risiko liebt. Entweder schlägt er kurz hintereinander zu, weil er die Gefahr liebt, erwischt zu werden. "

„Und die zweite Variante?", zeigte sich Clemens immer interessierter an den Auslegungen von Sachner. Der biss noch einmal in sein Brot, dachte beim Kauen nach und fuhr fort:

„Wir leben im Zeitalter der schnellen Kommunikation. Ein zweiter Täter erfährt über das Internet von der ersten Mordtat. Das entfacht in ihm den Trieb, ich will sagen, entfesselt den inneren Wunsch, ebenfalls zu töten. Er kopiert einfach die Tat nur mit einem anderen Opfer."

„Wie erklärt man das psychologisch? Wo liegt das Motiv, der Antrieb für ein Kopieren der Tat?", hakte Clemens weiter nach.

„Ein kleiner Auslöser kann in die Katastrophe führen. Es gibt psychisch kranke Menschen, die in sich ein gigantisch hohes Potenzial an Aggression tragen. Sie mussten es immer unterdrücken. Mal ganz konkret. Unser Täter hasst sich, sein Leben, die Welt, Frauen ... Er hält sich auf einem Rastplatz auf, surft in seinem Auto, liest von dem Mord und ist fasziniert davon. Wie im Drogenrausch verliert er sich und die Kontrolle über sein Ich. Er muss töten. Aus purem Nervenkitzel oder einem inneren Drang heraus. Da er nicht sehr intelligent und kreativ ist, tötet er so, wie er es im Netz gelesen hat."

„Also ein Zufallsopfer", stellte Clemens fest.

„Wie gesagt, eine von zwei Varianten ...", meinte Sachner und Clemens fasste noch einmal zusammen:

„Also, ich wiederhole. Möglichkeit eins: Täter kennt Linda Reich und auch das Opfer vom Rastplatz ..."

„Inka Kaiser", warf Weindel ein.

„Genau", fuhr Clemens fort. Es handelt sich um einen Täter, der dominant auftretende Frauen umbringt. Sie also kennt, wenn vielleicht auch nur flüchtig. Er braucht Stress und Druck bei den Taten, geht deshalb hohes Risiko ein und/oder setzt sich selbst unter Zeitdruck."

„Genau", stimmte Sacher zu.

„Und im zweiten Falle", resümierte Clemens, „sind es zwei unterschiedliche Täter. Der Mörder vom Rastplatz hat kopiert ... Wir müssen herausfinden, wann die erste Meldung über den Mord an Linda Reich im Netz zu sehen war."

„Ich spreche mit der IT", versprach Weindel.

„Dann brauchen Sie mich nicht mehr", brach Sachner überraschend das Gespräch ab, packte seine Sachen in die Aktentasche und wollte verschwinden.

„Dürfen wir bei Bedarf auf Sie zukommen?“, fragte Clemens bei der Verabschiedung und Sachner antwortete:

„Eher nein ... Viel zu tun“ und schon war er verschwunden.

Verblüfft über die Antwort des Psychologen und den übereilten Aufbruch musste sich Clemens erst einmal sammeln.

„Eigentümlich. Aber interessant, dieser Sachner“, stellte er fest und Hackenberg stimmte zu:

„Allerdings. Bei seinen Vorlesungen führt er manchmal vor den Zuhörern ganz offen und laut private Handygespräche oder trinkt eine Dose Bier ... Aber er ist eine echte Kapazität.“

„Außer Frage. Beeindruckend“, kommentierte Weindel mit einem begeisterten Unterton.

„Und doch, Kollegen“, warnte Clemens. „Sachner lebt in der Theorie. Wir sollten seine Anmerkungen analysieren, jedoch das eigene Denken nicht vergessen ...“

Gerade hatte er den Satz ausgesprochen, da öffnete sich erneut die Tür und Staatsanwältin Ravelsberg stand im Raum. Mit standhaftem Blick fixierte sie Clemens und ignorierte Weindel sowie Hackenberg. Von den bisherigen Auftritten der Staatsanwältin geprägt, rechnete Clemens bereits mit einer erneuten Auseinandersetzung, doch diesmal trat sie ungewohnt leise auf.

„Haben Sie fünf Minuten? Ich muss mit Ihnen etwas besprechen."

„Gerne. Gleich hier?", entgegnete Clemens.

„Nein. Bitte unter vier Augen. In meinem Büro", tat sie geheimnisvoll.

„Adaptieren Sie bitte die Thesen von Sachner auf unsere bisherigen Ermittlungen", forderte Clemens von Weindel und Hackenberg. Dann stand er auf und Ravelsberg erkundigte sich überrascht:

„Sachner? Dr. Kai Sachner ...?"

„Ja. Wir baten ihn um Unterstützung", bestätigte Clemens.

„Gute Idee", lobte sie, was Clemens wiederum merkwürdig vorkam, denn so handzahm hatte er sie selten erlebt.

Und in ihrem Büro ging vorerst das Rätselraten bei Clemens über die veränderte Art von Ravelsberg weiter.

„Wie groß ist Ihre Unzufriedenheit?", kam sie direkt zur Sache und nahm hinter ihrem Schreibtisch Platz.

„Nun“, rang Clemens nach den passenden Worten, setzte sich ihr gegenüber auf einen der Polsterstühle und sprach aus, was er schon lange auf dem Herzen trug.

„Auf Ihre häufigen Vorwürfe könnte ich verzichten.“

„Ich tue das der Sache zuliebe. Ich bin kein Mensch, der seine Meinung im stillen Kämmerlein gefangen behält.“

„Wir alle geben unser Bestes“, betonte Clemens. „Aber ich habe den Eindruck, Sie halten nicht viel von meiner Arbeit und der meiner Mitarbeiter.“

Anscheinend unangenehm berührt wich sie dem Blick von Clemens aus und erwiderte:

„Habe ich das jemals behauptet?“

„Manchmal genügt schon der Tonfall, um etwas auszudrücken.“

„Ich weiß, wie verdammt schwer unser Job ist. Aber wir wollen alle weiterkommen. Und wer Karriere machen will, muss knallhart dran bleiben.“

„Ich will Morde aufklären, keine Karriere machen. Und ich krieche keinem in den Arsch“, erklärte Clemens und so langsam schimmerte ihm, was der Anlass dieses Gespräches war.

„Ich will Reisende nicht aufhalten“, näherte sich Ravelsberg ihrem Anliegen. „Ich habe von Ihrer internen Bewerbung gehört. Man wollte eine Einschätzung von mir. Ihr gutes Recht, sich umzuhören und verändern zu wollen. Aber die Leitung ist, meiner Meinung nach, eine Nummer zu groß für Sie ..."

„Genau das meine ich, Frau Staatsanwältin. Sie sind voreingenommen und so diplomatisch wie eine Panzerfaust. Danke für die Unterredung und Ihre Einschätzung."

Verärgert stand Clemens auf und ließ Ravelsberg zurück, die erkannte, dass sie sich ungeschickt geäußert hatte. Allerdings war sie zu stolz oder vielleicht auch zu eitel, um jetzt einzulenken und ihren Fehler zuzugeben. Bei irgendeiner Gelegenheit würde sie schon die passenden Worte finden und schob die unangenehmen Gedanken irgendwo hin, wo sie nicht mehr störten.

Hitziges Töten

Schon, als Rolf Tauer den Raum des Restaurants betreten hatte, in dem die Reisegruppe von Heinz Raabe ihr Menü zu sich nehmen sollte, spürte er schon diese unangenehme Atmosphäre. Die Leute starrten ihn zum Teil feindselig an, andere wirkten gelangweilt und empfanden ihn als Störenfried, der die Essensausgabe hinauszögerte.

„Das ist der Herr von der Mordkommission“, stellte ihn Raabe vor und Tauer nickte in die Runde.

„Es geht um das schreckliche Verbrechen an unserer lieben Mitreisenden ...“ Raabe stockte kurz, beugte sich zu Tauer und fragte flüsternd: „Wie war noch der Name der Toten ...?“

„Inka Kaiser“, half ihm Tauer auf die Sprünge und mit einem Lächeln auf den Lippen begleitet von einem traurigen Dackelblick fuhr Raabe fort:

„Wir trauern um Inka Hauser ...“

„Kaiser“, korrigierte Tauer und Raabe nickte ihm dankend zu.

„Der Herr von der Polizei braucht nun unsere Hilfe. So ähnlich wie bei Aktenzeichen XY im Fernsehen. Helfen Sie mit ...“, appellierte Raabe und wirkte dabei fast schon ergreifend, so dass die Reisenden ihm Applaus spendeten.

„Danke für die Einleitung“, übernahm Tauer und wandte sich an die sitzenden Leute vor ihm.

„Ich will Ihren Aufenthalt nicht trüben und schon gar nicht möchte ich Ihren Appetit verderben. Aber ich möchte Sie bitten, mir mitzuteilen, wer etwas Verdächtiges gesehen hat. Eine Person, die sich Inka Kaiser näherte, ein auffälliges Fahrzeug ... Irgendetwas. Alles kann uns helfen.“

Die Leute starrten schweigend in Richtung Tauer, einige tuschelten, doch die meisten wirkten wie leblos und machten keine Anstalten, etwas zu sagen.

„Wer mit mir lieber einzeln sprechen möchte, kann dies gerne tun“, legte Tauer nach, doch auch darauf gab es keine Reaktion.

„Meine Damen, meine Herren, denken Sie nach“, unterstützte Raabe den Kommissar.

„Hat sie jemand angesprochen ... oder schlich ein Unbekannter um den Bus herum?“

„Ja, da war ein Schäferhund“, rief ein älterer Mann lachend und erntete fröhliches Gelächter.

„Hier übrigens die Namen der Reisenden“, übergab Raabe ihm die Liste, dem es unangenehm schien, weil keiner den Polizisten unterstützen mochte.

„47 Reisende", stellte Tauer fest, doch Raabe korrigierte mit einem quälenden Lächeln:

„Also nein, es sind jetzt noch 44 ..."

„Wieso 44?"

„Inka Kaiser müssen Sie abziehen, ihren Ehemann auch und dann fehlt mittlerweile dieser Roger Mayer ..."

„Wer ist Roger Mayer?", hakte Tauer verwundert nach und zog sich mit Raabe an einen Tisch vor dem Fenster zurück. Zuvor hatte Tauer den Herrschaften noch einen Guten Appetit gewünscht und ebenfalls eine Salve Applaus geerntet.

„Das ist komisch. Aber kommt vor ...", erklärte Raabe.

„Was meinen Sie?"

„Dieser Roger Mayer, wenn das sein richtiger Name ist, reiste bis zur Grenze und verschwand dann."

„Ohne sich abzumelden?", fragte Tauer skeptisch.

„Nicht direkt. Er zahlte die Kosten in bar und sagte mir vor Reiseantritt, wenn er die Schnauze voll habe, würde er einfach abbrechen. Ich sollte nicht nach ihm suchen. Das war schon ein komischer Vogel."

„Haben Sie eine Kopie seines Ausweises oder seine Adresse?"

„Nein", musste Raabe eingestehen. „Er zahlte einen Hunderter extra unter der Voraussetzung, möglichst anonym reisen zu können. Sowas kommt immer mal wieder vor. Deshalb machten meine Frau und ich uns keine großen Gedanken."

„Wo war Mayer, als der Mord an Inka Kaiser passierte?"

„Keine Ahnung", zuckte Raabe mit den Schultern. „Ich kann nicht jeden einzelnen Gast im Auge haben ..."

„Und Sie haben nicht mal daran gedacht, dass Ihr Roger Mayer etwas mit dem Mord an Inka Kaiser zu tun haben könnte?"

Erschrocken riss Raabe die Augen auf und erwiderte betroffen blickend:

„Um Gottes Willen. Glauben Sie wirklich ...?"

„Gibt es ein Foto von diesem Mayer?", wollte Tauer wissen.

„Foto? Nein, wieso?"

„Vielleicht hat jemand ein Gruppenfoto gemacht oder einzelne Fotos im Bus", half ihm Tauer auf die Sprünge.

„Es gibt da zwischen mir und den Reisenden eine Vereinbarung“, gestand Raabe, der wirkte, als würde er eine Straftat beichten.

„Und die wäre?“

„Im Bus und um den Bus herum darf nur ich fotografieren und die Reisenden können die Fotos dann bei mir kaufen. Kleiner Nebenverdienst ...“

„Und Sie haben kein Foto gemacht, auf dem Mayer zu sehen ist?“, fragte Tauer ernüchtert, da er die Antwort schon ahnte.

„Nein. Ich machte in Deutschland keine Fotos. Erst als wir über der Grenze waren und da war Mayer schon weg.“

„Dann müssen wir eine Phantomzeichnung anfertigen“, forderte Tauer.

„Und wo und wann?“, erkundigte sich Raabe.

„Sobald Sie zurück sind, müssen Sie ins Präsidium kommen“, machte ihm Tauer klar, den es natürlich ankotzte, dass er eigentlich nicht richtig vorankam und den Eindruck hatte, immer einen Schritt hinterherzuhinken. Keine Aussagen von der Reisegruppe, kein Foto von dem ominösen Roger Mayer, nicht mal eine Adresse und die Ahnung, ob der Name richtig war.

„Scheiße“, rutschte es aus Tauer und entschuldigte sich umgehend bei Raabe, der sofort erschrocken zusammengezuckt war.

„Es geht nicht um Sie“, schränkte Tauer ein.

„Sie haben einen harten Job. Verstehe schon“, meinte Raabe fürsorglich und wurde unruhig, weil er mitbekam, dass das Essen serviert wurde.

„Kann ich ...?“, schubste er Tauer sachte mit seinem Ellenbogen an.

„Was?“

„Das Essen ...“

„Klar“, nickte Tauer und Raabe stand auf.

„Sie nicht?“, erkundigte er sich, doch Tauer schüttelte verneinend den Kopf. Auf Essen in diesem Ambiente hatte er keinen Bock. Außerdem musste er nachdenken, denn momentan befand er sich in einer Sackgasse. Keine handfesten Spuren, keine Zeugen, keinen Verdächtigen. Da fiel ihm das Gespräch mit der sexy Kollegin vom LKA ein.

„Wie hieß die noch?“, murmelte er vor sich hin und zog die Visitenkarte aus der Tasche seiner Lederjacke.

„Charleen. Charleen Weindel ...“

Eigentlich ermittelte er lieber auf eigene Faust und konnte es überhaupt nicht ausstehen, wenn von außen jemand reinpfuschte. Und ganz übel war es, wenn höher stehende Dienststellen ihre Finger in seine Fälle steckten. Da bekam er das Kotzen. Doch was, wenn sein Mord und der Mordfall von Charleen tatsächlich in Verbindung standen? Dann könnte eine Kooperation durchaus sinnvoll sein. Und da er momentan in einem Ermittlungsloch ohne brauchbare Lösungen saß, wäre ein Kontakt zu Charleen nicht der schlechteste Weg. Hinzu kam, dass sie nicht gerade hässlich war, ganz im Gegenteil.

Scheiße war nur, dass sie vom LKA kam, dachte er bei sich. Mit diesen arroganten Schnöseln hatte er nie gute Erfahrungen gemacht.

„Verdammt, Charleen, warum das LKA?“, fluchte er flüsternd, stand auf, ging noch mal zu Raabe, der schwer damit beschäftigt war, Nudeln und Braten zu vertilgen.

„Ganz kurz“, unterbrach ihn Tauer und legte seine Visitenkarte neben den Teller.

„Melden Sie sich umgehend nach Ihrer Rückkehr. Dann fertigen wir das Phantombild an.“

„Jooh“, nickte Raabe mit vollem Mund und beschäftigte sich weiter damit, das Essen mit Messer und Gabel zu bekämpfen.

Ernüchtert und unzufrieden über die Ergebnisse seines Abstechers nach Budapest lief Tauer zu seinem Wagen und machte sich auf die Rückfahrt.

***

Gut 30 Minuten hatte Miro Schneider auf die vier Kollegen warten müssen, die mit zwei Zivilfahrzeugen ankamen.

„Und Schneider, wo ist deine Chefin?“, begrüßte ihn Kollege Hans Winter.

„Wenn ich das wüsste. Etwa hier ließ sie sich mit ihrem Wagen zurückfallen, weil sie vermutete, ein verdächtiges Fahrzeug folgte ihr. Das war‘s ...“

„Wir fahren die Gegend ab und suchen nach dem Wagen. Sie kann ja nicht samt BMW im Erdboden versunken sein ...“, erklärte Winter.

„Gut. Dann muss ich zum anderen Einsatzort. Haltet Ihr mich auf dem Laufenden?“

„Machen wir, Kollege“, versprach Winter und Schneider fuhr zurück zum Bauernhof, wo einer der Zivilpolizisten mit seinem Handy in der Hand bereits auf ihn zu warten schien.

„Was gibt es?“, fragte Schneider den Kollegen, der ihm gestand, dass es einen seltsamen Vorfall gab.

„Ein Mann tauchte plötzlich im Haus auf ..."

„Und Ihr konntet ihn nicht vorher abfangen?", wollte Schneider vorwurfsvoll wissen.

„Wir waren hinter dem Haus mit Sicherungsarbeiten beschäftigt ..."

„Und was war mit dem Mann?"

„Er quatschte mit Kai Schmitz, erzählte, er sei Jäger und hatte das Haus für seine Jagdgesellschaften kaufen wollen. Er nannte sich Hans Gruber ..."

„Na und, einfach Identität überprüfen", gab sich Schneider unzufrieden.

„Habe ich bereits ... Einen Hans Gruber gibt es hier nicht ..."

„Mist. Verdammter Mist. Wie konnte das passieren. Was, wenn das eine Vorhut war? Wir servieren Kai und Manuela Schmitz quasi auf dem Präsentierteller ... Damit ist das Versteck hier ein Scheißdreck wert", polterte Schneider und hielt sich zurück, als Kai Schmitz plötzlich nach draußen kam

„Dicke Luft?", fragte er und zündete sich ein Zigarillo an.

„Alles im Griff", versuchte Schneider zu beruhigen, doch Schmitz schien ihn zu durchschauen:

„Auf mich wirkt das hier wie ein Chaos. Nix im Griff."

„Und Sie können das beurteilen?“, konterte Schneider.

„Ich kann beobachten und kombinieren“, entgegnete Schmitz und zog an seiner Zigarillo. „Die haben uns aufgespürt“, fuhr er fort. „Wir sind bereits in deren Visier ...“

„Dafür gibt es keine Beweise“, tat Schneider die Spekulationen ab. „Wir sind zu viert ..., zu dritt. Das ist Sicherheit genug.“

„Wo ist denn eigentlich Ihre Chefin?“, erkundigte sich Schmitz, der Helen Klar schon von Anfang an professioneller eingeschätzt hatte als Miro Schneider. Mit ihrer analytischen Art und Erfahrung strahlte sie Sicherheit und Ruhe aus. Bei Schneider hatte Schmitz den Eindruck, er wollte anderen und sich selbst etwas beweisen.

„Eine Besprechung beim LKA“, log Schneider, der nicht noch für mehr Unruhe sorgen wollte.

„Ihre Frau?“, fragte Schneider.

„Im Haus. Sie telefoniert.“

„Telefoniert? Aber nicht mit dem Handy?“, wetterte Schneider und stürmte ins Haus.

Da stand Manuela Schmitz tatsächlich im Wohnzimmer vor dem Panoramafenster mit direktem Blick in den Wald und hielt ein Handy in der Hand.

„Frau Schmitz“, rief Schneider, die sich erschrocken umdrehte und sofort das Gespräch wegdrückte.

„Mit wem ...?“

„Das geht Sie nichts an“, wehrte sich Manuela Schmitz.

„Man kann Ihr Handy orten“, klagte Schneider fassungslos.

„Ich brauche meine Privatsphäre. Sonst drehe ich durch!“

„Mit wem?“, wiederholte Schneider hartnäckig seine Frage, die Manuela Schmitz aber nicht beantworten wollte, weil sie ein Donnerwetter befürchtete.

„Wenn wir Sie schützen sollen, dann darf es keine Geheimnisse geben. Jede Lüge kann tödliche Folgen haben“, machte Schneider deutlich, was er von ihrem Verhalten hielt.

„Holger. Mit Holger, der ist ja auf meiner Seite“, stammelte sie.

„Welcher Holger?“, wunderte sich Schneider.“

„Na, Holger. Mein Bruder.“

„Kontakte in die Vergangenheit sind verboten“, mahnte Schneider und hatte mittlerweile das Gefühl, im falschen Film zu sein.

„Was weiß Ihr Bruder alles?“

Sichtlich unangenehm war Manuela Schmitz das Gespräch mit dem Polizisten.

„Es ist mein Bruder. Wir lieben uns“, wetterte sie weinerlich.

„Also alles. Er weiß alles ...“, seufzte Schneider.

„Wir reden nur. Er würde nie etwas weitererzählen“, beteuerte sie.

„Sie glauben gar nicht, was manche Menschen in bestimmten Situationen und unter Druck alles rausplappern.“

Nach einer kurzen Denkpause schob Schneider hinterher: „Wie auch immer. Ich muss Ihren Bruder sprechen. Seine Kontaktdaten liegen mir ja vor.“

„Kann ich mit?“, strahlte Schmitz vor Vorfreude.

„Vorerst nicht. Aber wenn sich die Lage beruhigt hat, verspreche ich Ihnen, dass wir ein Treffen arrangieren.“

Das beruhigte Manuela Schmitz fürs Erste und machte ihr Hoffnung, nicht ganz in dieser Isolation zu verkümmern.

Miro Schneider hätte sich jetzt gerne mit Helen Klar abgesprochen, doch das war momentan leider nicht möglich. Deshalb handelte er auf eigene Faust, informierte Abteilungsleiterin Astrid Daniels über sein Vorhaben und suchte sich die Anschrift von Holger Simmer raus, dem besagten Bruder von

Manuela Schmitz. Anschließend beratschlagte er sich vor dem Haus mit den Kollegen und erklärte ihnen, dass er am morgigen Tag einen Außentermin wahrnehmen musste.

***

Gespannt saß Charly Bäcker wieder in seinem Versteck und wartete darauf, bis der Fremde mit dem Fahrzeug aus dem Wald zurückkam. Doch es dauerte und Bäcker wurde langsam unruhig. Hatte der Dreckskerl vielleicht einen anderen Schleichweg benutzt? Dieser Gedanke machte ihn wütend, denn dann wäre auf einem Schlag sein Abenteuer beendet. Schimpfend starrte er in den Rückspiegel und schaute bewegungslos in den Wald. Und dann ... ein Strahlen huschte über sein Gesicht. Von Weitem sah er, wie das Wohnmobil des Fremden im Schneckentempo angefahren kam. Es konnte weiter gehen. Bäcker startete schnell, verließ unerkannt sein Versteck und lenkte seinen Wagen in Richtung Straße. Diesmal wollte er eine andere Variante bevorzugen und fuhr vorneweg. An der nächsten Haltebucht wollte er sich dann wieder hinter den Fremden schieben. Doch dann geschah etwas Merkwürdiges, das Bäcker nachdenklich werden ließ. Erst verlangsamte er das Tempo, bediente den Blinker und manövrierte sein Gefährt in eine schmale Haltebucht, wo er warten wollte, bis der Unbekannte vorbeizog. Doch plötzlich! Blickkontakt. Als das Wohnmobil auf seiner Höhe war, hielt es an. Der düstere Fahrer beugte sich nach vorne und schaute in den Fahrerraum von Bäcker. Für einen kurzen Moment trafen sich ihre Augen und Bäcker wusste nicht, was das zu bedeuten hatte, denn das Wohnmobil beschleunigte wieder und setzte die Fahrt fort.

Einen Moment lang zögerte Bäcker, ob er ihn einfach ziehen lassen sollte, aber die Neugierde war einfach zu groß und so nahm er die Verfolgung wieder auf. Warum auch immer? So recht wusste er nicht, was ihn zu dieser Entscheidung trieb. Vielleicht war es Abenteuerlust oder aber einfach nur die Suche nach einem neuen Lebenssinn. Raus aus der Langweile, dem täglichen Trott. Endlich war mal was los in seinem Einsiedler-Leben. Nervenkitzel, Mörderjagd. Nicht nur vor der Glotze hocken, nein, selber live dabei sein. Am Tatort des Grauens nach der Wahrheit stöbern. Aber das war es nicht allein. Da war noch mehr. In Bäckers dunkle Phantasien war ebenfalls Bewegung gekommen. Der Täter lebte aus, was er nie gewagt hätte zu denken: Töten.

Oft hatte er sich die Frage gestellt, ob auch er einen Menschen ermorden könnte. Und sich stets die Antwort gegeben: „Unter Umständen ja!“ Nicht nur in Notwehr, sondern auch dann, wenn er sich zu 100 Prozent sicher sein konnte, nicht erwischt zu werden. Dann würde er einem Menschen das Leben wegnehmen. Diese Art Grenzerfahrung, glaubte er, musste so ziemlich das Extremste sein, was man erleben konnte. Mit jedem Tag stieg seine brennende Lust, diese Linie zu überschreiten, vor der er bisher immer stehen geblieben war.

Doch jetzt musste er sich konzentrieren, denn seine Zielperson bog in ein völlig normales Wohngebiet ab. Was sollte das jetzt? Große Vorsicht war geboten, denn hier fiel natürlich auf, dass er ihm hinterher fuhr.

Schritttempo ... Das Wohnmobil bog auf ein Grundstück ein. Bungalow, heruntergelassene Rollläden, gepflegter Garten, weißer Zaun. Vor der Einfahrt der großen Garage kam der Wagen zum Stehen. Bäcker manövrierte seinen Camper in eine Nebenstraße und stellte ihn auf einem Feldweg nahe eines Wendehammers ab. Dann ging er zu Fuß zurück und näherte sich wie ein Jäger auf der

Pirsch dem Bungalow. ‚Bewaffnet' mit seinem Fernglas beobachtete er, wie sich das Garagentor öffnete und das Wohnmobil darin verschwand.

„Scheiße", schimpfte er leise, denn jetzt brauchte er einen Plan B, mit dem er weiter verfolgen konnte, was in der Garage vor sich ging. Doch Charly Bäcker war das momentan egal, denn eine bleierne Müdigkeit überfiel ihn und abgekämpft ging er zurück zu seinem Wohnmobil, um ein wenig zu schlafen.

***

Obwohl Clemens noch immer über die Unterhaltung mit Ravelsberg verärgert war, ließ er im Gespräch mit Weindel und Hackenberg keine schlechte Stimmung aufkommen. Persönlichen Ärger wollte er von der Ermittlungsarbeit trennen. Außerdem war ihm eigentlich die Meinung von Ravelsberg egal. Oder doch nicht?

„Also, noch einmal zu der Aussage von Dr. Sachner", begann Hackenberg mit einer kurzen Zusammenfassung und Analyse.

„Ich habe herausgefunden, dass vor 19.00 Uhr kein Medium über den Mord an Linda Reich berichtet hatte."

„Was bedeutet, die These von einem Nachahmungstäter trifft nicht zu“ resümierte Clemens.

„Was wiederum These zwei bekräftigt, dass sich der Täter selbst unter Druck setzt“, fuhr Hackenberg fort. „Bei beiden Taten bestand das Risiko, erwischt zu werden. Beim Betreten und Verlassen des Hauses von Linda Reich. Ebenso hätte ihr Ehemann nach Hause kommen können. Und der Mord auf dem Rastplatz? Noch haben wir keine genauen Angaben. Aber in einem sicheren Versteck geschah er sicherlich nicht.“

„Wie schon gesagt“, schränkte Clemens ein. „Wir sprechen von den Thesen eines Psychologen und nicht von Ermittlungsergebnissen.“

„Schon klar“, bestätigte Hackenberg. „Doch wie gehen wir weiter vor?“

Nachdem Clemens kurz nachgedacht und im Kopf noch einmal die Ausgangslage analysiert hatte, erklärte er mit Blicken abwechselnd zu Weindel und Hackenberg, die ihm aufmerksam gegenüber saßen:

„Der Rastplatz-Mord: Wir müssen herausfinden, ob es zwischen dem Opfer dort und Linda Reich irgendeine Verbindung gibt. Wenn es sich um denselben Täter handelt, muss es eine Gemeinsamkeit geben.“

„Und wenn es Zufallsopfer sind?“, warf Weindel ein.

„Denken Sie an den abgetrennten Zeigefinger. Da gebe ich Sachner recht. Der sucht sich ganz spezielle Opfer aus.“

„Gut. Dann besorge ich mir bei diesem Tauer die Daten des Opfers und suche nach Verbindungen zu Linda Reich“, erklärte Weindel.

„Und ich durchforste nochmal das Leben von Manuel Reich und Stefanie Henschke“, sagte Hackenberg mit Blick zu Clemens, der zustimmend nickte.

„Wir dürfen auch Sören Berger nicht von der Liste streichen“, mahnte Clemens. „Und auch das Alibi von Jürgen Grabner ist wackelig.“

„Aber warum sollte einer von den beiden eine Frau auf dem Rastplatz ermorden?“, gab sich Weindel skeptisch.

„Das herauszufinden, ist unsere Aufgabe“, meinte Clemens.

***

Die Reisegruppe von Heinz Raabe war in guter Stimmung. Außerhalb von Budapest hatte er die Gruppe zu einem Weingut gefahren, wo eine Weinprobe die Laune anhob. Eigentlich machte sich Raabe wegen dem Mord keine Sorgen. Kaum zu glauben, dass sich der Täter in seiner Gruppe aufhielt. Um das Opfer tat es ihm aber schon leid, denn er fand sie durchaus attraktiv. Und da er auf vielen Reisen die eine oder andere Kurzaffäre hatte, wäre diese Inka Kaiser durchaus in seine engere Wahl gekommen. Trotz Ehemann. Da hatte Raabe schon ganz andere Störfeuer beseitigt. Die Story mit diesem Roger Mayer hatte er dem Bullen sozusagen als Köder hingeschmissen, damit der was zu tun hatte und nicht seinen ganzen Laden auf den Kopf stellte. Da war er geschickt darin, Menschen zu manipulieren. Gib einem Polizisten eine Spur und er vergisst alles andere um sich herum. Eigentlich mochte er seinen Job überhaupt nicht. Für die Reisegäste musste er den Clown spielen, den Butler, den Chauffeur, den Organisator – alles in einer Person und im Gegenzug gab es dann noch Beschwerden, wenn die Suppe im Hotel zu kalt oder es im Bus zu warm war. Selbst für Staus auf der Autobahn wurde er noch verantwortlich gemacht. Nein, das war eigentlich überhaupt nicht seine Welt. Aber seine Frau hatte in der Ehe die Hosen an und die Kohle auf dem Konto. Deshalb tanzte er nach ihrer Pfeife und war ganz froh, dass er die Busreisen ohne sie durchziehen konnte. Ohne Else war er unbeschwerter, konnte zügellos flirten oder abends mal in den Puff gehen. Else meinte es ja grundsätzlich gut. Aber sie war ernst, lachte nicht über seine Witze, nörgelte rum, wenn er mal einen Schnaps mehr trank und motzte, wenn er anderen Frauen hinterherschaute.

Dabei konnte er doch gar nicht anders, denn mit Else lief im Bett gar nichts mehr und er war noch voller sexueller Energie.

„Wann geht es morgen nach Hause?“, kam eine der Reisenden an seinen Tisch, wo er sich gerade in Ruhe ein Glas Rotwein gönnte.

Im ersten Moment ungehalten, weil er Störungen in seiner Pause gar nicht mochte, warf er der Fragenden einen unwirschen Blick zu, doch blitzartig verwandelte sich seine saure Miene in einen gutmütigen Gesichtsausdruck. Das lag daran, dass ihm die Brünette gegenüberstand, die links in der Mitte des Busses ihren Stammplatz hatte und die er in seinem Rückspiegel immer wieder anvisiert hatte. Sie war sein Typ: nicht superhübsch, eher etwas vulgär aussehend, kantiges Gesicht, schmale Lippen, dünn, aber runde, volle Titten. Und sie war alleine unterwegs, darüber hatte er sich in den

Unterlagen erkundigt und kannte deshalb auch ihren Namen.

„Frau Mohnke, Petra Mohnke. Warum haben Sie es so eilig mit der Heimfahrt?“, säuselte er mit einem Lächeln auf den Lippen und schob hinterher: „Nehmen Sie doch Platz ...“

„Ich will Ihre wohlverdiente Pause nicht lange stören“, bat sie um Verzeihung, nahm das Angebot jedoch an und setzte sich ihm gegenüber.

„Weinchen?“, grinste er sie an.

„Warum nicht?“, lächelte sie und Raabe winkte übereifrig den Ober her. Als der ihn registriert hatte, rief Raabe ihm entgegen:

„Eine Flasche von dem Roten und noch ein Glas für meine Freundin hier.“

„Schon bedrückend, das mit dem Mord“, meinte Mohnke mit besorgter Miene.

„Na, die Kaiser hat sich ja auch selbst in Gefahr gebracht“, erwiderte Raabe und ließ seinen Blick kurz auf die harten Brustnippel seiner Gesprächspartnerin schweifen.

„Stimmt. Ich würde auf einem Rastplatz keine Zigarette in der Einsamkeit rauchen.“

„Ich würde Sie ja auch beschützen“, brachte Raabe etwas Kitsch in die Unterhaltung.

„Ehrlich? Ich liebe mutige Männer“, schien Mohnke auf den Flirt einzugehen und Raabe füllte beide Gläser, nachdem der Ober die Flasche Rotwein an den Tisch gebracht hatte.

„Na, dann sind Sie ja bei dem Richtigen“, freute sich Raabe, der sicher war, eine Partnerin für einen schnellen Bums gefunden zu haben. Das machte ihn ganz aufgeregt und nervös. Denn es war schon ein paar Tage her, als er Sex hatte. Damals noch im Puff. Schnelle Nummer, rein und raus, ohne die Spielchen, die er so mochte.

Hoffentlich teilte Petra seine Leidenschaft, doch ihre ganze Art machte ihn zuversichtlich. Diesen Frauentyp kannte und bevorzugte er.

Und Raabe lag richtig. Kaum war die Flasche geleert, tuschelten die beiden und als Raabe ihr seine Zimmernummer durchgesagt hatte, tat die Auserwählte so, als fand sie es skandalös. Doch kaum war Raabe auf seinem Zimmer, klopfte es an der Tür und Petra Mohnke stand mit schuldbewusstem Blick vor ihm und flüsterte:

„Nimm mich ran, du mutiger Mann ...“

Doch was dann geschah, damit hatte sie nicht gerechnet. Natürlich wollte sie Sex, eine schnelle, wilde Nummer. Und Raabe war in ihren Augen der verwegene Typ, der wusste, wie man eine Frau wie sie rannahm. Doch so? Das schockte sie ...

Kaum war sie im Zimmer, warf sie Raabe aufs Bett, stürzte sich auf sie, riss ihr die Kleider vom Leib, was ihr noch alles gefiel. Doch dann ... Es ging alles so schnell und er war so stark. Handschellen ... Hände und Füße an die Bettpfosten gefesselt. Knebel in den Mund. Sie riss die Augen auf, als er ein Messer hervorholte und es ihr bedrohlich an die Kehle hielt. Das reichte Raabe. Ihre Angst zu spüren, sie wehrlos vor sich zu haben. Er onaniert vor ihr und ließ es auf sie fließen.

Jammernd ließ Petra Mohnke das alles über sich ergehen, auch die Fotos, die er von ihr machte. Vier Stunden ließ er sie so liegen, kam immer wieder zu ihr. Kurz bevor er sie freiließ, drohte er:

„Ein Wort und die Fotos von dir landen im Internet ...“

Dunkler Hass

Der Anruf schlug ein wie eine Bombe! Fassungslosigkeit! Hilflosigkeit! Trubel im Kopf! Gerade eben hatte Miro Schneider einen Anruf von Astrid Daniels erhalten. Schon am Klang ihrer Stimme ahnte er, dass es keine gute Nachricht war, die sie ihm per Handy übermittelte. Ihre Worte hallten dumpf in seinem Kopf nach und es war schwer, einen klaren Gedanken zu fassen, was ihm jedoch gelingen musste, denn die Lage war katastrophal ernst.

„Die Kollegen haben den Wagen von Helen Klar gefunden", hatte ihm Daniels mitgeteilt. Mit einem monotonen Klang in den Worten. Nur kurze Pausen, weil sie die Botschaft schnell loswerden wollte.

„Der Wagen lag in einer Schlucht. Etwa 30 Meter tief. Helen saß am Steuer. Sie hatte keine Überlebenschance ..."

„Ein Unfall oder Fremdeinwirkung?", hatte Schneider intuitiv gefragt, ohne genau zu wissen, was der Inhalt seiner Frage war.

„Prüfen wir noch. Halten Sie die Stellung. Wir bleiben in Kontakt."

Aufgewühlt ging Schneider vor dem Haus auf und ab. Jetzt musste er Ruhe bewahren, seine strapazierten Nerven runterholen. Zum ersten Mal war er alleine auf sich gestellt. Ohne Beistand. Immer hatte er seine Chefin im Rücken gehabt. Was ihn manchmal nervte, fehlte ihm jetzt - das Sicherungsseil ...

Jetzt musste er schnell handeln, denn solange nicht sicher war, ob es sich bei dem Unfall von Helen Klar um ein Fremdverschulden handelte, war es hier brandgefährlich. Was, wenn ein Killerkommando seine Chefin unschädlich machte und das Bauernhaus schon im Fokus hatten?

Schneider holte seine zwei Kollegen vors Haus und informierte sie:

„Helen Klar ist bei einem Unfall gestorben. Ob Fremdeinwirkung vorliegt, wird noch geprüft. Kein Wort zu Kai und Manuela Schmitz. Die sind total unter Druck. Höchste Konzentration, Kollegen ..."

„Verstanden", versicherten beide fast schon synchron.

„In der Nacht lösen wir uns alle zwei Stunden ab. Ich übernehme die erste Schicht ..."

Anschließend schlenderte Schneider ums Haus. So langsam merkte er, wie sehr ihn der Tod von Helen Klar mitnahm. Nahezu täglich hatten sie Seite an Seite gearbeitet. Und viele Geheimnisse geteilt, die im Zeugenschutzprogramm zur Tagesordnung gehören.

Aus und vorbei! Von Jetzt auf Gleich! Ein letzter Funkspruch und dann kein Lebenszeichen mehr von ihr.

„Unfassbar“, murmelte Schneider und atmete tief die frische Landluft ein.

Als er sich wieder etwas gefasst hatte, wählte er die Handynummer von Holger Simmer, dem Bruder von Manuela Schmitz. Simmer hatte Schneider damals kennengelernt, als den engsten Angehörigen der Zeugen mitgeteilt wurde, dass die beiden mit einer neuen Identität untertauchen würden. Simmer und Schneider konnten damals keine Wellenlänge aufbauen und nicht den Funken einer Sympathie entfachen. Entsprechend schwer fiel es Schneider, den notwendigen Anruf durchzuführen.

Simmer war direkt in der Leitung.

„Schneider vom LKA. Miro Schneider!“

„Ach, der brave Bulle mit dem Karrieregesicht“, nahm ihn Simmer auf den Arm, doch schlagartig änderte sich sein Tonfall:

„Ist Manuela was passiert?“

„Nein“, beruhigte Schneider. „Aber die Situation hat sich verändert und ist sehr ernst. Ich muss Sie morgen persönlich sprechen.“

„Morgen?“, schien Simmer nachzudenken. „Würde gehen. Ich bin so und so unterwegs. Wann könnten Sie denn?“

„Zehn Uhr!“

„Rastplatz Nordwest-Kreuz?“, schlug Simmer vor und Schneider stimmte zu, denn der Rastplatz lag genau in der Mitte. Als er das Gespräch beendete, überkam ihn kurz der Gedanke, dass Simmer anscheinend ein wenig vernünftiger geworden war, denn er boykottierte den Termin nicht, was Schneider eigentlich erwartet hatte. Und er nervte nicht mit permanenten Provokationen wie früher. Kurzzeitig wurde damals überlegt, auch Holger Simmer ins Zeugenschutzprogramm mit aufzunehmen, da er der einzige noch lebende Angehörige seiner Schwester war und sie darin bestärkt hatte, gegen Samuel Hallach auszusagen. Aber das LKA sah keine Gefährdung für Simmer, da er vor Gericht nicht auftrat und so nicht in den Fokus eventueller Killer von Hallach geraten konnte.

***

Launisch und ordentlich abgefüllt stolperte Jürgen Grabner in die Dreizimmerwohnung. In der Küche bereitete seine Frau Svenja das Abendessen vor und sie wusste genau, dass sie jetzt auf der Hut sein musste. Angetrunken wie ihr Mann war, morgens in der Post eine Vorladung von der Arbeitsagentur erhalten, dazu die Mahnung von der Bank – da genügte ein falscher Blick von ihr und ihm rutschten die Fäuste aus. Doch Svenja Grabner war geübt darin. Sie hatte permanent dazu gelernt. Immer lächeln, kein zu langer Blick in seine Augen, keine Widerreden, wenn er sie zu fest anpackte, weiter lächeln, ihn loben ...

„Svenjaaaaa", rief er lallend und sie gab sofort Antwort:

„In der Küche, Liebling ..."

„Ist das Bier kalt gestellt?"

„Natürlich, Liebling. Darf ich dir eins aufmachen?"

„Sofort. Schlampe. Und nicht zu viel Schaum einschenken!"

Als er die Küche betrat und seine Frau eine Flasche Bier aus dem Kühlschrank holte, packte er grob ihren Arm und fauchte:

„Warst du auch treu?"

„Liebling. Für mich gibt es nur dich. Du bist mein Held. Das weißt du doch ..."

Sie roch den Alkoholdunst, der aus jeder Pore ihres Mannes ausdünstete, seine Augenlider waren schwer und sie wusste, dass er jegliche Beherrschung verlieren konnte. Alarmstufe Rot! Ihr Adrenalin erreichte die Höchstproduktion. Konzentriert schenkte sie das Glas ein, reichte es ihrem Mann, der sich davon überzeugte, dass das Verhältnis Bier zu Schaum optimal war. Dann trank er, setzte das Glas ab ..., nahm die Flasche zur Hand, las das Etikett, blickte seine Frau an und flüsterte mit einem bedrohlichen Unterton:

„Das ist vom Discounter ... Ich wollte das vom Getränkehandel."

„Ist doch die gleiche Marke", erklärte Svenja.

„Aber 0,33-Flaschen. Ich will die 05-Flaschen."

„Aber der Inhalt ..."

„Schluss", brüllte Jürgen Grabner und fing an zu wüten. Wie im Rausch schlug er auf seine Frau ein.

„Warum tust du nicht, was ich sage? Du Drecksluder. Du treibst mich zum Prügeln ..."

Ihre Lippen platzten auf, eine Risswunde unter dem Auge. Mit den Armen über dem Kopf lag sie auf dem Küchenboden, hoffte, dass es bald vorbei sein würde. Sie schrie nicht, denn das würde ihn noch wütender machen. Doch diesmal war ihr Mann brutaler wie sonst. Den Schlägen folgten Tritte, immer wieder ...

Dann, nach gut zehn Minuten ließ er von ihr ab, setzte sich auf den Küchenstuhl, trank sein Bier aus und legte sich anschließend auf die Wohnzimmer-Couch, um zu schlafen.

Die Verletzungen bei Svenja Grabner waren noch schlimmer als sonst. Sie konnte kaum aufstehen, weil die Rippen fürchterlich schmerzten. Atemnot hatte sie und im Bauch einen unerträglichen Druck.

Sie wollte ihren Mann schützen, nicht an die Polizei ausliefern, doch sie hatte Angst zu sterben. Und das wollte sie nicht, denn noch hoffte sie, ihre Tochter Almut zurückzubekommen. Mit letzter Kraft schleppte sie sich heimlich aus der Wohnung zur Nachbarin, die sofort einen Notarzt alarmierte, der die geschundene Frau unverzüglich in die Klinik einweisen ließ.

Noch am selben Abend wurde Charleen Weindel vom KDD über den Vorfall informiert, da ihnen bekannt war, dass Svenja und Jürgen Grabner im Mordfall Manuela Reich befragt worden waren.

Die Information gab Weindel umgehend an Clemens und Hackenberg weiter: „Milzriss, drei gebrochene Rippen, Schienbein gebrochen, Platzwunden ...“

„Von wem sprechen Sie?“, wollte Clemens wissen.

„Svenja Grabner. Ihr Mann hat mal wieder zugelangt, dieses Dreckschwein.“

Nachdenklich erwiderte Clemens: „So schrecklich das auch ist ... Aber vielleicht verrät sie uns jetzt, ob das Alibi, das sie ihrem Mann gab, wirklich stimmt. Wollen Sie sich mal darum kümmern?“

„Klar. Mache ich“, bestätigte Weindel. „Aber vorher hole ich mir die Daten des Opfers vom Rastplatz und nehme Kontakt zu dem Kollegen Tauer auf.“

„Alles klar ...“, stimmte Clemens zu und aus dem Hintergrund meldete sich Hackenberg erstaunt:

„Der Reich hat einen Zweitwohnsitz, mitten in der Stadt!“

„Wieso das denn?“, gab sich auch Clemens verblüfft.

„Gute Frage ... Und sein Konto ist ziemlich im Minus ... Und jetzt kommt es: 250.000 Euro beträgt die Summe der Lebensversicherung, die er auf sich und seine Frau ausgestellt hat.“

„Aha ... Das sieht ja immer übler aus für unseren Herrn Reich“, zog Clemens erstaunt die Augenbrauen nach oben.

„Ich werde ihn nochmal besuchen“, meinte Hackenberg und Clemens nickte.

„Machen Sie mal klar, dass er jetzt alle Geheimnisse auf den Tisch legen sollte, sonst wird er Dauergast auf unserem Präsidium.“

„Ich werde ihn mal wachrütteln“, versicherte Hackenberg und war schon unterwegs zu Manuel Reich.

„Guten Abend, Herr Kollege“, meldete sich Charleen Weindel bei Rolf Tauer, der ihren Anruf erwartet hatte, denn er schätzte sie als hartnäckig ein.

„Hallo Kollegin. So spät noch im Büro? Wartet zu Hause keine Kuscheldecke?“

„Decke ja, aber Kuschelzeit ist heute nicht“, erwiderte sie und Clemens warf ihr einen fragenden Blick zu, denn das Telefonat erinnerte ihn schon an einen Flirt. Doch Weindel machte dem Spielchen schnell ein Ende und kam zur Sache:

„Ich brauche die Daten des Opfers für die Suche nach möglichen Schnittstellen zu Linda Reich ...“

„Maile ich Ihnen rüber ...“, versprach Tauer.

„Und was ergab Ihr Budapest-Trip?“

„Nicht viel“, musste Tauer eingestehen. „Der Busfahrer ist ein genauso komischer Vogel wie seine Reisegruppe ... Allerdings gab es einen Reisegast, der urplötzlich nicht mehr auftauchte. Er buchte sich unter dem Namen Roger Mayer ein. Doch ich habe schon recherchiert. Keine passende Person ist unter diesem Namen zu finden ..."

„Und gibt es schon ein Phantombild von ihm?"

„Der Busfahrer kommt nach Beendigung der Reise in mein Büro. Dann wird das erledigt."

„Das dauert alles viel zu lange", zeigte sich Weindel unzufrieden. „Und wie gehen Sie jetzt weiter vor?"

Die Frage hatte sich Tauer auch schon gestellt, denn auch Staatsanwalt Haller machte Druck auf ihn.

„Ich werde den Abend und voraussichtlich die Nacht damit verbringen, den Königsweg zu finden", drückte er seine Ratlosigkeit aus.

„Klingt nach Verzweiflungstat", bemerkte Weindel.

„Ich werde morgen den Ehemann noch einmal besuchen. Mehr kann ich zur Zeit nicht tun. Oder haben Sie für mich einen Tipp ...?"

„Momentan nicht. Vielleicht finde ich eine Verbindung der Opfer. Ich halte Sie auf dem Laufenden", versicherte Weindel, die dem Kollegen Tauer gerne etwas Feuer unter dem Hintern machen würde, denn er kam ihr etwas lahmarschig vor. Doch momentan wollte sie ihn nicht verärgern, um die notwendige Kooperation nicht zu gefährden.

„Noch einen schönen Abend. Und informieren Sie mich bitte über das Gespräch mit dem Mann des Opfers ...“ Als sie auflegen wollte, schob sie sicherheitshalber noch hastig hinterher:

„Und vergessen Sie die Mail mit den Daten des Opfers nicht!“

„Ich habe ein ganz gutes Gedächtnis“, erwiderte Tauer und war schon ein wenig genervt über die Art der LKA-Kollegin. Sie hielt nicht viel von ihm und wusste alles besser. Das hat er an ihren Untertönen herausgehört.

Diese Kollegin arbeitete fix, aber sie verzettelte sich auch hin und wieder. Die Menschenkenntnis von ihm war seiner Meinung nach fast unschlagbar. Nur bei Verhören ließ er sich manchmal täuschen, weil einige Verbrecher es perfekt verstanden, eine Maske über die Seele zu ziehen, die man manchmal nur schwer enttarnen konnte.

***

Gespenstisch lag das alte Bauernhaus in der trostlosen Einöde. Kein Rascheln im Unterholz. Nirgendwo ein leises Rufen. Tiefste Dunkelheit. Nur die riesigen Tannen am Waldesrand bewegten sich melancholisch im pfeifenden Wind. Wie riesige Wächter, düster und stumm. Mitten in dieser Finsternis leuchtete wie eine Halluzination ein dumpfes Licht hinter einer dreckigen Fensterscheibe. Es war die Küche des alten Hofes, in der Schneider und seine zwei Kollegen zusammensaßen und Karten spielten. Das inhaltslose Warten unter einer gewissen inneren Anspannung konnte enorm anstrengend sein. Und die Konzentration musste hochgehalten werden, denn in jedem Moment konnte etwas Unvorhergesehenes passieren.

Nebenan in der Bauernstube schaute Kai Schmitz Fernsehen und leerte eine Bierflasche nach der nächsten, während seine Frau Manuela auf dem Schaukelstuhl eingeschlafen war.

„Ich leg‘ mich aufs Ohr und löse dich rechtzeitig ab“, erklärte einer der Polizisten und Schneider stimmte mit einem Kopfnicken zu. Auch der andere Kollege ging nach oben, um sich schlafen zu legen.

Obwohl Schneider hellwach bleiben musste, merkte er jetzt, wie anstrengend der Tag gewesen war. Eine bleierne Müdigkeit kroch in seine Glieder und er legte seine Beine auf den Stuhl vor sich. Nur einen kurzen Moment ausruhen, Kraft tanken und abschalten. Das Fernsehgeräusch aus dem Nebenraum war so intensiv, dass an ein Einschlafen so oder so nicht zu denken war.

Und doch nickte er immer wieder kurz weg, erwachte, riss sich zusammen, doch im Minutentakt siegte immer wieder der Schlaf über den Wachzustand.

Es war kurz vor Mitternacht, als Schneider undefinierbare Geräusche hörte. Sie kamen seiner Ansicht nach von draußen. Der Fernseher war mittlerweile verstummt und Kai Schmitz sowie seine Frau dürften ins Bett gegangen sein.

Routinehalber wollte Schneider nachschauen, was vor dem Haus für die merkwürdigen Töne verantwortlich war. Im ersten Moment tippte er auf irgendwelche Tiere, die in der Nacht umherstreiften.

Entsprechend entspannt schloss er die Tür auf und leuchtete mit einer Taschenlampe in die Dunkelheit.

„Nichts zu sehen", murmelte er, doch mit einem Mal wurde sein Pulsschlag in die Höhe gejagt. Der Schock ließ ihn einen Augenblick erstarren. Handlungsunfähig nahm er die Situation mühselig wahr ... Das hatte er nicht erwartet. Und mit einem Schlag wurde klar: Sie waren im Fokus der Killer.

„Ruhig bleiben. Besonnen handeln“, machte er sich Mut und versuchte, einen kühlen Kopf zu bewahren.

Vorsichtig ging er zurück ins Haus, zog die Tür hinter sich zu und dachte nach.

„Erst denken, dann handeln“, hatte Helen Klar immer wieder gesagt und hinzugefügt:

„Ein falscher Gedanke kann nichts anrichten, eine falsche Handlung schon.“

Die Kollegen mussten informiert werden, Manuela Schmitz in Schach gehalten werden. Und das war sicherlich der schwerste Part, denn sie würde komplett ausrasten, wenn sie erfuhr, was er vor dem Haus gesehen hatte ...

So leise wie möglich ging er die Holztreppe nach oben und weckte die beiden Kollegen, die schlaftrunken glaubten, ihn ablösen zu müssen.

„Es ist etwas passiert“, erklärte Miro Schneider flüsternd. „Wir dürfen jetzt keine Fehler machen, sonst eskaliert das hier ...“

„Was ist passiert?“, wollten die beiden Polizisten wissen und Schneider vergewisserte sich noch einmal mit einem Blick zur Zimmertür, dass Manuela Schmitz nicht lauschte.

„Draußen am Dachbalken“, sagte Schneider zwar leise, doch man konnte den tiefen Ernst seiner

Worte an seiner Mimik ablesen, „... da hängt an einem Seilzug die Leiche von Kai Schmitz ...“

„Oh Gott“, seufzte einer der Kollegen.

„Wie konnte das passieren?“, fragte der andere und erst jetzt machte sich Schneider klar, dass er für diese Katastrophe verantwortlich war. Wie gelangte Schmitz nach draußen? Holte er Bier aus dem Wagen, weil der Vorrat aufgebraucht war oder wollte er vor der Tür eine rauchen? Wie auch immer. Schneider hätte ihn nicht alleine lassen dürfen. Ein Verweis war ihm sicher, doch viel schlimmer waren die Selbstvorwürfe. Er hatte versagt, gleich bei seinem ersten Einsatz, ohne die Rückendeckung von Helen Klar. Das würde ihn ein Leben lang verfolgen. Kai Schmitz, den hatte er auf dem Gewissen ...

„Und was jetzt?“, drängten die Kollegen auf eine Strategie und Schneider musste sich jetzt zusammenreißen. Unbedingt. Keine falschen Gedanken! Höchste Konzentration!

„Ihr checkt die Umgebung und kümmert euch um die Leiche. Die darf bei Sonnenaufgang nicht mehr hängen, sonst haben wir das ganze Dorf an der Backe ... Ich informiere Astrid Daniels und bespreche mit ihr die weitere Vorgehensweise. Und wir müssen Manuela Schmitz im Auge behalten. Die wird uns durchdrehen. Ich werde sie später informieren."

„Und wohin mit der Leiche?", wollte einer der Kollegen wissen.

„Erstmal in einen der Wagen legen und abwarten, was die Daniels vorschlägt."

Die beiden machten sich auf den Weg nach unten, während Schneider die Zimmertür zuzog, sein Handy zur Hand nahm, tief einatmete und Astrid Daniels, die Abteilungsleiterin des Zeugenschutzprogramms, trotz später Stunde anrief.

Unerwartet schnell hatte sie das Gespräch angenommen und Schneider fragte zweimal nach, ob sie tatsächlich in der Leitung sei.

„Schneider! Legen Sie los ...", forderte ihre Stimme vehement.

„Schmitz ist tot ..."

„Wie?", hakte Daniels nach.

„Die Leiche von ihm hängt an einem Dachbalken. An einem Seilzug ..."

„Wie wurde er ermordet?"

„Nach dem ersten Eindruck würde ich von einer Messerattacke ausgehen. Der Bauchraum blutete stark."

„Und wie kam Schmitz vor das Haus? Etwa alleine? Wer hatte Wachdienst?"

Mit diesen unangenehmen Fragen hatte Schneider gerechnet und er sah nur eine Möglichkeit: Absolute Ehrlichkeit! Egal, welche Konsequenzen das haben würde. Aber rumdrucksen, sich feige rausschleichen wollte er sich nicht.

„Ich hatte Dienst. Ich bin eingenickt. Um Mitternacht entdeckte ich die Leiche ..."

„Scheiße, Schneider. Große Scheiße. Ich komme zu Ihnen ... Sofort!"

„Jawohl! Und wohin mit der Leiche? Und soll ich Manuela Schmitz informieren?"

„Sie machen gar nichts. Stillhalten. In 30 Minuten bin ich da."

Wenn es sicherlich noch unangenehm werden würde, so war Schneider froh, dass er seine Beichte hinter sich gebracht hatte. Und so wollte er nach unten gehen und die Kollegen über das Telefonat informieren, doch Manuela Schmitz kam ihm dazwischen.

Mit müden Augen und zerzauster Frisur kam sie aus dem Zimmer, in dem sich der Schlafbereich ihres Mannes befand.

„Kai ist nicht in seinem Zimmer. Ich wollte zu ihm", konfrontierte sie ihn mit ihren Ängsten. „Nicht, dass der draußen alleine raucht ..."

„Wann haben Sie ihn zuletzt gesehen?“, wollte Schneider wissen.

„Ich ging schlafen und Kai wollte noch weiter Sport gucken ...“

„Rauchte er oft nachts vor dem Haus?“

„Immer! Wenn er den Fernseher ausgeschaltet hatte, ging er vor die Tür ... Wieso fragen Sie?“ Und Schneider konnte gut beobachten, wie sich im Blick von Manuela Schmitz die Panik spiegelte.

„Wir müssen reden“, erklärte Schneider mit beruhigender Gestik und Mimik.

„Worüber?“, begann Manuela Schmitz zu zittern und schlug ihre Hand vor den Mund.

„Gehen wir in Ihr Zimmer“, forderte Schneider, der mit seiner Mitteilung nicht länger auf Daniels warten konnte.

„Was ist mit Kai?“, fing Schmitz an zu weinen und Schneider hatte Mühe, sie in ihr Zimmer zu schieben. Immer wieder trommelte sie mit ihren Fäusten gegen seinen Brustkorb.

„Frau Schmitz! Beruhigen Sie sich“, brüllte er und langsam schienen ihre Kräfte nachzugeben und Schneider konnte sie dazu bringen, dass sie sich auf ihr Bett setzte. Seine Gedanken ratterten und suchten nach den passenden Worten.

„Ich halte das hier nicht mehr aus ...“, schrie sie hysterisch. „Ich will gar nicht wissen, was passiert ist.“

Fast schon hilflos stand Schneider vor Manuela Schmitz, die heulte, wimmerte, mit den Fäusten gegen ihren Kopf schlug. Schneider fühlte sich überfordert und schien alles vergessen zu haben, was man ihm in der Ausbildung beigebracht hatte.

„Es geht jetzt um Ihr Leben“, stammelte er und sprach einfach drauflos:

„Wenn Sie leben wollen, dann müssen Sie sich jetzt zusammenreißen. Wir tun alles, was wir können. Aber ohne Ihre Mithilfe schaffen wir es nicht.“

Langsam schien sich Manuela Schmitz zu beruhigen, legte ihren Kopf in beide Hände und seufzte leise.

„Ja. Ihr Mann ist tot“, fuhr Schneider fort und war sicher, dass Manuela Schmitz mit dieser Nachricht mittlerweile nach dem Vorgeplänkel gerechnet hatte.

Und doch brach sie jetzt völlig in sich zusammen.

„Neeiiinnn“, brüllte sie und warf sich auf den Boden. Resignierend und ohne passende Gesprächsstrategie verließ Schneider das Zimmer und hoffte, dass Manuela Schmitz irgendwann selbst zur Ruhe kommen würde.

Anschließend ging er nach unten vor das Haus und traf auf die beiden Kollegen, die damit beschäftigt waren, unter großer Kraftanstrengung die Leiche vom Flaschenzug zu lösen.

„Mann, was so eine Leiche wiegt“, stöhnte der eine Kollege, schnitt das Seil ab, das um den Hals des Toten gebunden war und forderte seinen Kollegen auf:

„Ab ins Auto. Bevor die Leiche zu stinken beginnt.“

Als sie den toten Kai Schmitz auf die Rückbank platziert hatten, erspähte Schneider auf der Landstraße die Scheinwerfer eines Wagens, der auf sie zufuhr, vor der Zufahrt kurz abbremste und dann in ihre Richtung kam.

Angespannt wie er war rief er den Kollegen zu: „Achtung. Sicherung ...“

Die blickten erschrocken zur Straße, griffen nach ihren Waffen, doch dann gab Schneider Entwarnung.

„Die Chefin“, rief er und trat Astrid Daniels entgegen, die energisch aus dem Wagen sprang, Schneider kurz mit einem Nicken begrüßte und an ihm vorbei schritt.

„Wo ist die Leiche?“, erkundigte sie sich und blickte auf die Häuserfront.

„Im Wagen ...“, erwiderte Schneider, der hinter Daniels stand.

Die stockte einen kurzen Moment, drehte sich halb zu Schneider um und fragte verwundert:

„Wie, im Wagen? Ich dachte, die hängt am Dachbalken.““

„Wir haben die Leiche in den Wagen gelegt, damit bei Morgengrauen das Dorf nicht aufgescheucht wird“, rechtfertigte Schneider die Maßnahme.

Fassungslos drehte sich Daniels um, trat einen Schritt näher an Schneider heran, blickte ihm tief in die Augen und zischte:

„Machen Sie eigentlich nur Unsinn, Schneider?“

„Warum?“, stammelte der verunsichert.

„Die KTU! Was ist mit der KTU? Spuren sichern. Leiche inspizieren. Bericht erstellen. Wollen Sie das alleine machen. Es geht um Mord ...“

„Aber die Zeugin? Wir können das hier doch nicht behandeln wie einen normalen Mord ...“

„Nein? Das heißt, wir lassen die Tat ungesühnt?“, schoss Daniels zurück und ihre Vorahnung schien sich zu bestätigen: Schneider war überfordert. Ohne Helen konnte der nicht agieren. Pech nur, dass er der letzte Vertraute von Manuela Schmitz im Zeugenschutz-Team war. Deshalb konnte sie ihn gerade in der jetzigen Situation nicht einfach abschieben.

„Übrigens, Schneider. Damit Ihnen klar ist, mit wem wir es zu tun haben“, betonte sie spitzmündig.

„Der Wagen von Helen Klar wurde von der Straße gerammt. Also gehen wir von einem Killerauftrag aus.“

Wie von einer Wespe gestochen, zuckte Schneider zusammen und spürte an dem ganzen Verhalten von Daniels, dass sie von ihm nichts hielt. Und das bestätigte auch ihre folgende Anweisung: „Ich übernehme hier. Sie kümmern sich alleine um die Sicherheit und Betreuung von Manuela Schmitz!“

Lähmende Furcht

Nach gerade mal zwei Stunden Schlaf fuhr Charleen Weindel in die Klinik, um Svenja Grabner zu besuchen. Natürlich hatte Kollege Tauer die Daten zum Opfer auf dem Rastplatz nicht gemailt. So ganz schlau wurde sie aus dem Kollegen nicht. Kaum zu glauben, dass er die Versendung der Nachricht vergessen hatte. Vielmehr glaubte Sie, dass Tauer noch immer ein wenig boykottierte und über die Zusammenarbeit nicht gerade begeistert war. Das ärgerte sie, denn das diente niemandem und war reiner Blödsinn. Entsprechend geladen rief sie ihn während der Fahrt über Handy an.

„Sorry", meldete sich Tauer schuldbewusst. „Ich wurde gestern noch zu unserem Staatsanwalt zitiert und vergaß die Mail. Geht gleich raus."

Entweder erzählte Tauer die Wahrheit oder er war ein überdurchschnittlich guter Schauspieler, dachte sich Weindel und blieb diesmal kühl:

„Wäre gut. Ich warte drauf" und schnell drückte sie das Gespräch weg, weil sie keine Lust auf eine längere Unterhaltung hatte. Dieser Tauer quatschte ihr zu viel an der eigentlichen Sache vorbei. Entweder flirtete er oder vermittelte ihr das Gefühl, sie nicht ernst zu nehmen.

Endlich hatte sie sich durch den Morgenverkehr gekämpft und die Klinik erreicht. Sie war heute etwas gestresster als sonst, weil im Präsidium einiges zu erledigen war und die Unzuverlässigkeit von Tauer ihren Zeitplan durcheinander gebracht hatte. Bevor sie das Zimmer von Svenja Grabner betrat, holte sie sich deshalb erst einmal herunter. Tief einatmen, in den Bauch ausatmen. Gedanken sammeln und sachte die Tür aufschieben.

„Oh Gott“, entfuhr es ihr leise, als sie Svenja Grabner in ihrem Bett entdeckte und auf den ersten Blick kaum wiedererkannte. Ganz zu schweigen von früheren Aufnahmen, die Weindel von ihr im Internet fand. Lebensfroh, strahlend. Und jetzt? Kaputt gemacht von ihrem Mann. Das Gesicht eine blaue, aufgequollene Masse. Spuren frischer Nähte zogen sich über die zusammengeflickten Wunden ...

Wut! Wut auf Jürgen Grabner pochte in Weindel und mitfühlend stellte sie sich an das Bett der gepeinigten Frau.

„Sie erkennen mich noch?“, erkundigte sich Weindel mit einem mitleidigen Blick.

Kraftlos antwortete Grabner:

„Die Polizistin ..., die das Alibi anzweifelt. Das habe ich in Ihren Augen ... gesehen ..."

„Das haben Sie richtig erkannt ... Haben Sie Ihren Mann angezeigt?"

Plötzlich verzog Grabner das Gesicht. Ein Schmerz schien sie zu quälen.

„Die Rippen ...", stammelte sie. „Geht gleich wieder ... Warum sollte ich ihn anzeigen?"

„Warum? Haben Sie sich schon mal im Spiegel betrachtet?"

„Jürgen trifft keine Schuld ... Ich bin nun mal ungeschickt", verteidigte Grabner ihre Lügengeschichte.

„Ungeschickt? Beim nächsten Mal schlägt er Sie tot!", mahnte Weindel, die es einfach unfassbar und zugleich unerträglich empfand, dass diese halbtot geprügelte Frau noch immer den Mann in Schutz nahm, der ihr das angetan hatte.

„Das hört nie auf ...", beteuerte Weindel. „Und solange Ihr Mann so gewalttätig ist und Sie mit ihm zusammen sind, werden Sie Ihre Tochter Almut niemals zurückbekommen."

„Doch", regte sich Grabner plötzlich auf und wieder verzog sie vor Schmerzen das Gesicht.

„Kein Amt lässt Almut zu einem Schläger wie Ihren Mann. Das Kind wäre in Lebensgefahr. Sie alleine mit Unterstützung einer Sozialarbeiterin haben da viel bessere Aussichten."

Nachdenklich blickte Grabner aus dem Fenster: „Ist das sicher?"

„Ich will Ihnen keine leeren Versprechungen machen. Aber Sie hätten alleine bessere Chancen und ich könnte auch ein gutes Wort für Sie einlegen ..."

„Jürgen würde mich umbringen ..."

„Bei einer Anzeige gegen ihn können wir handeln. Sie tauchen nach dem Klinikaufenthalt im Frauenhaus unter und Ihr Mann wird verdonnert. Doch Sie müssen aktiv werden", beteuerte Weindel engagiert.

„Das Alibi ... Ich gab es Jürgen aus Angst ..."

„Dachte ich mir ... Und was passierte wirklich an dem Tag?"

„Er war schon früh besoffen. Tobte in der Wohnung rum. Schrie, dass man ihm nicht einfach die Tochter wegnehmen könnte. Er war rasend vor Wut, stürmte nach dem Essen so gegen eins aus der Wohnung und brüllte:

‚Ich kämpfe für meine Familie'. Ich war froh, als er weg war. In dem Zustand war er unberechenbar und hätte mich wieder verprügelt."

„Und wann kam er nach Hause?"

„So gegen acht abends. Er konnte kaum laufen, so blau war er. Er lallte rum, pinkelte in die Hose, soff noch drei Bier und schlief auf dem Boden im Wohnzimmer ein.“

„Kein Wort, wo er war?“

„Nein. Am nächsten Morgen hatte er wohl einen Filmriss und fragte mich, warum er auf dem Boden geschlafen habe ...“

„Und als er aus der Wohnung stürmte? Nach dem Mittagessen, erwähnte er da den Namen Linda Reich?“

„Der Name war bei ihm stets präsent. Sie hatte uns ja Almut wegnehmen lassen. Sie war sein Feindbild Nummer eins.“

„Gut, Frau Grabner. Jetzt verschone ich Sie mit weiteren Fragen ...“

Behutsam tätschelte Weindel ihre Hand: „Soll ich eine Kollegin vorbeischicken, die die Anzeige aufnimmt?“

Einen Moment zögerte die verletzte Frau, starrte in die Leere, dann fest in die Augen der Polizistin:

„Ja. Das wäre nett ...“

Zufrieden verabschiedete sich Weindel und informierte per Handy die Kollegen von der Streife, dass sie in der Klinik eine Anzeige wegen Gewalt in der Ehe aufnehmen sollten.

Anschließend fuhr sie zurück ins Präsidium.

***

Der Anruf von Miro Schneider hatte Holger Simmer, den Bruder von Manuela Schmitz beunruhigt. Wenn das LKA sich meldete, war seine Schwester in Gefahr. Eigentlich wollte er mit der Sache nichts zu tun haben. Aber ein Zurück gab es nicht mehr. Das Ganze gehörte mittlerweile zu seinem Leben und Manuela vertraute ihm alles an. Wirklich alles. Bevor er sich mit Schneider auf dem Rastplatz traf, war er mit seinem langjährigen Kumpel Söhnke Kraft verabredet. Mit ihm quatschte er über Visionen, Probleme, Sex, Frauen ... einfach über alles. Und wie sooft ging er auch an diesem Morgen zu früher Stunde gemeinsam mit Söhnke auf die Jagd. Sein Kumpel kam aus gutem Elternhaus und als sein Vater und ein Jahr später seine Mutter starben, verkaufte er den Familienbetrieb für so viel Geld, dass er ohne arbeiten zu müssen in den Tag reinleben konnte. Regelmäßig streifte er mit Holger durch sein Jagdrevier oder redete einfach mit ihm.

Ruhig und entspannt saßen sie gemeinsam auf dem Hochsitz. Im Anschlag zwei Schrotflinten und Kraft beobachtete mit dem Fernglas die Umgebung.

„Ich schieße zuerst“, meinte Kraft entschlossen, ohne einen Widerspruch zu dulden. Kraft hatte eine besondere Neigung auf der Jagd, die Simmer zwar außergewöhnlich, jedoch nachvollziehbar empfand. Er und seine Kumpel waren nun mal keine normalen Typen, sondern etwas Besonderes und das lebten sie aus.

„Da. Ein Hirsch“, flüsterte Kraft, legte das Fernglas ab und blickte in das Fernrohr auf der Schrotflinte. Mit ruhiger Hand visierte er den Hirsch an ...

„Ich habe ihn im Fokus“, freute er sich leise.

„Dann mach‘ ihn fertig ...“, motivierte ihn Simmer.

„Du weißt. Ich habe da ein Ritual“, grinste er und Simmer nickte zustimmend.

„Einatmen und bumm ...“, raunte Kraft und das Geschoss jagte aus dem Lauf ...

Der Hirsch stockte, zuckte, rannte ein paar Meter, dann stürzte er auf den Waldboden.

„Getroffen?“, wollte Simmer wissen.

„Klar. Voll in die Gedärme. Er zappelt. So mag ich es. Nicht gleich der Todesschuss. Das Vieh muss leiden.“

Gespannt starrte er durch das Visier ... „Wie der kämpft ... Schrecklich ... Ich mache es zu Ende ...“

Wieder ein Schuss, der direkt den Kopf des Hirsches zerplatzen ließ.

„Die Spezialpatronen sind geil“, schwärmte Kraft. „Die zerfetzen so richtig. Viel Blut. Echt stark.“

„Der nächste gehört mir“, forderte Simmer erwartungsvoll.

„Klar, mein Freund. Schieß dir einen Braten für heute Abend“, lachte Kraft und Simmer schnappte sich das Fernglas.

„Schnaps?“, fragte ihn Kraft.

„Klar. Damit treffe ich besser“ und Kraft reichte ihm den silbernen Flachmann.

„Heute treffe ich den Bullen vom LKA. Den Schneider“, erzählte Simmer, während er mit dem Fernglas die Gegend absuchte.

„Dieses Arschloch, das deine Schwester nervt?“

„Genau der. Manuela verkümmert auf dem Bauernhof.“

„Ich weiß. Hast du mir ja erzählt. Und ihr Stümper-Mann ...?“

„Kai? Feige, hinterhältig und einfach dämlich ... Da ... ein Kitz“, freute sich Simmer und legte an.

„Kleine Kitze liebst du ja“, klopfte ihm Kraft auf die Schulter und der Schuss hallte durch die Dämmerung.

„Boähh. Voll in den Hals. Das Viech fällt um wie ein gefällter Baum ...“

„Klasse, Holger. Wollen wir die Beute einsammeln?"

„Lassen wir sie liegen und gehen wir lieber frühstücken", meinte Simmer und sie machten sich auf den Weg zum Haus von Söhnke Kraft ...

***

Als Charleen Weindel zurück ins Büro kam, waren Clemens und Hackenberg tief in einem Gespräch versunken.

Erst als sie sich räusperte, um auf sich aufmerksam zu machen, schauten beide auf.

„Morgen, Kollegin", begrüßte sie Clemens und Hackenberg nickte ihr stumm zu.

„Das Alibi von Jürgen Grabner ist geplatzt", teilte sie mit.

„Wie erwartet", erwiderte Clemens. „Und Kollege Hackenberg hat auch etwas interessantes herausgefunden."

„Aha und was?", fragte sie interessiert.

„Witwer Manuel Reich hat ein Appartement gekauft", erklärte Hackenberg. „Mitten in der Stadt und Mieterin ist ..."

„Stefanie Henschke", mutmaßte Weindel. „Ein Liebesnest?"

„Treffer“, bestätigte Clemens. „Das war mehr als nur eine Liebelei.“

„Und woher hatte Reich das viele Geld?“, wollte Weindel wissen.

„Das fragen wir uns mittlerweile auch. Mit seinem durchschnittlichen Einkommen konnte er das jedenfalls nicht finanzieren“, gab Hackenberg zu bedenken.

„Ich frage mich nur“, gab sich Weindel nachdenklich, „warum Linda Reich die Freundschaft zu ihrer Rivalin pflegte? Kaum zu glauben, dass sie nichts von der Affäre wusste.“

„Ist es denn sicher, dass die Freundschaft so dicke war?“, äußerte sich Clemens skeptisch.

„Na, die beiden sind gemeinsam verreist ...“ Mit einem Mal zuckte ein Blitzgedanke durch den Kopf von Weindel und sie verstand nicht, wie dumm sie gewesen war.

„Oh Gott. Bin ich bescheuert“, schimpfte sie und schlug ihre rechte Handfläche gegen die Stirn.

Erstaunt blickten sie Clemens und Hackenberg an, in der Erwartung, gleich eine Erklärung für ihr Fluchen zu erhalten.

„Ich bin sowas von ignorant und blöde“, fuhr sie fort und starrte ihre beiden Kollegen an.

„Die Reise ... Henschke erzählte beiläufig, dass sie vor zwei Wochen mit Linda Reich verreist war ...“

„Und? Was ist das Besondere daran?“, wunderte sich Clemens und Weindel pochte innerlich vor Wut auf sich selbst.

„Sie fuhren nach Prag ... Mit dem ...“

„Bus?“, platzte Hackenberg dazwischen.

„Genau. Mit dem Bus ...“

„Eine mögliche Verbindung zu dem Mord auf dem Rastplatz. Das Opfer unternahm ebenfalls eine Busreise“, stellte Clemens fest und seine Gedanken ratterten.

„Checken Sie, mit welchem Reiseunternehmen die beiden unterwegs waren“, forderte Clemens dringlich. „Und lassen Sie sich die Namen aller Mitreisenden zustellen.“

Sofort rief Weindel Stefanie Henschke an, die glücklicherweise sofort in der Leitung war.

„Hallo Frau Henschke, hier Weindel. Charleen Weindel.“

„Von der Kripo“, sagte Henschke mit einer etwas unterkühlt klingenden Stimme.

„Genau. Ich habe eine Bitte an Sie ...“

„Schon wieder ...“, erwiderte Henschke genervt.

„Allerdings. Mit welchem Busunternehmen fuhren Sie gemeinsam mit Linda Reich nach Prag?“

„Was soll das jetzt?“, fragte Henschke verwundert.

„Wir verfolgen eine Spur ...“, versuchte Weindel die Dringlichkeit ihrer Anfrage zu verdeutlichen.

„Das müssen Sie Manuel fragen“, erwiderte Henschke. „Der hat die Reise für uns gebucht.“

„Aha. Und aus welchem Anlass?“

„Wir schwärmten beide beim Grillen von Prag. Also Linda und ich ... Am nächsten Tag kam er mit zwei Bustickets nach Prag. Er ist einfach zuvorkommend, der Manuel. Linda hat das nie zu schätzen gewusst ...“

„Gut, Frau Henschke. Vorerst vielen Dank“, beendete Weindel das Telefonat und sagte etwas irritiert zu Clemens:

„Manuel Reich hat die Busreise gebucht. Irgendwie makaber. Frau und Liebhaberin gemeinsam auf Reisen zu schicken, oder nicht?“

„Vielleicht wollte er ein Wochenende mal Ruhe von seinen Frauen haben“, grinste Clemens und Weindel suchte nach der Telefonnummer von Manuel Reich, der wegen der psychischen Belastungen in Folge des Mordes an seiner Ehefrau noch immer krankgeschrieben war.

Es dauerte eine Weile, bis er ans Telefon ging und sich verkatert anhörte:

„Reich ... Wer stört so früh?“

„Weindel ...“

„Ach nee“, stöhnte Reich. „Nicht um diese Zeit ein Verhör ...“

„Nur eine kurze Frage, Herr Reich. Sie buchten für Ihre Frau und Stefanie Henschke eine Busreise nach Prag ...“

„Habe ich das?“, entgegnete Reich desinteressiert.

„Ja, das erzählte mir Ihre Liebhaberin ...“

„Welche?“, lachte Reich ins Telefon.

„Stefanie Henschke ...“

„Und werde ich jetzt festgenommen, weil ich zwei Tickets gebucht habe. Ist das seit Neuestem strafbar?“

„Um Sie geht es ausnahmsweise mal nicht“, war Weindel so langsam angenervt von diesem blödsinnigen Ratespiel.

„Herr Reich. Wir ermitteln wegen Mordes und ich bitte Sie um Mithilfe“, schmetterte sie ihm im offiziell klingenden Ton entgegen.

„Um was geht es denn?“, schien Reich anscheinend beeindruckt durch den Stimmungswechsel am Telefon.

„Bei welchem Busreiseunternehmen haben Sie die Tickets gebucht ...?“

„Puhhh“, seufzte Reich. „Das habe ich online im Internet abgewickelt ... Der Name ... Muss ich kurz nachschauen in meinem Computer ...“

Geduldig wartete Weindel, las derweil Ihre E-Mail-Eingänge und freute sich, dass Tauer endlich die Angaben zu dem Rastplatz-Opfer gesendet hatte.

„Inka Kaiser, 49, verheiratet mit Sandro Kaiser“, las sie leise die Angaben. „Beruf: Leiterin der Abteilung Pflegestellen/Adoption.“

„Hier habe ich den Namen“, meldete sich plötzlich Reich ...

„Und?“

„Also, das ging online und die Tickets liefen auf ... Raabe-Reisen.“

„Danke Ihnen, Herr Reich ... Wir bleiben in Kontakt ...“

„Hoffentlich nicht“, schoss Reich zurück und Weindel wählte flugs die Handynummer von Rolf Tauer, der gerade Sandro Kaiser, dem Ehemann des Opfers gegenüber saß.

„Entschuldigung. Da muss ich kurz ran“, meinte Tauer und Kaiser entgegnete: „Dann hole ich in der Küche den Kaffee ...“

Als Tauer das Gespräch angenommen hatte, sagte er leise:

„Ich bin in einem Gespräch. Was gibt es schon wieder?"

„Wie heißt das Reiseunternehmen, mit dem Inka Kaiser unterwegs war? Ich kann mich nicht mehr daran erinnern, ob Sie mir das mitgeteilt haben."

„Raabe-Reisen", antwortete Tauer. „War's das?"

„Bingo! Vorerst ja. Doch jetzt tauchen langsam logische Verbindungen auf ... Ich melde mich!"

Sofort setzte Weindel Clemens und Hackenberg in Kenntnis.

„Volltreffer. Gehen Sie der Spur nach. Das kann kein Zufall sein", betonte Clemens und Weindel rief umgehend bei Raabe-Reisen an und forderte die Reisegästelisten an. Zwar zeigte sich Else Raabe, die sich als Geschäftsführerin meldete, nicht gerade kooperativ und plädierte auf Datenschutz. Doch Weindel machte ihr klar, dass sie bei Mord verpflichtet war, die Daten herauszugeben. Schließlich erklärte sich Frau Raabe bereit, alle notwendigen Informationen zu mailen.

Nachdem sich Staatsanwältin Jessica Ravelsberg bei Clemens telefonisch gemeldet hatte und ihn zu sich ins Büro bat, spürte er das erste Mal seit langer Zeit einen stechenden Schmerz in der Magengegend. Das kannte er vom Beginn seiner Polizeikarriere. In dieser Phase rebellierte bei Stress sein Magen und löste unangenehme Schmerzen aus. Für Clemens ein akutes Alarmsignal. So konnte es nicht weitergehen. Er war nicht der Typ, der Ärger in sich reinfraß und Konfrontationen aus dem Weg ging. Das verdorbene Verhältnis zu Ravelsberg wollte er nicht länger ertragen. Da war Gefahr in Verzug und es bestand dringender Handlungsbedarf.

Als er das Büro betrat, rechnete er mit einer erneut unangenehmen Auseinandersetzung, doch wider Erwarten kam es anders. Sofort registrierte er, dass eine Person Ravelsberg gegenüber saß, die ihm den Rücken zudrehte.

Als sie sich ihm zuwandte, huschte spontan ein erfreutes Lächeln über das Gesicht von Clemens.

„Wie mir mittlerweile bekannt ist, kennen Sie sich ja“, untermalte Ravelsberg die herzliche Begrüßung.

„Astrid Daniels“, strahlte Clemens.

„Jetzt arbeiten wir beide beim LKA und haben uns drei Jahre nicht mehr gesehen“, erklärte Daniels.

„Zeugenschutzprogramm? Bist du da noch immer?", erkundigte sich Clemens und nahm auf dem Stuhl neben ihr Platz.

„Klar ..."

„Mittlerweile Abteilungsleiterin", warf Ravelsberg ein, die hoffte, dass diese kitschige Begrüßungsarie schnell zu Ende sein würde.

„So, Clemens", kam deshalb die Staatsanwältin zur Sache. „Frau Daniels hat um Amtshilfe gebeten."

Interessiert und zugleich überrascht blickte Clemens zu Daniels und Ravelsberg bat sie, ihr Anliegen vorzutragen.

„Ich habe um Amtshilfe durch dich gebeten, weil es mittlerweile um zweifachen Mord geht und ich einen Profi brauche, dem ich zu 100 Prozent vertrauen kann. Es geht um eine sehr heikle Sache ..."

„Wenn ich helfen kann, gerne. Du weißt, dass du mir vertrauen kannst. Ich bitte nur um einen reinen Tisch. Wenn, dann muss ich alles wissen und ich mag keine Spielchen."

„Das weiß ich. Mein Motto kennst du: Vertrauen gegen Vertrauen."

Zustimmend nickte Clemens und fragte: „Um was geht es und welche Rolle soll ich dabei spielen?"

„Also“, holte Daniels Luft und legte los:

„Unter dem Decknamen Manuela Schmitz brachten wir eine Frau zusammen mit ihrem Ehemann in ein Zeugenschutzprogramm. Sie sagte gegen Samuel Hallach aus.“

„Den Frauenmörder?“

„Genau. Vier Frauen bestialisch abgeschlachtet.“

„Und die Zeugin Wie konnte sie Hallach belasten?“

„Wie du weißt, grillte Hallach ganz gemütlich auf Grillplätzen einzelne Leichenteile und aß sie bei einem Saufgelage, meist im Wald. Die Zeugin joggte zusammen mit ihrem Bruder durch ein Waldstück und beteuerte, Hallach dabei beobachtet zu haben, wie er von einem menschlichen Körper Fleischstücke absägte und auf den Grill legte. Man fand später im Kofferraum des Wagens von Hallach DNA-Spuren der vier Opfer.

„Und trotzdem legte Hallach nie ein Geständnis ab“, betonte Clemens.

„Hallach ist ein Wahnsinniger. Seine Anhänger sind ihm nach wie vor hörig. Irgendwo wütet diese Bande in seinem Namen und schlachtet Menschen ab. Ohne Schmerzgrenze und sehr grausam.“

„Könnten Sie langsam mal zur Sache kommen?“, mahnte Ravelsberg.

„Wenn Ihnen langweilig ist, können Sie uns ja Kaffee holen“, giftete Daniels in Richtung Ravelsberg, die daraufhin tatsächlich drei Tassen Kaffee aus ihrer Maschine auf dem Sideboard zog und servierte.

„Als dieser Mordfall bei euch in dem Wohnviertel passierte ... Linda Reich hieß das Opfer, glaube ich ...“

Nachdem Clemens zustimmend genickt hatte, fuhr Daniels fort:

„...geriet Manuela Schmitz in Panik, weil sie mit ihrem Mann in der Nähe des Tatorts untergebracht war. Blöderweise fanden wir heraus, dass im Internet auf Sport-Portalen ein Foto des Ehemanns auftauchte ...“

„Scheiße“, kommentierte Clemens.

„Ich hätte es nicht besser ausdrücken können. Auf jeden Fall leiteten wir die Umsiedlung ein. Bei der Fahrt zum neuen Unterbringungsort verschwand die Kollegin Helen Klar. Eine sehr fähige Kollegin, die den Einsatz leiten sollte. Auf der Fahrt ließ sie sich wegen eines verdächtigen Fahrzeugs zurückfallen. Wenig später fanden wir sie in ihrem demolierten Wagen in einer 30 Meter tiefen Schlucht. Tot!“

„Unfall oder Fremdeinwirkung?“

„Hier der KTU-Bericht“, schob ihm Daniels eine Mappe zu. „Ganz eindeutig. Sie wurde von der Straße in die Tiefe gerammt.“

„Okay. Also Mord“, bemerkte Clemens. „Könnten die Leute von Hallach sein ...“

„Es geht noch weiter. Ein Kollege, Miro Schneider, übernahm die Einsatzleitung. Sein erstes großes Ding und meiner Meinung nach zu groß für ihn. Jedenfalls verpennte er in der neuen Unterkunft von Manuela Schmitz und ihrem Ehemann die Nachtwache und fand um Mitternacht Kai Schmitz am Dachbalken vor dem Haus baumeln. Tot. Hier der KTU-Bericht. Er wurde mit einem Messer abgeschlachtet und aufgehängt.“

„Klingt alles nicht sehr schön“, verzog Clemens gequält sein Gesicht und fragte: „Und was kann ich zur Aufklärung beitragen?“

Konzentriert blickend beugte sich Daniels näher an ihn heran und fauchte flüsternd:

„Ich will das oder die Schweine, die Helen Klar auf dem Gewissen haben. Und ich brauche einen Profi-Ermittler, der die Morde aufklärt. Und, Ludger, noch immer könnte es einen Zusammenhang geben zwischen dem Mord an Linda Reich und der Tatsache, dass ganz in der Nähe unsere Zeugin untergebracht war. Ist zwar nur eine These. Aber wer weiß."

„Kann ich mich frei bewegen und beispielsweise mit Manuela Schmitz und dem Kollegen Schneider sprechen?"

„Absolut. Aber bitte über mich. Die Lage ist kritisch und Manuela Schmitz in höchster Gefahr. Trotzdem stimmt da irgendwas nicht. Mein Bauchgefühl funkt Alarmsignale."

„Habt ihr mal Hallach unter die Lupe genommen?", wollte Clemens wissen.

„Warum sollten wir in die Höhle des Löwen?", entgegnete Daniels.

„Um herauszufinden, ob Hallach und seine Leute wirklich wissen, wo sich Manuela Schmitz befindet."

„Du hast freie Hand. Wenn es bei den Ermittlungen hilft", bestärkte ihn Daniels.

„Kann ich meine Mitarbeiter einweihen?"

„Was für eine unsinnige Frage", polterte Ravelsberg dazwischen. „Es geht hier um Zeugenschutz. Da sollte es so wenig Mitwisser wie möglich geben."

Ungeachtet des Einwands der Staatsanwältin erklärte Daniels mit festem Blick in die Augen von Clemens:

„Das musst du entscheiden, Ludger. Ich vertraue dir und wenn du deinen Leuten vertraust, hast du auch da grünes Licht von mir."

„Gut", nickte Clemens.

„Haben wir deine Unterstützung?", wollte Daniels wissen.

Ohne zu zögern, antwortete Clemens:

„Ja. Habt ihr ..."

Banges Zittern

Die Fahrt zum vereinbarten Treffpunkt mit Miro Schneider war für Holger Simmer ein richtig geiles Event. Spontan hatte ihm sein Kumpel Söhnke Kraft vorgeschlagen, mit seinem neuen Maserati hinzufahren. Was für eine Fahrt. Überirdisch. Mit 250 km/h über die Autobahn brettern, jeden Lahmarsch wegblinken und wie in Trance die Landschaft an sich vorüber fliegen lassen. „Einfach geil“, jubelte Simmer und Kraft versprach:

„Zurück fährst du ...“

„Geil, Söhnke“, freute sich Simmer, umarmte seinen Kumpel und erklärte:

„Der Schneider kann nerven. Könnte etwas dauern ...“

„Kein Problem. Ich schau‘ mir die Weiber an und hol‘ mir zwei Bier.“

„Bis dann“, klopfte Simmer aufs Wagendach und verschwand in der Raststätte.

Natürlich war Schneider bereits da, was Simmer nervte, denn der Bulle war so oberkorrekt, konnte nie mal locker sein, sondern wirkte immer angespannt, vorwurfsvoll und so elendig leidend. Ganz das Gegenteil von Söhnke.

„Hallo Depri", begrüßte er Schneider.

„Warum Depri?", fragte der Polizist verwundert.

„Sie wirken auf mich wie eine menschliche Depression. Vom Leben vernachlässigt, umgeben von Dunkelheit ..."

„Wir wollen heute nicht über mich sprechen", wollte Schneider die beleidigenden Anspielungen von Simmer unterbinden.

„Sie haben meine Schwester ins Abseits gestellt. Wie einen alten Schrank, den man auf den Speicher trägt", klagte Simmer an und nahm gegenüber von Schneider auf dem Kantinenstuhl Platz.

„Was trinken ... oder essen?", fragte ihn Schneider.

„Nein. Ich bin mit einem Sportwagen unterwegs. Da muss ich nüchtern bleiben."

„Kaffee?"

„Nein. Kommen Sie zur Sache, Schneider. Ich habe keinen Bock, lange mit Ihnen zu plaudern."

„Ihre Schwester steht dauerhaft mit Ihnen in Kontakt und das ist gegen unsere Vereinbarung."

„Manuela hätte sich schon längst erhängt, wenn ich nicht wäre. Sie lebt wie in Isolationshaft. Das hat uns vorher niemand so dargelegt. Es hieß, sie bekäme Unterstützung."

„Was hat sie Ihnen alles erzählt? Aufenthaltsorte? Namen?“

„Ach, Schneider. Ich führe nicht Buch über das, was Manuela redet ... Was soll das überhaupt? Diese nervigen Fragen.“

„Simmer ...“, platzte Schneider der Kragen. „Wir haben Alarmstufe Rot. Sie werden es ja garantiert von Ihrer Schwester erfahren. Kai wurde gestern ermordet ... Und Manuela ist in Gefahr ...“

Betroffen blickte ihn Simmer mit aufgerissenen Augen an und meinte:

„Verdammt, dann machen Sie endlich Ihren Job. Sie wissen doch, dass Hallach, die Sau, dahinter steckt. Ist es so schwer, seine Söldner zu schnappen?“

„Haben Sie mit anderen über Ihre Schwester geredet?“

„Bin ich wahnsinnig? Im Gegensatz zu Ihnen habe ich Verantwortungsgefühl. Meine Schwester sieht schlecht aus ... abgemagert, müde ...“

„Moment mal“, wurde Schneider plötzlich kritisch. „Woher wissen Sie, wie Ihre Schwester aussieht?“

„Woher?“, beugte sich Simmer nach vorne und fauchte flüsternd: „Weil wir uns treffen. Sonst würde sie kaputt gehen ...“

Entgeistert schüttelte Schneider den Kopf: „Wenn Sie beobachtet wurden, ist es eine Leichtigkeit, den Aufenthaltsort Ihrer Schwester zu finden. Und jetzt erzählen Sie mir nicht, dass Sie vorsichtig waren. Die Leute von Hallach sind Profis ..."

„Jetzt wissen Sie ja alles. Kann ich gehen?", gab sich Simmer weiter trotzig.

„Simmer. Keine Alleingänge mehr. Kein Treffen ohne mein Wissen. Und halten Sie gegenüber anderen die Schnauze, was Ihnen schwerfallen dürfte mit so einer vorlauten Klappe."

„War's das?"

Bejahend nickte Schneider und verließ gemeinsam mit Simmer den Rasthof. Zielstrebig marschierte Simmer auf den Maserati zu, in dem sein Kumpel auf dem Beifahrersitz saß und ihn strahlend empfing.

„Wer ist das?", rief Schneider Simmer zu, der nicht antwortete, ihm grinsend zuwinkte, in den Wagen stieg und mit röhrendem Motor davonfuhr.

Schneider notierte sich das Nummernschild und wollte herausfinden, ob der teure Wagen auf Holger Simmer zugelassen war.

***

„Neue Situation“, erklärte Ludger Clemens, als er nach der Mittagspause zurück im Büro war. Gespannt schauten ihn Weindel und Hackenberg an.

„Was ich Ihnen jetzt mitteile, ist streng geheim und ich hoffe, mein Vertrauen in Sie beide ist berechtigt.“

„Das klingt ja spannend“, lächelte Weindel. „Sind wir jetzt als 007 unterwegs?“

„So ähnlich“, erwiderte Clemens trocken.

„Dann bitte einen Martini“, grinste Weindel, aber Clemens blieb ernst.

„Ich hatte ein Gespräch mit Ravelsberg und Astrid Daniels. Astrid war meine Vorgängerin bei der Mordkommission. Top-Polizistin und jetzt Leiterin Abteilung Zeugenschutz ... Sie bat uns um Unterstützung ...“

Detailliert und hochkonzentriert schilderte Clemens die Ausgangslage. Berichtete von dem Mord an Helen Klar, der Hinrichtung von Kai Schmitz und weshalb Manuela Schmitz im Zeugenprogramm war.

„Und dieser Hallach hat Killer beauftragt?“, hakte Weindel nach.

„Das wird vermutet ...“

„Und sehen Sie einen Zusammenhang zwischen dem Mord an Linda Reich und Kai Schmitz?“, wollte Hackenberg wissen. „Ist ja statistisch gesehen schon auffällig, dass der Mord im Umfeld der Zeugin passierte ...“

„Welchen Zusammenhang könnte es da geben? Ich gehe von einem Zufall aus“, antwortete Clemens und Hackenberg stimmte zu.

„Wie gehen wir vor? Sollen wir uns aufteilen?“, erkundigte sich Weindel.

„Wir dürfen uns nicht verzetteln“, mahnte Clemens. „Deshalb konzentriere ich mich auf die Sache mit dem Zeugenschutz. Ich informiere Sie jeweils über den Stand und rufe bei Bedarf Ihre Unterstützung ab ...“

Zustimmend nickten Weindel und Hackenberg, anschließend fuhr Clemens fort:

„Sie, Weindel, bleiben an dem Tauer dran. Dass beide Opfer mit demselben Reiseunternehmen unterwegs waren, könnte eine heiße Spur sein. Aber dieser Tauer scheint mir ein wenig träge. Machen Sie dem Dampf und heften sich an seine Fersen ...“

„Wird gemacht. Ich werde ein paar Tage in seinem Revier wildern“, versprach Weindel.

„Und Sie, Hackenberg, übernehmen den Rest. Damit meine ich Manuel Reich, Stefanie Henschke. Und beleuchten Sie noch einmal das Umfeld von Linda Reich: Sören Berger, Jürgen Grabner, dessen

Alibi ja geplatzt ist. Viel Zeug, aber wenn Zeit ist, unterstützen wir uns gegenseitig."

„Das wird schon", lächelte Weindel leicht gequält, die stark hoffte, dass jetzt kein Chaos entstehen würde. Die Aufgabengebiete waren äußerst vielfältig und wenn jeder vor sich hinbrummelte, bestand die Gefahr, dass der Informationsaustausch untereinander zu kurz kam.

Aber jetzt wollte sie erst einmal alles auf sich zukommen lassen und machte sich mit dem Wagen direkt zu Rolf Tauer auf. Sie wollte ihn überraschen, damit er nicht schon im Vorfeld eine Ausrede erfinden konnte, um sie abzuwimmeln. Bei der Vorstellung an Tauers blöden Blick bei ihrem Überraschungsbesuch musste sie grinsen. Aber da musste der Kollege durch, denn seine Kooperationsbereitschaft und Kommunikationsfähigkeit ließ zu wünschen übrig.

Insofern war die Entscheidung richtig, ihm vor Ort auf die Finger zu schauen. So konnte sie sich vergewissern, dass er alle Karten auf den Tisch legte.

Ein wenig Verständnis für sein unkollegiales Benehmen hatte sie schon. Es gab beim LKA tatsächlich extrem arrogante Mitarbeiter, die niedrig gestellte Polizisten wie Luft behandelten. Das führte zu heftigen Auseinandersetzungen mit anderen Dienststellen, doch das LKA setzte sich in den meisten Fällen durch, da diese Behörde nun mal am längeren Hebel saß und beste Kontakte in die Politik besaß. Verständlicherweise hatte Tauer Angst, dass er zu ihrem Assi degradiert werden würde. Aber sie wollte alles dransetzen, nicht hochnäsig oder unfair zu wirken.

***

Die letzte Nacht war ein Albtraum gewesen und Charly Bäcker hatte kaum geschlafen. Vielleicht hatte es daran gelegen, dass sein Wohnmobil am Wendehammer direkt unter einer Straßenlaterne stand und es in seinem Schlafbereich viel zu hell war. Egal. Der starke Kaffee weckte wieder seine Lebensgeister. Und das Rührei mit Speck und der Rest von den Dosenmakrelen schmeckten fürstlich. In seinen Gedanken überlegte er, diesen Ort hier einfach zu verlassen. Sollte dieser Verbrecher doch in seinem Wohnmobil anstellen, was er wollte. Neue Städte und schöne Campingplätze warteten auf ihn. Ein letzter Spaziergang noch. Kurz nachschauen, ob sich in der Garage etwas tat. Dann Abflug. Das war er seiner Neugierde schuldig. Vielleicht hatte er ja die große Chance, vor seiner Abreise einen Blick in das Wohnmobil zu erhaschen. Sonst würde er sich womöglich ewig Vorwürfe machen, etwas verpasst zu haben. Also verließ er seine rollende Heimat, schloss von außen ab und marschierte zielstrebig zu dem Einfamilienhaus ...

Vorsichtig näherte er sich dem Anwesen, das er als ziemlich mondän einstufte. So unauffällig wie möglich schlenderte er an dem weißen Gartenzaun entlang, bis er die mit grauen Mosaiksteinen geplättete Einfahrt zur Garage erreichte. Die Neugier, eine ungemeine innere Spannung quälte ihn und trieb ihn zur Tat. Hektisch wie ein Hase auf der Flucht drehte er seinen Kopf, um sich zu vergewissern, dass ihn niemand beobachtete. Dann gab er sich einen Ruck, huschte zu der Garage und drückte die Klinke der weißen Metalltür nach unten, die Zugang zum Inneren gewährte. Sein Puls jagte mit einem Mal in die Höhe, denn unerwartet war die Tür nicht abgeschlossen. Noch einmal blickte er sich um. Niemand in der Nähe ... Den Atem hielt er an, als er sich in die Garage schob und sofort das schmucke Wohnmobil erblickte. Es roch nach Benzin und Öl.

Hochkonzentriert, fast schon mit einem Tunnelblick, tastete er sich zur Tür des Wohnmobils. Vielleicht war alles ganz anders, als gedacht?

Vielleicht lag gar kein Verbrechen vor? Alles nur Einbildung?

„Scheiße", zischte er leise, nachdem er feststellen musste, dass die Seitentür des Wohnmobils verriegelt war.

Ein Geräusch? Ein Knacken? Irgendetwas hatte er gehört. Starr stand er auf dem Zementboden, lauschte in die Stille. Nichts. Jetzt musste es schnell gehen. Nur ein Blick würde ihm genügen. Gewissheit, ob da im Wohnmobil ein Blutbad geschah ... Mehr wollte er nicht herausfinden. Dann raus hier und ab mit seinem Wohnmobil auf die Straße.

Neben einer Werkzeugbank im vorderen Bereich der Garage entdeckte er eine kleine Klappleiter. Vorsichtig ging er dorthin, schnappte sie sich, stellte sie vor das Seitenfenster und stellte sich auf die oberste Stufe ...

„Oh Gott", platzte es aus ihm hervor, als er durch das Fenster starrte ...

Damit hatte er nicht gerechnet. Im ersten Moment wurde ihm vor Aufregung übel. „Raus hier", murmelte er, doch dann ...

Ein fremdes Atmen hinter ihm. Dann ein undefinierbarer Schmerz im Rücken in der Nähe der Wirbelsäule. Ein weiterer fürchterlicher Druck im Nacken.

„Ahhhh“, brüllte er voller Schmerzen, fiel ungebremst von der Leiter und blieb auf dem Rücken liegen.

Über ihm ein Fremder! Wütende Grimasse, hasserfüllte Augen und in der rechten Hand ein Beil, das ihm wohl die Schmerzen zugefügt hatte.

„Schnüffler“, fauchte der Mann und ehe Bäcker auch nur ein Wort der Verteidigung sagen konnte, raste das Beil mit unfassbarer Wucht auf sein Gesicht. Blut schoss wie eine Fontäne nach oben. Zwischen Nase und rechtem Auge klaffte ein tiefer roter Spalt und die folgenden Hiebe beendeten endgültig das Leben von Charly Bäcker.

***

In Absprache mit Astrid Daniels hatte sich Ludger Clemens telefonisch mit Miro Schneider in Verbindung gesetzt. Bei einem Treffen wollte er sich weitere Informationen einholen und die weitere Zusammenarbeit abstimmen. Schneider zeigte sich anfangs etwas verwundert über die Kontaktaufnahme und schien von Daniels noch nicht über das Hinzuziehen von Clemens informiert worden zu sein.

„Sie ermitteln doch in dem Mordfall in dem Einfamilienhaus“, meinte Schneider zurückhaltend.

„Allerdings, und Astrid Daniels hat mich gebeten, Sie bei den Ermittlungen zu Helen Klar und Kai Schmitz zu unterstützen. Hat man Sie nicht in Kenntnis gesetzt?"

„Doch, die Chefin hat mir eine SMS geschickt, wie ich gerade eben gesehen habe. Aber wie soll denn die Unterstützung aussehen?"

„Das würde ich gerne mit Ihnen besprechen ... Aber nicht unbedingt am Telefon."

„Ich bin noch unterwegs ... In 30 Minuten könnte ich im Präsidium sein", erklärte Schneider.

„Okay. Sie wissen, wo Sie mich finden?"

„Klar. Mordkommission. Dann bis gleich ..."

Nachdem das Gespräch beendet war, war Clemens ein wenig verärgert, dass Daniels ihren Kollegen Schneider nicht offiziell auf seine gewünschte Unterstützung hingewiesen hatte. Jetzt hoffte er, dass der Kollege nicht blockierte und die Ermittlungen erschwerte.

Aber egal, er schob diesen Gedanken beiseite und studierte die angeforderten Unterlagen rund um Samuel Hallach. Für das Gespräch mit Miro Schneider wollte er vorbereitet sein, denn der konnte ihm dazu sicherlich die wichtigsten Fragen beantworten.

Aus den Unterlagen ging hervor, dass Astrid Daniels maßgeblich an der Ergreifung von Samuel Hallach beteiligt war und ihn dank der Zeugenaussage von Manuela Schmitz überführen konnte. Demnach hatte Hallach seine Opfer aus purer Mordgier eiskalt hingerichtet und alle vier Frauen wie im Wahn mit einem Messer übertötet. Mit teilweise mehr als 20 Einstichen. Wahllos schien er die Frauen ausgesucht zu haben. Vor sieben Jahren hatte Hallach die Vereinigung „Brüder der Nacht" gegründet. Ziel der Gruppierung war es, die dunklen Seiten der Menschheit zu erleuchten. Da sich Hallach die kompletten Vermögen der Anhänger überschreiben ließ, erlangte er einen beachtlichen Reichtum. Vier Jahre später wurde die Vereinigung verboten und Hallach führte sie im Verborgenen weiter.

Vor Gericht beteuerte Hallach seine Unschuld, doch Manuela Schmitz erklärte unter Eid, dass sie gesehen hatte, wie er bei einem der Opfer die Gliedmaßen absägte und grillte. Die Polizei konnte ihn zwar nicht auf frischer Tat ertappen, doch da er für keine der Morde ein Alibi hatte, sprach man ihn schuldig. Noch im Gerichtssaal schwor Hallach blutige Rache für das Unrecht, das man ihm antat.

Clemens nahm sich vor, Hallach im Gefängnis aufzusuchen, um herausfinden, ob seine Rachsucht noch immer in ihm brodelte. In einem Gespräch wollte er ermitteln, ob Hallach tatsächlich hinter den Morden an Helen Klar und Kai Schmitz steckte. Falls dies der Fall war, jagten sie womöglich eine Killertruppe und nicht einen einzelnen Täter. Jegliche Eventualitäten mussten ausgeschlossen werden, ebenso die Frage, ob es reiner Zufall war, dass Linda Reich in der gleichen Siedlung wohnte, in der die Zeugin Manuela Schmitz untergebracht war. Außerdem fand er aktuell keine Erklärung dafür, warum Kai Schmitz sterben musste. Mit der Zeugenaussage seiner Frau hatte er ja nur indirekt etwas zu tun.

Nachdenklich holte sich Clemens einen Kaffee und musste eingestehen, dass er bisher noch nie in so einem komplexen Fall ermittelt hatte. Eine enorme Herausforderung für ihn und sein Team. Momentan wirkte alles wie ein wirres Konstrukt ohne roten Faden und logische Verbindung. Gehörten die einzelnen Stränge zusammen oder ermittelten sie in völlig verschiedenen Fällen? Auch der Mord auf dem Rastplatz passte irgendwie nicht ins Schema. Da hoffte er auf die Hartnäckigkeit und Kreativität von Charleen Weindel ebenso wie auf den analytischen Verstand des Kollegen Lothar Hackenberg. Auf sein Team war er stolz und froh darüber, sich auf beide verlassen zu können. Die Arbeitsbelastung war dadurch auf mehrere Schultern verteilt und er konnte sich auf das Wesentliche konzentrieren. An seine Bewerbung für das neue Profilingteam dachte er zur Zeit nicht, denn in seinem Kopf war kein Platz mehr für weitere Gedanken.

Als er sich wieder an seinen Schreibtisch setzte und Hackenberg sich verabschiedete, weil er mit der IT-Abteilung etwas besprechen wollte, klopfte es kurz darauf und ein sportlich wirkender Mann mit schwarzem Anzug und offenem weißen Hemd trat ein.

„Miro Schneider?“, erkundigte sich Clemens und lag mit seiner Vermutung richtig.

„Dann sind Sie Ludger Clemens?“

„Exakt ... Wollen wir am Besprechungstisch Platz nehmen?“, fragte Clemens und deutete auf den weißen Tisch mit vier Stühlen.

„Sie halten aber kleine Besprechungen“, meinte Schneider, was ein wenig herabwürdigend klang, doch Clemens nicht so ernst nahm.

„Hat Sie Astrid Daniels jetzt umfangreicher informiert?“, wollte Clemens wissen.

„Allerdings. Sie rief mich an. Nur eines vorneweg, Clemens – und das habe ich auch der Daniels gesagt – ich brauche keinen Wachhund an meiner Seite."

Damit war Clemens klar, dass Schneider sich in seiner Ehre gekränkt fühlte, weil ein Dritter in die Ermittlungen eingeschaltet wurde.

Verständnisvoll erklärte Clemens: „Ich sehe uns nicht als Konkurrenten ... Im Gegenteil. Sie sind verantwortlich für die Zeugin und deren Sicherheit. Ich ermittle in den Mordfällen Kai Schmitz und Helen Klar. Das hat mit Wachhund nichts zu tun ..."

Skeptisch entgegnete Schneider: „Ich kenne die Spielchen doch. Weil ich meine Nachtwache verpennt habe, kriege ich Unterstützung. Machen wir uns nichts vor, die Daniels will mich abservieren und vertraut mir nicht."

„Dann gewinnen Sie ihr Vertrauen zurück ..."

„Bei der Daniels?", grinste Schneider gequält. „Die gibt einem keine zweite Chance."

„Da kenne ich Ihre Chefin aber anders ...", widersprach Clemens.

„Ach, Sie kennen sich von früher? Alte Duzfreunde. Das nennt man Mauschelei ..."

„Schneider“, erhob Clemens etwas seine Stimme und hatte jetzt keine Lust mehr auf dieses Herumgezicke.

„Jetzt will ich mal was klarstellen. Ich bin Polizist und mache meinen Job. Zwei Morde, kein Mörder gefasst, nicht den Hauch einer Spur. Wir können beide unsere Arbeit ernst nehmen und professionell durchziehen oder rummotzen und in Selbstmitleid verfallen. Ich jedenfalls ziehe die erste Variante vor. Sie können gegen mich arbeiten oder mit dabei sein.“

Nachdenklich und anscheinend beeindruckt von den deutlichen Worten schaute Schneider seinem Gegenüber für einen kurzen Moment in die Augen und sagte dann: „Gut, ich bin dabei.“

Insgeheim war Schneider froh, nach dem tragischen Ausscheiden von Helen Klar wieder einen erfahrenen Kollegen an der Seite zu haben. Und dieser Clemens schien kein Arschloch zu sein, soweit man das nach diesem ersten Treffen feststellen konnte. Und Schneider war kein Einzelkämpfer. Gerade in solchen Krisensituationen konnte es elementar wichtig sein, sich mit einem Profi wie Clemens auszutauschen.

„So, was kann ich jetzt für Sie tun?“, erkundigte sich Schneider und die Anspannung, die in der Luft lag, war mit einem Schlag verflogen.

„Ich muss mir ein Bild von Manuela Schmitz und Samuel Hallach verschaffen. Ich will herausfinden, inwieweit es sich um Auftragsmorde handelt, bei denen Hallach dahintersteckt.“

„Wer sonst? Wer außer Hallach könnte ein Interesse am Tod von Kai Schmitz und Helen Klar haben?“, wunderte sich Schneider.

„Was manchmal so eindeutig aussieht, kann eine völlig falsche Spur sein. Ich will verhindern, dass wir uns verrennen. Also, was können Sie mir über Manuela Schmitz sagen?“

„Psychisch angeschlagen, äußerst labil, wir müssen sie therapieren lassen.“

„Sie hat null Kontakte in ihre Vergangenheit?“

„Ihr ermordeter Mann Kai stammt von früher ... und ... sie hat sich über unsere Verbote hinweggesetzt und den Kontakt mit ihrem Bruder aufrechterhalten.“

„Und wie ist der?“

„Sorry für den Ausdruck: Er ist ein Arschloch. Ein Polizistenhasser.“

„Wie war das damals mit Samuel Hallach und Manuela Schmitz?“

„Ich war bei den Ermittlungen damals nicht dabei. Aber Helen Klar klärte mich auf. Manuela Schmitz hatte zusammen mit ihrem Bruder einen Schrebergarten vermacht bekommen. In der Nähe einer Grillhütte. Bei einer Joggingtour mit ihrem Bruder lief sie vorweg, weil er außer Puste war. Manuela Schmitz sagte vor Gericht aus, sie habe Samuel Hallach gesehen, wie er eine Leiche zerteilte und die Gliedmaßen auf einen Grill legte."

„Und ihr Bruder?"

„Geschockt lief sie zu ihm zurück und erzählte ihm davon. Er alarmierte die Polizei. Man fand die Leichenteile. Hallach jedoch war verschwunden. In der Polizeidatei erkannte Manuela Schmitz Hallach wieder. Das bestätigte sie auch bei einer Gegenüberstellung."

„War denn Manuela Schmitz schon damals psychisch labil?", hakte Clemens nach.

„Der Anwalt von Hallach beantragte ein Gutachten über Glaubwürdigkeit und die psychische Verfassung der Zeugin. Der Richter lehnte ab."

„Warum ein Zeugenschutzprogramm?"

„Als sie erfuhr, wie gefährlich Hallach war, wollte sie nicht mehr aussagen."

„Und an der Zeugenaussage von Manuela Schmitz wurde nie gezweifelt?"

„Nein. Zwar war sie offenbar anfangs unsicher, doch dann war ihr 100 Prozent klar, dass sie Hallach gesehen hatte ..."

Nach einer kurzen Pause fügte Schneider hinzu:

„Außerdem fand man im Mülleimer vor Hallachs Haus menschliche Überreste aller seiner Opfer ... Und alle Frauen gehörten der Vereinigung von Hallach an ... Eindeutige Beweise, dass er der Mörder war."

„Da muss er ja ziemlich blöd gewesen sein, die Überreste bei sich zu entsorgen ...", meinte Clemens.

„Sie kennen Hallach nicht. Er wirkt intelligent, aber der Gutachter attestierte einen Realitätsverlust und ein gewaltiges Potenzial an Aggression."

„Wann kann ich mit Manuela Schmitz sprechen?", erkundigte sich Clemens.

„Puuh", seufzte Schneider. „Ich kann zur Zeit nicht einschätzen, wie klar sie bei Verstand ist. Der Mord an ihrem Mann verstärkte noch ihre unkontrollierbare Todesangst ... Aber wenn Sie behutsam vorgehen ... jederzeit."

„Dann komme ich am besten gleich mit Ihnen und versuche mir ein Bild von Manuela Schmitz zu machen ..."

„Wenn es dringend ist. Dann muss es wohl sein."

„Werden Sie Manuela Schmitz umsiedeln?"

„Müssen wir. Der Ort ist nicht mehr sicher. Die Planungen laufen. Aber alles ist enorm aufwändig. Und wir wissen nicht, wie wir mögliche Killer abschütteln können. Sie haben uns ja anscheinend im Fokus. Und bei unserer Personalknappheit ..."

„Kann ich mir vorstellen", zeigte Clemens Verständnis für die Sorgen von Schneider.

Sicherlich war das Gespräch mit Schneider aufschlussreich, aber so richtig Klarheit hatte Clemens noch nicht bekommen. Alles deutete momentan auf eine Vergeltung von Hallach hin.

Noch eine Frage, Kollege", fragte Clemens abschließend.

„Wie ist Ihre Auffassung darüber, dass der Mord an Linda Reich in der Nähe des Aufenthaltsorts von Manuela Schmitz und ihrem Mann passiert ist?"

„Gute Frage, die ich gerne beantworten würde. Manuela Schmitz war sofort davon überzeugt, dass es kein Zufall war. Sie nahm direkt mit uns Kontakt auf und war voller Panik. Aber warum nahm sich der Killer nicht gleich Manuela Schmitz vor? Wenn er von ihrer neuen Identität wusste, machte doch der Mord an Linda Reich gar keinen Sinn?"

„Das stimmt. Aber es könnte ja auch ein Täuschungsmanöver sein. Jemand will den Verdacht auf einen anderen Killer lenken. Manuela Schmitz und ihr Mann werden unruhig und an einen anderen Ort gebracht. Oder es gibt tatsächlich überhaupt keinen Zusammenhang und Manuela Schmitz hat überreagiert."

„Was ich noch vergessen habe ... Kurz vor dem Mord tauchte dummerweise ein Foto von Kai Schmitz im Internet auf. Wir haben es zwar sofort löschen lassen, aber es war nicht auszuschließen, dass die Leute von Hallach es entdeckt haben."

„Also wusste der Killer unter Umständen von dem Versteck?"

„Gut möglich."

„Okay ... Ein interessanter Hinweis ... Wollen wir jetzt zu Manuela Schmitz?"

Nickend erhob sich Schneider und mit getrennten Wagen machten sie sich auf den Weg zum Bauernhaus.

Böser Hinterhalt

Die Leiche von Charly Bäcker war nach wenigen Minuten zerlegt wie ein Schwein von einem Schlachter. Minutiös und pausenlos hatte der Fremde auf den Körper eingehackt. Immer wieder. So, als wolle er komplett zerstören, was da vor ihm auf dem Boden lag. Dann holte er eine Schippe, stellte sich an das Wohnmobil, öffnete die Seitentür und schaufelte die blutigen Teile ordentlich ins Innere.

Als alles entsorgt war, stieg er auf die Stufen und schaute in den Wagen. Blut, fürchterlich viel Blut. Überall. An der Innenwand, auf dem Boden, in der Küche, an der Tür zur Toilette und auf dem Bett.

Apathisch wimmernd, geknebelt und gefesselt saß eine Frau in der Ecke vor dem Bett. Ihr Mann tot, entsorgt, brutal niedergemetzelt und sie ... noch ließ er sie am Leben. Doch was hatte er vor? Eigentlich wollte sie gar nicht mehr leben. Zu schrecklich war das, was sie erlebt hatte. Der hoffnungslose Todeskampf ihres Mannes, die Boshaftigkeit, mit der dieser Unbekannte in ihr bis dahin friedliches Leben gewuchtet war. Alles zerstört. Hoffnung, Liebe, Zukunft.

„Dich lasse ich noch zappeln“, rief er ihr plötzlich zu und es waren die ersten Worte, die sie aus seinem Mund hörte, nachdem sie ihn auf dem Rastplatz ins Wohnmobil gelassen hatte. So freundlich war er gewesen, wollte die Platzgebühren kassieren. Ihr Mann hatte jedoch schon bezahlt und wollte ihm die Quittung zeigen. Plötzlich attackierte er sie mit einem Elektroschocker, fesselte beide und fuhr mit ihnen davon. Und dann in diesem Waldstück ... die Gedanken daran machten sie wahnsinnig. Mit einem Schraubenzieher stach er auf ihren Mann ein. So gezielt, dass er nicht gleich starb. Anschließend erschlug er ihn mit dem Wagenheber. Fast schon behutsam. Mit Genuss. Der Fremde hatte viel Freude an Folter und Tod.

„Mit dir spiele ich noch ...“, drohte er und zog die Tür vom Wohnmobil hinter sich zu.

Jetzt saß sie alleine da. Mit dem Geruch nach Süße und Metall, den Blutlachen, den Leichenteilen. Nie mehr würde sie sich von dem erholen können, was sie erlebte. Hoffentlich durfte sie bald sterben. Der Tod, er wäre eine Gnade für sie. Doch er ließ sie zappeln. Schien sich an ihrem qualvollen Dasein zu ergötzen. Wann würde er sie erlösen? Und vor allem wie? Qualvoll? So wie bei ihrem Mann?

***

Starr blickte Manuela Schmitz vor sich auf den Boden. Geistesabwesend saß sie auf der Holzbank vor dem Bauernhaus, genau unter dem Dachbalken, wo man ihren Ehemann aufgehängt hatte. Der Schluck Grappa fing an zu wirken und nach dem zweiten Glas vernebelten sich langsam ihre Gedanken. Doch die Angst, die negativen Erinnerungen, die düstere Vorahnung für ihre Zukunft konnte er ihr nicht nehmen. Die beiden Polizisten rauchten ein paar Meter entfernt ihre Zigaretten, ließen sie in Ruhe und beobachteten die Straße, die sich wie ein grauer Wurm durch die eigentlich idyllische und friedliche Landschaft zog. Grüne Wiesen, träge Kühe, ein altes Holzkreuz mit verwitterter Jesusfigur, knorrige Laubbäume, ein Hügel, der zum Wandern einlud. Eine traumhafte Gegend, doch für Manuela Schmitz die Umgebung eines nicht enden wollenden Alptraums.

Als sich der Wagen von Miro Schneider näherte, nahm sie das gar nicht wahr. Ihr Kopf war in einer anderen Welt, abgeriegelt von der Wirklichkeit. Sie wollte nicht mehr, sie konnte nicht mehr. Als der Wagen hielt, stiegen Schneider und Clemens aus. Nachdem Clemens den beiden Kollegen vorgestellt wurde, nickte Schneider in Richtung Manuela Schmitz, um zu signalisieren, dass sie die Person war, um die sich hier alles drehte.

„Ich gehe alleine“, sagte Clemens mit ruhiger Stimme und schritt langsam auf Manuela Schmitz zu. Schweigend nahm er neben ihr Platz, schaute in die Ferne und erklärte fast schon flüsternd:

„Ich bin hier, um Ihnen zu helfen. Ludger Clemens, Hauptkommissar ...“

Keine Reaktion, dann nahm sie noch einen Schluck Grappa, schaute kurz zu Clemens und erwiderte mit kraftloser Stimme:

„Helfen? Mir wollen alle helfen und keiner kann mich wirklich schützen. Lassen Sie mich in Ruhe.“

„Dann wird sich nichts ändern“, betonte Clemens.

„Doch. Es wird sich etwas ändern“, fauchte die verzweifelte Frau. „Hallachs Leute werden mich finden und töten ... Dagegen können auch Sie nichts tun ...“

„Ich will zumindest versuchen, das zu verhindern ...“

„Das wollte dieser Schneider auch. Und? Kai ist tot ...“

„Erzählen Sie mir von Hallach ... Was haben Sie genau gesehen? Was tat er dem Opfer an?“

„Sind Sie wahnsinnig? Ich will die Gedanken auslöschen und soll sie wieder hochholen?“

Aufgewühlt und mit einem vorwurfsvollen Blick stand Schmitz auf und eilte ins Haus.

„Fehlschlag?“, meinte Schneider, der aus ein paar Metern beobachtet hatte, wie Schmitz Clemens alleine sitzen ließ.

„Schwierig“, erwiderte Clemens. „Ich finde keinen Zugang zu ihr ...“

„Da sind Sie nicht alleine ...“, bestätigte Schneider, dass Schmitz sich komplett in sich zurückzog.

„War sie schon immer so?“

„Sie hatte schon immer autistische Züge und geriet schnell in Panik. Im Laufe der Jahre nahm dies jedoch zu. Ich war richtig erschrocken, als ich sie jetzt nach gut einem Jahr wieder traf.“

„Tragisches Schicksal“, stellte Clemens beklommen fest.

„Die meisten Personen im Zeugenschutz durchleben permanente Krisen. Manchen gelingt es tatsächlich, ein neues Leben aufzubauen, andere leiden durchgängig an Depressionen und Panikattacken.“

„Nun ist Hallach ja auch ein besonderes Kaliber. Da sind Angstzustände doch normal“, meinte Clemens.

„Und Manuela Schmitz hat einiges durchgemacht. Ich überlege, ob ich sie zu einem Treffen mit ihrem Bruder fahre. Der ist zwar ein Idiot, aber die einzige Vertrauensperson von Manuela Schmitz."

„Machen Sie das. Es kann nur besser werden", bekräftigte Clemens sein Vorhaben.

„Und wie gehen Sie jetzt weiter vor?", erkundigte sich Schneider.

„Ich werde Hallach aufsuchen. Er ist eine Schlüsselperson. Um ihn einschätzen zu können, muss ich ihm gegenübersitzen."

„Viel Spaß", meinte Schneider trocken. „Hallach ist ein Monster. Nehmen Sie sich vor dem in Acht. Der ist das Böse in Person."

„Nicht mein erstes Date mit einem Serienkiller", beruhigte Clemens.

„Wetten, dass Sie trotzdem überrascht sein werden. Hallach zieht einen runter. Manchmal glaube ich, er hat magische Kräfte."

„Dagegen bin ich immun", lächelte Clemens. „Magie ist mir so fremd wie Pommes mit Leberwurst. Da bekomme ich das Kotzen."

„Guter Vergleich. Ich würde eher bei Hallach kotzen ..."

„So hat jeder seine persönlichen Brechreize".

Nach diesen Worten ging Clemens zu seinem Wagen und fuhr davon. Von unterwegs aus bat er Hackenberg, ihm eine Zusammenkunft mit Samuel Hallach in der Justizvollzugsanstalt zu arrangieren, was dieser unverzüglich in die Wege leitete.

***

Mittlerweile betrat Charleen Weindel das Revier, in dem Rolf Tauer untergebracht war. Zielstrebig ging sie zu seinem Büro, stieß die Tür auf und rief:

„Überraschung. Ihr schlechtes Gewissen ..."

Aufgeschreckt schaute Tauer hinter seinem Schreibtisch auf und traute seinen Augen nicht. Ein wenig Freude blitzte bei ihm auf, doch das Genervtsein überwog bei weitem. Das konnte er jetzt überhaupt nicht gebrauchen. Eine Aufpasserin vom LKA. Entsprechend kühl fiel seine Reaktion auf:

„Sie sind hoffentlich auf der Durchreise?"

„Durchreise? Ist da jemand sauer, dass die LKA-Tusse mit ihm zusammenarbeiten muss?"

„Muss? Hier muss keiner", widersprach Tauer.

„So, was steht als nächstes an?", wollte Weindel wissen und versuchte die verhaltene Willkommensfreude von Tauer zu überspielen.

„Ich warte, dass Raabe bald auftaucht und wir ein Phantombild erstellen können."

„Warten ist passiv. Wir sollten die Reiselisten durchgehen und schauen, ob es Gäste gab, die zusammen mit Linda Reich und Inka Kaiser unterwegs waren."

„Dann tun Sie das mal. Im Computer finden Sie die Listen", erklärte Tauer, stand auf und musste erst einmal eine rauchen, denn die forsche Kollegin strapazierte schon jetzt seine Nerven. Und noch hatte er keine Idee, wie er sie nachhaltig abwimmeln konnte.

Am Fenster auf dem Flur zog er den Rauch in die Bronchien und merkte, wie er langsam zur Ruhe kam.

Diese Weindel war eigentlich ganz okay, aber so ein Typ Streberin. Wusste alles besser, war ein Energiebündel, das nie zur Ruhe kam. Ein Frauentyp, den er eigentlich überhaupt nicht mochte, doch komischerweise immer wieder wie ein Magnet anzog. Seine letzte Freundin war davon besessen, ihn zu ändern. Ständige Aktionen wie Anmeldung im Fitnesscenter, Kinoabende, Konzerte ... Irgendwann war er mehr mit ihr unterwegs als mit seinen Kumpels im Stadion. Aus und vorbei! Da kannte er keine Kompromisse.

„Erholt?“, hörte er mit einem Mal hinter sich die Stimme der LKA-Kollegin.

„Lassen Sie mich nicht mal beim Rauchen alleine?“, stöhnte Tauer vorwurfsvoll und hinterließ bei Weindel den Eindruck, dass er ein grundsätzliches Problem mit Frauen hatte.

„Das kann ja was werden“, murmelte Weindel unverständlich.

„Wie?“, fragte Tauer nach, doch erhielt keine Antwort.

„Arbeit wartet“, entgegnete ihm Weindel stattdessen und huschte wieder ins Büro, um im Computer zu recherchieren.

Als Tauer zurück war, freute sich Weindel über einen Treffer:

„Richard Kerbel ...“

„Wie, Richard Kerbel?“, hakte Tauer nach.

„Richard Kerbel macht regelmäßig Bustouren bei Raabe-Reisen mit. Er war sowohl bei der Fahrt von Linda Reich als auch bei der jetzigen von Inka Kaiser dabei. Zufall?“

„Kann doch ein Zufall sein“, murkste Tauer die anfängliche Euphorie ab.

„Kein Zufall“, widersprach Weindel, nachdem sie in der Polizeidatei nach Richard Kerbel recherchierte.

„Vorbestraft wegen mehrfacher Vergewaltigung und Erpressung. Das könnte doch passen."

„Eine mögliche Spur ...", musste Tauer zugeben.

„Besuchen wir ihn", schlug Weindel vor. „Wohnt ja hier in der Stadt."

„Gut. Dann besuche ich ihn", erklärte Tauer.

„Wir", berichtigte Weindel.

„Wie wir?", zeigte sich Tauer barsch.

„Wir besuchen ihn ... gemeinsam."

„Muss das sein? Ich bin eher der Einzelkämpfer."

„Wir müssen in unserem Job flexibel sein", grinste Weindel und sie machten sich gemeinsam auf den Weg zu Richard Kerbel, der mittlerweile von der Busreise nach Budapest zurück sein musste.

***

Kollege Hackenberg hatte beste Arbeit geleistet und durch seine alten Kontakte bekam Clemens problemlos einen Termin mit Samuel Hallach in der JVA.

Es roch muffig in dem kargen, sterilen Raum mit den weißen Wänden und den Gittern vor den beiden Fenstern. Die hohen Mauern verhinderten, dass Sonnenstrahlen den Weg durch die Gitter fanden. Die Atmosphäre war beklemmend. Beinahe leblos und angsteinflößend wie in einer Leichenhalle. Weißer Holztisch, zwei Stühle, kühles Licht. Kein Raum, der zum Verweilen einlud. Vielmehr Angst machte, für immer hier drin bleiben zu müssen. Die Stille fiel Clemens auf. Keine Geräusche waren zu hören. Weder von innen noch von außen.

Serienkiller hatte Clemens schon häufig im Knast besucht. So ähnlich die Gefängnisse auch waren, jedes hatte eine andere Aura. Vielleicht lag das an ihren Insassen, den Vollzugsbeamten oder dem jeweiligen Direktor. Manche wirkten düster, man spürte den Hass, die Angst. Andere waren neutral. Dieser Ort hier hatte eine gewisse Mystik. Die Vollzugsbeamten waren nicht gerade gesprächig, sondern verschwiegen. Und Schweigen war für Clemens immer ein Indiz für Geheimnistuerei. Dazu die kalten Wände und langen Flure, bei denen man den Eindruck hatte, in einem Irrgarten gefangen zu sein. Kein Anfang und kein Ende in Sicht. Nur dunkle Ecken, leises Flüstern oder tiefes Schweigen.

Als Clemens hörte, wie das Schloss in der Tür umgedreht wurde, wirkte das wie ein lautes Poltern. Das plötzliche Geräusch durchbrach unsanft die tote Stille und das Aufziehen der Tür schmerzte fast in den Ohren.

„Häftling 314“, rief der Vollzugsbeamte Clemens zu, der seinen Kopf in Richtung der Tür drehte und einen großgewachsenen Mann mit hagerem Gesicht, dichtem Vollbart und stechend blauen Augen erblickte.

Schamlos starrte Hallach in die Augen von Clemens und schien ihn mit seinem Blick durchleuchten zu wollen.

„Bulle“, fauchte Hallach, als er auf Clemens zuging.

„Kripo. Genau ...“

„Das rieche ich. Ihr Bullen stinkt nach billigem Rasierwasser, Blut und Dreck ...“

„Da haben wir ja was gemeinsam, Herr Hallach ...“

Kurz wandte sich Clemens an den Vollzugsbeamten, der sich rechts neben der Tür postiert hatte:

„Sie können uns alleine lassen.“

„Nein. Anweisung von oben. 314 darf mit niemandem alleine sein“, informierte ihn der Beamte und Clemens nahm dies schweigend hin.

„Was will der Bulle hier?“, keifte Hallach abschätzend.

„Die Zeugin, die gegen Sie ausgesagt hat.“

„Sie wird dafür mit dem Leben bezahlen. Ich will ihr Blut.“

„Vergebung kennen Sie nicht, oder? “

„Wer mein Leben zerstört, dem wird nicht vergeben!“

„Sie haben doch Leben selbst zerstört. Vier Frauen mussten sterben.“

„Vier Frauen, denen ich nichts angetan habe.“

„Sie wurden eindeutig überführt und sogar beim Grillen der Leichenteile gesehen.“

„Reingelegt hat man mich. Fertig gemacht. Doch Häftling 314 wird sich nicht unterkriegen lassen.“

„Wer wollte Sie fertig machen?“

„Verräter, Konkurrenten – was weiß ich. Meine Anhänger beschenkten mich mit ihrem Vermögen. Davon wollten andere etwas abhaben und mich aus dem Weg räumen ...“

„Märchenstunde ist vorbei, Hallach. Der Richter hat sie verknackt. Ich will nur wissen, ob Sie zwei Morde in Auftrag gegeben haben?“

„Zwei Morde? Warum zwei? Ich will nur das Blut von Manuela Schmitz ...“

„Sie kennen Ihre neue Identität?“, platzte es überrascht aus Clemens hervor.

„Hallach hat tausend Augen ... Glauben Sie, mir entgeht etwas?“

„Und Sie haben noch nicht genug Blut vergossen?“, versuchte Clemens bei Hallach noch mehr Informationen rauszubekommen.

„Nur ein Blut will ich ...“

„Warum Helen Klar und Kai Schmitz?“, hakte Clemens nach und ging in die verbale Offensive.

„Will der Bulle mit mir Rätselraten spielen? Helen Klar vom Zeugenschutzprogramm? Schmitz, Kai - der feige Trottel der Zeugin? Was soll ich mit denen?“

„Tot! Ermordet! Beide! Kollateralschäden Ihrer Killertruppe oder Kalkül?“

„Jetzt wird der Bulle frech ...“ Bedrohlich beugte sich Hallach nach vorne und flüsterte:

„Wer mich nicht als Freund haben will, wird zu meinem Feind. Und der Bulle ist auf dem besten Weg dorthin. Glaube mir, wenn ich es will, wirst du deines Lebens nicht mehr froh.“

„Hallach. Ich will mit Ihnen vernünftig reden und keine Drohungen austauschen ...“, erwiderte Clemens, der in den Augen seines Gegenübers Hass, Entschlossenheit und eine durchdringende Kälte funkeln sah. In seinen Augen war Hallach tatsächlich ein Monster, so wie Schneider ihn genannt hatte. Unberechenbar, brandgefährlich, bösartig und nicht zu bändigen.

„Ich kapiere nicht, warum der Bulle hier vor mir sitzt. Was will er? Spielen, plaudern, Ärger machen?“

„Sie wollen weiter töten, Hallach. Und ich will das verhindern.“

„Verhindern können Sie gar nichts ... Bulle ... Und ab sofort stehen Sie auf meiner Tötungsliste ganz oben ...“

Mit festem Blick in die Augen von Clemens stand Hallach auf und rief dem Vollzugsbeamten zu:

„Ende! Ich will zurück in meine Zelle.“

Die Wut über das aggressive Verhalten von Hallach begann in Clemens zu kochen. Obwohl er sich in letzter Zeit meist im Griff gehabt hatte, drohte es, in ihm zu eskalieren. Und er konnte sich nicht mehr halten.

„Kein Ende“, brüllte er und schlug die Faust auf den Tisch. Der Vollzugsbeamte zuckte zusammen, nur Hallach blieb gelassen.

„So hab‘ ich Bullen gern“, grinste der provozierend. „Wut ist die Sprache der Verzweiflung. Und der Bulle wird noch viel verzweifelter werden. Seine Zukunft ist die Hölle.“

„Da wirst du schmoren, Hallach. Und da gehört ein Teufel wie du auch hin ... So einen Abschaum will ich nicht länger ertragen.“

Für einen kurzen Moment wollte Clemens Häftling 314 an die Gurgel und ihm seine Überheblichkeit austreiben, doch der Beamte schien zu ahnen, dass die Situation eskalieren könnte und führte Hallach schnell ab. Beim Verlassen des Raumes sang der enthusiastisch:

„Bullenjagd, Bullenjagd, der Bulle, der wird bluten ..."

Es dauerte einen Moment, bis Clemens sich wieder einigermaßen im Griff und seine Gedanken geordnet hatte. Hallach war alles zuzutrauen. Und der Verdacht, dass Hallach hinter den Morden an Helen Klar und Kai Schmitz steckte, verdichtete sich. Das machte die Ermittlungen nicht einfacher, denn die Killer von Hallach waren unkontrollierbar und Clemens überlegte, wo er nach ihnen suchen sollte. Alte Weggefährten? Bei der großen Anzahl seiner Anhänger glich dies der berühmten Suche nach der Nadel im Heuhaufen.

Momentan blieb nur eine Möglichkeit: Manuela Schmitz ordentlich schützen und hoffen, dass die Killer bei einem möglichen Übergriff geschnappt werden konnten. Doch selbst diese Hoffnung war getrübt, denn Hallach würde niemals Ruhe geben und erst dann zufrieden sein, wenn Manuela Schmitz tot war ...

***

Auf der Fahrt zu Richard Kerbel erreichte Rolf Tauer einen Anruf. Weindel hoffte, dass es nicht eine unliebsame Störung war, die sie zur Umkehr zwang. Doch es kam anders. Als Tauer das Gespräch beendet hatte, meinte er fast schon erleichtert:

„Abbruch!“

„Wie Abbruch?“, wunderte sich Weindel.

„Leichenfund an einem Weiher im Wald. Da muss ich hin.“

Nach kurzem Nachdenken erwiderte Weindel: „Dann fahre ich alleine zu Kerbel.“

„Wie? Und ich? Soll ich zum Tatort trampen?“

„Taxi“, grinste Weindel. „Gefahr in Verzug und hielt an einer Bushaltestelle.

Perplex starrte Tauer sie an, zögerte einen Moment, doch Weindel blieb standfest:

„Aussteigen, Kollege. Das hier ist mein Dienstwagen ...“

Fassungslos über die Unverfrorenheit stieg Tauer aus und schaute schimpfend dem Wagen hinterher.

Die Fahrt führte Weindel in ein solide wirkendes Wohngebiet. Gepflegte Bungalows und ordentliche

Reihenhäuser waren Spiegelbild eines gut bürgerlichen Lebens. Und das Haus, in dem dieser Richard Kerbel wohnte, passte in diese Umgebung. Neben der Einfahrt zur Garage stellte sie den Wagen ab, ging durch das Gartentor zur Eingangstür, vergewisserte sich auf dem Namensschild, dass sie bei der richtigen Adresse war und drückte den Klingelknopf.

Nach einem kurzen Moment wurde die Tür einen Spalt geöffnet und hinter dem Vorhängeschloss schaute ein Mann mit Halbglatze und Nickelbrille hervor.

„Ja?“, fragte er verunsichert und zugleich abweisend wirkend.

„Charleen Weindel, Kriminalpolizei. Ich muss kurz mit Ihnen sprechen.“

„Polizei?“, gab sich der Mann irritiert und verlangte den Ausweis, den Weindel ihm umgehend zeigte.

„Nur kurz! Ich bin beschäftigt“, erwiderte der Mann, löste das Vorhängeschloss aus der Verankerung und zog die Tür auf.

„Richard Kerbel?“, fragte Weindel, als sie das Haus betrat und aus unerklärlichen Gründen ein ungutes Gefühl hatte, als sie die Aura wahrnahm. Vielleicht lag es an der stickigen Luft, die ihr entgegenkam oder dem nicht gerade einladenden Flur. Oder am unangenehmen Schweißgeruch des Mannes.

„Ja. Richard Kerbel“, bestätigte er und sein Blick wanderte auf die Brüste der Polizistin.

„Starren Sie Frauen immer so an?“, versuchte sie Kerbels lüsterne Fantasie abzuschmettern.

„Nicht alle“, erwiderte der trocken und führte sie ins Wohnzimmer, das nicht gerade geschmackvoll eingerichtet war. Die vergilbten Wände waren bis auf ein paar Fotos von europäischen Städten kahl und nüchtern. Die alte Holzschrankwand mit künstlicher Maserung dominierte das Zimmer und die Ledersessel waren abgewetzt und sahen schäbig aus.

Als sich Weindel auf das Zweiersofa setzte, öffnete Kerbel eine Schranktür und fragte mit einem Lächeln der Vorfreude:

„Likörchen?“

„Nein, danke“, lehnte Weindel ab, doch Kerbel ließ es sich nicht nehmen, sich einen ordentlichen Schluck von dem Mandellikör einzuschenken. Dann setzte er sich auf den Platz neben Weindel, die reflexartig wieder aufstand, weil Kerbel ihr doch etwas zu nah kam.

„Sie unternehmen Busreisen?“, fragte sie, während Kerbel an dem Likör nippte.

„Lecker. Das Süße weckt in mir Erinnerungen an schöne Zeiten“, schwärmte er und klebte mit seinem Blick schon wieder an Weindels Brüsten.

„Oh ja. Ich liebe es, zu verreisen. Städte kennenlernen, neue Menschen, Kulturen ...“

„Was war Ihre letzte Reise?“

„Budapest. Kam heute morgen zurück ... Oh Gott, ich muss ja noch auspacken“, stöhnte er plötzlich und lachte feist: „Wollen Sie mir helfen, die Wäsche zu ordnen?“

„Waren Sie auch in Prag?“

„Ich war fast überall in Europa. London fehlt mir noch und Belfast und Mailand. Aber alles zu seiner Zeit.“

„Auf der Fahrt nach Budapest – haben Sie da den Mord mitbekommen?“

„Natürlich“, erwiderte Kerbel mit betroffener Miene. „Aber warum musste die auch alleine eine rauchen gehen? Auf einem Rastplatz? Als Frau? Unmöglich, sich so in Gefahr zu begeben.“

„Kannten Sie die Frau?“

„Inka Kaiser? Ich habe mich mit ihrem Mann gut unterhalten. Mit ihr weniger. Aber wir wollten in Budapest mal zu dritt Essen gehen, weil ich mich dort gut auskenne ... Leider hat uns der Mörder da einen Strich durch die Rechnung gemacht."

„Wo waren Sie, als der Mord passierte?"

Plötzlich verfinsterte sich das Gesicht von Kerbel:

„Ist das etwa ein Verhör?"

„Eine Befragung", berichtigte Weindel. „Ich will mir nur ein Bild machen."

„Ein Bild von was? Von mir etwa?"

„Von dem Tathergang!"

„Lügnerin, Schlampe", zeigte sich Kerbel plötzlich echauffiert und die Stimmung nahm ein feindseliges Ausmaß an.

„Herr Kerbel, bleiben Sie ruhig", betonte Weindel, doch der wurde immer wütender, stand auf, stellte sich breitbeinig vor die Polizistin und polterte:

„Raus! Raus aus meinem Haus. Ich habe genug gelitten. Saß im Gefängnis, wurde geächtet. Jetzt wollen Sie das alles wieder hochholen."

„Ich bitte Sie, die Fassung zu bewahren", mahnte Weindel und griff nach ihrer Dienstwaffe.„ Sofort zurück! Keinen Schritt weiter ..."

„Raus", tobte Kerbel mit rot unterlaufenen Augen.

„Dann sehen wir uns auf dem Revier wieder", erklärte Weindel mit autoritärem Ton, stand auf, schob Kerbel zur Seite und wollte das Haus verlassen.

„Ich drück' Ihnen den Kehlkopf ein, wenn Sie noch einmal hier auftauchen“, drohte Kerbel und ging ihr bis zur Haustür hinterher.

„Solchen Schlampen muss man Manieren beibringen“, schimpfte er und Weindel zog die Tür auf, verließ das Grundstück und musste sich im Wagen erst einmal sammeln.

„Der hat Dreck am Stecken“, dachte sie laut mit erhöhtem Pulsschlag und startete den Wagen.

Stürmische Angriffe

Der einsetzende Regen ließ die Stimmung von Rolf Tauer noch tiefer in den Keller sinken. Der Boden rund um den Weiher wurde immer matschiger und die geborgene Wasserleiche stank fürchterlich.

„Und? Erste Erkenntnisse?“, erkundigte er sich bei Gerichtsmediziner Uwe Kurts, der ebenfalls missmutig dreinschaute.

„Da war ein Schlächter am Werk. Ich tippe auf was Spitzes und was Schweres. Der Tote hat einige Einstiche. Augen, Nase, sowie im Hals und beiden Nieren. Ein Gegenstand, wahrscheinlich aus Metall, hat ihm den Kopf zertrümmert. Todeszeitpunkt irgendwann gestern zwischen 15.00 und 17.00 Uhr. Am Ufer sind Reifenspuren. Muss von einem großen Fahrzeug stammen. Kleiner LKW oder ein Wohnmobil tippe ich mal. Die Spuren führen zur Straße hin.“

„Identität?“

„Benjamin Tablon. In der Jackentasche waren die Papiere.“

„Gut. Halte mich auf dem Laufenden“, bat Tauer und machte sich ein Bild vom Tatort.

Der Täter fuhr mit dem Opfer an den Weiher, metzelte ihn dort oder vorher nieder und entsorgte ihn im Weiher.

„Ach so, Uwe. Noch eine Frage: wer hat ihn gefunden?“

„Zwei Angler. Vater mit seinem Sohn. Die Leiche wurde ans Ufer getrieben. Die Steine in dem Sack hatten sich gelöst.“

„Gut. Danke dir ...“

So langsam ging es Tauer auf den Keks, dass die Arbeit immer mehr wurde. Jetzt hatte er bereits zwei ungelöste Morde an der Backe. Wenn er recht überlegte, tauchte die Weindel genau zur richtigen Zeit in seinem Büro auf. Vielleicht konnte er ihr den Fall Inka Kaiser unterjubeln. Alleine würde er das nicht schaffen. Und die Weindel war sicherlich ehrgeizig genug, um sich tief in den Kaiser-Mord einzugraben.

„Das Schicksal hat Erbarmen mit mir“, murmelte er mit Blick in den verregneten Himmel und ging zurück zu seinem Wagen, weil er hier eigentlich nichts mehr verloren hatte. Der KTU wollte er nicht ins Handwerk pfuschen und erst einmal deren Bericht abwarten.

Benjamin Tablon, tippte er in sein Handy und nahm sich vor, auf dem Revier nach dem Namen zu recherchieren.

***

Das Treffen mit Samuel Hallach klebte noch immer an den Gedanken von Clemens. Dieser Häftling 314 hatte es tatsächlich geschafft, ihn aus der Fassung zu bringen. Die Morddrohung ihm gegenüber nahm er nicht weiter ernst, denn solche Anfeindungen von Killern war er gewohnt. Auf der Fahrt zurück ins Präsidium rief er Lothar Hackenberg an und bat ihn um Unterstützung.

„Ich brauche Informationen zu einer sektenähnlichen Vereinigung namens *‚Brüder der Nacht‘* sowie von deren Mitgliedern als auch alles über den Gründer Samuel Hallach. Das Ganze eilt."

„Wird erledigt", versprach Hackenberg und Clemens war froh, dass er sich auf den analytischen Verstand des Kollegen verlassen konnte. Hackenberg konnte denken wie ein Computer, emotionslos Zusammenhänge finden und hervorragend kombinieren. Genau das brauchte er jetzt. Neue Wege, neue Denkmuster. Da konnte es sehr sinnvoll sein, sich mit Hackenberg auszutauschen.

***

Im Flur des Gefängnistraktes herrschte hektisches Treiben. Die Zellentüren waren geöffnet und die Häftlinge vertrieben sich die Zeit mit Rumgammeln, Karten spielen oder gingen einfach nur in Gedanken versunken den Gang auf und ab. In der Ecke neben dem Glaskasten, in dem sich die Vollzugsbeamten aufhielten, lehnte Samuel Hallach lässig an der Wand, umringt von seinen zwei Verbündeten, die ihm nicht nur den Rücken im Knast stärkten, sondern auch den Kontakt nach draußen hielten.

„Ludger Clemens", flüsterte Hallach und seine Kumpanen wussten, dass er immer leise sprach, wenn es etwas Wichtiges zu verkünden gab.

„Der Bulle ist ein gefährlicher Gegenspieler von uns. Wäre nicht übel, wenn ihm etwas zustoßen würde ..."

„Werden wir weitergeben", bestätigte der eine mit den extrem muskulösen Armen.

„Und wie läuft unsere Mission?", erkundigte sich Hallach mit einem unzufriedenen Gesichtsausdruck.

„Laut Truppenführer ist das Ziel nahe? Angriffsplan ist erarbeitet. Es kann bald losgehen."

„Das hoffe ich sehr. Hast du denen draußen meine Ungeduld geschildert?"

„Natürlich, Chef. Sie wollen euch unbedingt zufrieden stellen.“

„Sonst drehe ich den Geldhahn zu. Kapiert?“

„Gewiss. Das wirkt immer. Ihre Anhängerschaft ist nach wie vor gewaltig.“

„Das werden wir ja sehen“, fauchte Hallach und unternahm einen Spaziergang durch den Gefängnistrakt, dicht gefolgt von seinen beiden Wachhunden. Die Häftlinge wichen zur Seite, wenn Hallach ihren Weg kreuzte. Die Kontrollgänge des Frauenmörders waren gefürchtet, denn Hallach galt als unberechenbar. Immer wieder eskalierte bei ihm wie aus heiterem Himmel die Gewalt. Doch die Mithäftlinge deckten ihn und so konnten ihn die Vollzugsbeamten nie zur Rechenschaft ziehen. Hallach regierte hier und wer nicht auf seiner Seite war, dem ging es nicht lange gut ...

Heute stand Carlo auf dem Plan von Hallach. Kindermörder Carlo war Hallach ein Dorn im Auge, denn er liebte Kinder über alles und in seiner Hierarchie waren Kinderschänder und Kindermörder ganz unten angesiedelt. Unter den Häftlingen in den JVAs hatte sich das bereits herumgesprochen und so versuchte jeder Täter, der Kindern etwas angetan hatte, das Gefängnis zu meiden, in dem Hallach untergebracht war. Doch Carlo hatte zu wenig

Beziehungen, einen miserablen Anwalt und außerdem nahm er Hallach nicht ernst. Carlo war von sich sehr überzeugt und gab seinen drei Opfern die Schuld für seine Taten. Einen siebenjährigen Jungen hatte er auf dem Schulweg entführt und in seine Gartenlaube gesperrt. Drei Tage Folter, Missbrauch, Angst, dann erschlug er ihn mit dem Spaten. Zwei andere Jungs quälte er im Wald, eher er sie mit Steinen erschlug. Jetzt saß er hier in seiner Zelle, alleine und hatte einen Brief an den Innenminister schreiben wollen, in dem er sich als Opfer darstellte, weil die Jungs kurze Hosen trugen und er dies als Erregung öffentlichen Ärgernisses ansah.

„Barriere aufbauen", hauchte Hallach seinen zwei Männern zu, die sich daraufhin vor die Zellentür von Carlo stellten. Die anderen Häftlinge bildeten einen Pulk und erhöhten die Lautstärke ihrer Unterhaltung, damit die Vollzugsbeamten die Geräusche aus der Zelle nicht hören konnten.

Als Hallach die Zelle betrat, drehte sich Carlo nicht einmal in seine Richtung, ignorierte ihn und schrieb weiter an seinem Brief.

Grinsend stellte sich Hallach hinter ihn:

„Kinderwichser ... Du störst in meinem Revier", flüsterte Hallach leise drohend.

„Ach ja. Und du Frauenkiller, glaubst hier der Boss zu sein?“, schmetterte Carlo zurück, stand blitzartig auf, drehte sich in Richtung Hallach und spuckte ihm mitten ins Gesicht.

Lächelnd leckte Hallach mit seiner Zunge die Spucke weg.

„Du weißt, wer vor dir steht?“, fragte Hallach und ehe Carlo antworten konnte, rammte Hallach den Zeigefinger und Mittelfinger in das linke und rechte Auge von Carlo. Der sackte stöhnend nach vorne, wollte sich wehren, doch Hallach ließ ihm keine Chance.

Ruckartig warf er ihn aufs Bett, riss seine Hose auf, zog aus seiner Schuhsohle die Rasierklinge, nahm den Penis von Carlo in die linke Hand ...

Der Schrei verstummte schnell, denn Hallach presste das Kissen auf den Mund seines Opfers.

Zufrieden verließ Hallach die Zelle, erhielt anerkennendes Schulterklopfen der Mithäftlinge. Beim abendlichen Abschließen der Zelle fanden die Vollzugsbeamten Carlo auf dem Bett. Den Penis im Mund. Er war verblutet. Jede Rettungsmaßnahme kam zu spät. Die Essensration wurde daraufhin für den Abend gekürzt, doch die Häftlinge hatten heimlich ihre Lebensmittel-Depots in den Zellen aufgefüllt, deshalb juckte die Maßnahme niemanden.

Trotz Befragungen und Auswertung von Videoaufzeichnungen konnte niemand zur Rechenschaft gezogen werden. Das hatte Hallach gelernt und das war seine große Stärke. Auftauchen wie ein düsterer Schatten und verschwinden wie ein kalter Windhauch. Wenn er sich schon selbst die Finger schmutzig machte, dann musste alles in Perfektion ablaufen. Jedoch bevorzugte er es, andere für sich arbeiten zu lassen. Nur manchmal, wie bei Carlo, musste er selbst ran, um sich weiterhin Respekt zu verschaffen.

***

Gerade hatte Charleen Weindel eine interessante Entdeckung in den Reisebuchungsunterlagen von Raabe-Reisen gemacht, da tauchte Rolf Tauer wieder auf.

„Und? Kommen Sie voran?“, gab er sich unerwartet freundlich.

„Richard Kerbel müssen wir vorladen. Er hat mich massiv angegangen. Ein Gespräch war nicht möglich.“

„Machen Sie nur, Kollegin. Sie haben freie Hand ...“, beteuerte Tauer.

„Woher der Sinneswandel?“, wunderte sich Weindel.

„Ich hatte Zeit zum Nachdenken und ich freue mich, vom LKA unterstützt zu werden. Es dient doch der Sache“, grinste Tauer und tippte den Namen Benjamin Tablon in den Computer.

„Und was gab es bei Ihnen?“, wollte Weindel wissen.

„Mord. Ein Benjamin Tablon, Ziemlich übel zugerichtet und im Weiher versenkt.“

„Heiße Spur?“

„Jetzt schon? Ich muss erst mal rausfinden, bei wem es sich um das Opfer handelt.“

Konzentriert starrte Tauer auf die Informationen zu Tablon.

„42 Jahre. Kranführer. Verheiratet mit Erika Tablon, 40 Jahre. Tochter Jessica, 21.“

„Und wie gehen Sie jetzt vor?“, fragte Weindel.

„Ehefrau und Tochter informieren. Nachfragen, wo Benjamin Tablon unterwegs war ...“

Daraufhin wählte Tauer die angegebene Telefonnummer und es meldete sich eine junge Frauenstimme.

„Jessica Tablon!“

„Tauer. Rolf Tauer. Kann ich Ihre Mutter sprechen?“

„In welcher Angelegenheit? Meine Eltern sind verreist ...“

Tauer dachte nach, ob er der Tochter die Schreckensnachricht am Telefon mitteilen sollte, doch das war ihm dann doch zu hart.

„Polizei ...Ich komme bei Ihnen vorbei!“

„Muss ich mir Sorgen machen?“, fragte Jessica Tablon zögerlich.

„In 20 Minuten bin ich bei Ihnen“, drückte sich Tauer vor der Antwort und beendete das Telefonat.

„Überbringen Sie gerne Todesnachrichten?“, fragte er daraufhin Weindel, die selbstbewusst antwortete:

„Ja. Weil ich weiß, dass ich das gut kann ... Empathie, Kollege, gehört zu unserem Beruf.“

„Dann können Sie mich doch begleiten und ich kann von Ihnen lernen.“

„Gut ... Aber vorher muss ich noch meinen Chef anrufen. Ich habe nämlich eine interessante Entdeckung gemacht ...“

„Klingt spannend“, meinte Tauer, während Weindel die Handy-Nummer von Clemens wählte.

Der konnte das Gespräch anscheinend nicht entgegennehmen, da die Mailbox ansprang, die Weindel besprach:

„Hallo, Chef. Ich bin die Buchungsunterlagen von Raabe-Reisen durchgegangen und auf etwas Interessantes gestoßen. Linda Reich und Inka Kaiser gewannen die Busreisen für jeweils zwei Personen. Die Kosten übernahm in beiden Fällen eine Funny-Life AG. Vielleicht kann Kollege Hackenberg das mal recherchieren. Ende!“

„Volltreffer würde ich sagen“, lobte Tauer. „Das kann garantiert kein Zufall sein ...“

„Sehe ich ähnlich“, bestätigte Weindel, während sie zum Wagen gingen.

„Sicher, dass ich nicht wieder Taxi fahren muss?“, zeigte sich Tauer humorvoll, den Weindel gar nicht mehr wieder erkannte. Plötzlich war der Kerl zuvorkommend, kollegial, sogar charmant und lernbereit.

„Wir können die Arbeit doch etwas aufteilen“, schlug Tauer auf der Fahrt vor und hoffte natürlich, dass Weindel auf seinen Vorschlag eingehen würde.

„Ich Innendienst, Sie Außendienst?“, witzelte Weindel, „oder anders formuliert: ich soll Ihre Sekretärin werden?“

„Wie kommen Sie darauf?“, entgegnete Tauer und fügte hinzu:

„Ich bin durchaus für Gleichberechtigung im Job ...“

„Und wie soll die aussehen?“

„Sie konzentrieren sich auf den Fall Inka Kaiser, in dem Sie ja so und so schon mehr drinhängen und ich verschwende meine Arbeitszeit mit dem Mord an Benjamin Tablon. Gute Idee?“

Weindel wusste, dass Tauer ein Schlitzohr war, konnte jedoch seinen Vorschlag gut verstehen. Immerhin war er alleine und zwei unterschiedliche Mordfälle waren schon ein Kaliber.

„Gut. Aber wenn ich Hilfe brauche, unterstützen Sie mich ...“

„Abgemacht“, freute sich Tauer über den guten Deal und startete den Wagen.

***

Mittlerweile saßen Clemens und Hackenberg am Besprechungstisch. Umfangreich erläuterte Clemens dem Kollegen die Situation und hoffte auf kreative Einfälle.

„Hallach ist ein Monster. Der hat unter Garantie Killer beauftragt, um Manuela Schmitz auszulöschen“, erklärte Clemens.

„Doch warum Helen Klar und der Ehemann von Manuela Schmitz?“, fragte Clemens ratlos.

„Hallach steht vielleicht auf Rituale. Er will die Opfer in Panik versetzen und die Schlinge langsam zusammenziehen. Der Mord an Kollegin Klar war eine erste Botschaft, der Mord am Ehemann ein eindeutiger Warnschuss“, resümierte Hackenberg.

„Und doch habe ich das Gefühl, nur auf dem halben Weg zum Ziel zu sein“, erwiderte Clemens.

„Ich werde mal intensiver über diese Gruppierung *‚Brüder der Nacht‘* recherchieren“, schlug Hackenberg vor.

„Ja. Gute Idee. Vor allem will ich wissen, wer da momentan das Sagen hat und das Geld verwaltet.“

Plötzlich summte das Handy von Clemens und er schaute auf das Display:

„Mailbox. Moment“, informierte er Hackenberg und hörte sich die Ansage an.

„Interessant“, meinte er nachdenklich. „Weindel hat herausgefunden, dass Inka Kaiser und Linda Reich die Busreisen gewonnen hatten. Eine Funny-Life AG buchte sie bei Raabe-Reisen.“

„Davon hat Stefanie Henschke kein Wort erwähnt“, wunderte sich Hackenberg und machte sich sofort an die Recherchearbeit, während Clemens sich noch einmal in die Akte Manuela Schmitz vertiefte, die ihm Miro Schneider auf Nachfrage zur Verfügung gestellt hatte.

***

Der Gang zu dem Reihenmittelhaus, in dem Jessica Tablon mit ihren Eltern wohnte, war für Charleen Weindel kein einfacher Weg. Wenn sie auch davon überzeugt war, die Schreckensnachricht professionell und einfühlsam übermitteln zu können.

„Aufgeregt?“, fragte Tauer, der bereits schwitzige Hände hatte, weil er solche Termine hasste.

Nachdem er den Klingelknopf gedrückt hatte, öffnete ein fröhlich strahlendes Mädchen die Tür.

„Sie sind von der Polizei?“, fragte sie neugierig und schien nicht zu ahnen, dass sich ihr Leben gleich schlagartig verändern würde.

„Haben meine Eltern was angestellt?“, wollte sie wissen, als sie die beiden Polizisten ins Wohnzimmer des gemütlich eingerichteten Hauses führte.

„Sind Ihre Eltern gemeinsam unterwegs gewesen?“, erkundigte sich Weindel und zögerte die Übermittlung noch einen Moment hinaus.

„Mit ihrem Wohnmobil in Richtung Osteuropa. Die Ecke fehlte ihnen noch in der Reisesammlung.“ Mit einem Mal wurde Jessica Tablon misstrauisch und ihre gute Laune kippte ins Gegenteil.

„Ist ihnen etwas zugestoßen?“

„Darf ich Jessica sagen?“, fragte Weindel und das Mädchen nickte.

„Sie müssen jetzt stark sein. Sie sind noch jung und werden das überwinden.“ Mit festem Blick schaute Weindel in die Augen von Jessica.

„Was ist los?“, fing die plötzlich an zu weinen.

„Ihr Vater wurde tot aufgefunden. Ihre Mutter ist verschwunden.“

Wie ein Blitz traf die Hiobsbotschaft Jessica Tablon bis ins Mark. Sie sackte in sich zusammen, heulte hemmungslos und schien nicht mehr ansprechbar zu sein.

„Ordern Sie mal eine psychologische Betreuung“, schubste Weindel den eisern schweigenden Tauer, der sich sofort per Handy mit dem Revier in Verbindung setzte und den Auftrag ausführte.

„Ich kann nicht mehr“, stöhnte das hilflos wirkende Mädchen, doch Weindel versuchte sie zur Mitarbeit zu bewegen.

„Wir brauchen Ihre Hilfe, Jessica. Auch wenn es viel verlangt ist, aber wir wollen Ihre Mutter finden. Und dazu brauchen wir Angaben von Ihnen. Verstehen Sie das?“

Jessica Tablon kämpfte gegen den Schock und die tief sitzende Trauer, die jegliche Lebenskraft komplett ins Nichts verschwinden ließ. Und trotzdem versuchte sie sich zusammenzureißen, denn die Worte der Polizistin hatten ihr klar gemacht, dass sie alles tun musste, um ihre Mama zu retten. Falls sie noch am Leben war.

„Okay! Was wollen Sie wissen?“, fragte sie tapfer und wischte sich mit dem Ärmel ihres Sweatshirts die Tränen aus dem Gesicht.

„Wir brauchen die Daten des Wohnmobils. Kennzeichen, Aussehen“, erklärte Weindel und Jessica stand auf, holte aus der Schublade des Wohnzimmerschranks eine durchsichtige Hülle mit Unterlagen und Fotos, die sie Weindel überreichte.

„Da ist alles drin.“

Dankend nahm Weindel die Sachen entgegen und schob sie Tauer zu.

„Ihre Eltern waren zu zweit unterwegs?“

„Ja. Ich habe keine Lust mehr auf Campen.“

„Und haben Sie mit Ihren Eltern kommuniziert? Über Handy ...?“

„Skype und Handy. So alle zwei Tage. Vor drei Tagen das letzte Mal.“

„Wissen Sie, wo Ihre Eltern sich befanden?“

„Ich glaube ...“, dachte sie konzentriert nach, „... sie wollten auf jeden Fall nach Budapest. Und auf einem Rastplatz übernachten ...“

„Wo genau? Haben Sie darüber gesprochen?“, wurde Weindel immer hellhöriger, denn sie fand es merkwürdig, dass auch die Tablons auf einem Rastplatz auf der Fahrt nach Budapest Opfer eines Verbrechens wurde. Also genau wie bei Inka Kaiser.

„Puuh. Ich war beim letzten Telefonat genervt, weil sich Mama Sorgen um mich machte und ausquetschte wie bei einem Verhör.“

„Denken Sie nach“, versuchte Weindel die Konzentration zu erhöhen.

„Nein“, zuckte Jessica Tablon mit den Schultern. „Ich weiß nicht mal, ob Mama mir das überhaupt mitgeteilt hat.“

„Okay. Jessica. Wie waren deine Eltern? Misstrauisch oder offen? Nahmen Sie beispielsweise Tramper mit?“

„Sie waren offenherzig. Ja, das würde ich ihnen zutrauen ...“

„Und falls deine Mutter sich irgendwo verstecken würde, wo könnte das sein?“

„Verstecken? Warum sollte sie sich verstecken?“

„Ist nur eine Frage, wo wir nach ihr suchen könnten. Vielleicht ist sie geschockt von dem Mord an ihrem Ehemann und irrt verzweifelt umher und versteckt sich aus Angst.“

„Aber sie würde nie das Wohnmobil alleine lassen. Daran hängt sie wie an ihrem Ehering. Meine Mutter ist keine ängstliche Frau, sie ist taff ... Verstecken, das passt nicht zu ihr.“

„Gut. Jessica. Danke für deine Hilfe ... Wo bleibt die Betreuung?“, murmelte Weindel in Richtung Tauer, der aufsprang und noch einmal per Handy nachhakte.

„Wer kann sich um dich kümmern, Jessica?“, fragte Weindel fürsorglich.

„Mein Freund und zwei Häuser weiter wohnt meine Tante. Ob die das verkraften wird?“

„Wir haben eine Psychologin angefordert. Die kümmert sich um dich und gerne auch um deine Tante ... Nimm das in Anspruch ... Okay?“

„Danke“, lächelte das Mädchen kurz und drückte Weindel die Hand. In dem Moment läutete es an der Haustür und eine Psychologin nahm Jessica Tablon in ihre Obhut, so dass die Polizisten zurück aufs Revier fahren konnten.

„Ich wusste gar nicht, dass Sie so lange still sein können“, sagte Weindel mit einem leicht provozierenden Unterton.

„Das ist Frauensache. Wenn es um die großen Gefühle geht, halte ich mich besser zurück“, erklärte Tauer nüchtern.

„Schlechte Erfahrungen mit Gefühlen gemacht?“

„Wer hat das nicht?“, antwortete Tauer rätselhaft.

„Wie auch immer“, entgegnete Weindel. „Finden Sie es nicht seltsam, dass wir jetzt schon das zweite Verbrechen auf einem Rastplatz in Richtung Budapest haben?“

„Ach, Kollegin. Da sieht man mal den Unterschied zwischen den Theoretikern beim LKA und den Ermittlern an der Front. Auf dieser Route passieren pausenlos Verbrechen ... Und das ist nicht das einzige Wohnmobil, das verschwindet.“

„Wir sollten auf jeden Fall eine Fahndung nach dem Wohnmobil der Tablons rausgeben.“

„Schon erledigt“, grinste Tauer. „Auch ich kann schnell sein.“

***

Über dem Land braute sich ein Unwetter zusammen und das alte Gehöft wirkte beinahe zerbrechlich unter dieser schwarzen Gewitterfront. Der Wind nahm zu und fegte hart über die Gräser, so als wolle er sie samt Wurzeln aus der Erde reißen.

Immer noch standen Miro Schneider und seine Kollegen vor dem Haus und beobachteten aufmerksam die bedrohliche Atmosphäre.

„Wir sollten reingehen“, rief Schneider Manuela Schmitz zu, die regungslos auf der Bank saß und sich von dem Wetterumbruch nicht beeindrucken ließ.

„Frau Schmitz. Ein Unwetter zieht auf ...“, legte Schneider nach.

„Mein ganzes Leben ist ein Unwetter“, brummte sie ihm entgegen und blieb einfach sitzen.

„Ich will nicht, dass Sie hier draußen alleine bleiben“, mahnte er.

„Was Sie wollen, ist mir mittlerweile egal.“

Um die Stimmung von Schmitz ein wenig aufzuhellen, unterbreitete er ihr wohlwollend einen Vorschlag.

„Was halten Sie davon, wenn wir morgen Ihren Bruder besuchen?“

Emotionslos meinte Schmitz: „Und wenn die Killer uns verfolgen und Holger aufsuchen? Soll der mir auch noch genommen werden?“

„Wir treffen ihn an einem geheimen Ort“, verwarf Schneider den Einwand von Schmitz.

„Sie haben doch bravourös gezeigt, dass Sie niemanden schützen können. Oder lebt Kai noch?“

„Deshalb mache ich mir auch Vorwürfe“, gab Schneider zu.

„Was bringt mir diese Selbsterkenntnis? Die macht Kai auch nicht mehr lebendig ...“

„Frau Schmitz. Ich habe Verständnis für Ihre Gemütslage. Aber wir müssen weiter machen. Nächste Woche kommen Sie weg hier. Versprochen.“

„Und dann? Wie soll es weitergehen? Das hört erst auf, wenn ich tot bin und ich glaube, das wäre die beste Lösung. Endlich frei ... Keine Ängste mehr ...“

„Wollen Sie das Ihrem Bruder antun?“

„Für den bin ich doch so gut wie tot ...“

„Wir gehen rein. Kommen Sie bitte“, wiederholte Schneider seine Aufforderung, jedoch vergebens, obwohl es bereits begonnen hatte zu regnen und auch der Wind heftige Böen peitschen ließ.

„Wir sind im Haus. Ich gebe Ihnen noch fünf Minuten ...“

Mit einem autoritären Blick eilte Schneider mit seinen Kollegen ins Haus und musste feststellen, dass er sich immer mehr überfordert fühlte. Manuela Schmitz bekam er einfach nicht in den Griff und die düstere Stimmung war auch auf ihn übergesprungen.

Nachdenklich und demotiviert stand er am Fenster, beobachtete das tobende Unwetter und die zusammengekauerte Manuela Schmitz, die wie ein Häufchen Elend ins Leere starrte.

„Haltet auch die hintere Seite in Schach“, forderte Schneider die beiden Kollegen auf. Aus unerklärbaren Gründen hatte Schneider kein gutes Gefühl. Vielleicht lag es am Wetter oder der depressiven Stimmung von Manuela Schmitz gepaart mit seinen Selbstvorwürfen, mitverantwortlich am Tod von Kai Schmitz zu sein. Die Killer waren ihnen jedenfalls auf der Spur und hatten sie sicherlich auch jetzt im Fokus. Das Leben von Manuela Schmitz hing an einem seidenen Faden und die Handlanger von Hallach würden nicht lange warten. Sie hatten das Versteck aufgespürt und durch den Mord ein klares Zeichen gesetzt: Wir kriegen euch, wann immer wir wollen.

Die Anspannung war auch unter den beiden Kollegen gestiegen und eine Nervenschlacht hatte begonnen mit klaren Vorteilen auf Seiten der Angreifer. Die waren wie unsichtbar und würden jede kleinste Unachtsamkeit ausnutzen.

Tödliche Gefahr

Der Kopf von Hackenberg rauchte und seine Augen begannen bereits zu flimmern. Stunde um Stunde wühlte er sich vor dem Computer in dutzende Dateien und einen unüberschaubaren Zahlendschungel. Verbindungsstrukturen zur Funny-Life AG, Hintermänner, Finanztransaktionen, Zahlungsströme, Mitarbeiterlisten ... alles durchleuchtete er wie ein Röntgenexperte und baute in seinen Gedanken die einzelnen Mosaiksteinchen zusammen. Komplexe Verflechtungen, geheimnisvolle Geschäftsgebaren machten die Recherche zu einem komplizierten Unterfangen. Dazu hielt Hackenberg Rücksprache mit den Kollegen vom Betrugsdezernat und verknüpfte alle Informationen zu einem Gesamtbild, das er Clemens präsentieren wollte.

Der hatte sich derweil telefonisch mit Stefanie Henschke in Verbindung gesetzt und sie gefragt, ob ihr bekannt war, dass Linda Reich die Busreise gewonnen hatte.

„Ja, das hat sie erwähnt. Sie lachte sich schlapp, weil sie nie an Preisausschreiben teilnahm. Als sie bei dieser Agentur anrief, meinten die, das habe schon seine Richtigkeit. Und wie heißt es doch?

Einem geschenkten Gaul schaut man nicht ins Maul."

„Gab es denn auf der Busreise einen Vorfall? Wurde Ihre Freundin bedroht, angemacht oder so?"

Fröhlich lachend erzählte Henschke: „Ich wusste gar nicht, wie sehr Linda flirten konnte. Sie erzählte mir, dass ein Typ mit ihr Essen gehen wollte ..."

„Mit Typ meinen Sie einen Mitreisenden?", vergewisserte sich Clemens.

„Ja. Genau. Ein smarter Kerl. Doch eine Stunde vor dem Date meinte sie, sie wolle lieber Tanzen gehen. Sie sagte ihm nicht mal ab. So konnte Linda auch sein. Sozusagen ihre oberflächliche Seite."

„Und der Typ?"

„Der war am nächsten Tag nicht mehr unter den Reisegästen."

„Könnten Sie ihn beschreiben?", fragte Clemens hoffnungsvoll.

„Hm, ist etwas her. Ich könnte es versuchen ..."

„Dann kommen Sie bitte aufs Präsidium. Ich stelle Sie einem Phantomzeichner vor."

„Wenn es wichtig ist. In einer Stunde bin ich da ..."

„Prima", freute sich Clemens und rief sofort Charleen Weindel an.

„Linda Reich hatte auf der Reise ein Date. Sie ließ den Typen sitzen und der war am nächsten Morgen verschwunden. Und Linda Reich hatte nie bei Preisausschreiben mitgemacht.“

„Interessant. Inka Kaiser hatte permanent bei Rätseln mitgemacht, erzählte mir ihr Mann. Deshalb war die Gewinnbenachrichtigung der Funny-Life AG nicht eigenartig für die beiden und sie nahmen den Gewinn natürlich dankbar an“, erklärte Weindel und fügte hinzu: „Übrigens gab es hier einen weiteren Mord. Ein Ehepaar, unterwegs mit dem Wohnmobil nach Budapest. Auf einem Rastplatz verliert sich ihre Spur. Wohnmobil und Frau verschwunden, Ehemann tot.“

„Sehen Sie da eine Verbindung zu einem unserer Fälle?“

„Momentan nicht. Ich fand es nur merkwürdig, dass die Rastplätze Richtung Osten so im Fokus von Mördern stehen ... Aber Kollege Tauer meint, das sei normal.“

„Kommen Sie denn dort voran?“, wollte Clemens wissen.

„Zäh. Aber ich glaube, jetzt kommt es ins Rollen.“

„Gut. Dann fragen Sie doch bitte mal bei dem Busreiseunternehmen nach, ob denen bekannt ist, welcher männliche Reisende plötzlich verschwand."

„Werde ich tun. Melde mich dann ..."

„Bis dann", beendete Clemens das Gespräch und wollte die neusten Erkenntnisse dem Kollegen Hackenberg mitteilen. Der war aber so tief in seine Arbeit versunken, dass er ihn jetzt nicht stören wollte.

***

Erika Tablon erlebte die Hölle auf Erden und ihr einst glückliches Leben hatte sich schlagartig in einen Horrortrip verwandelt. Wie konnte das Leben so grausam sein? Ihr Mann Benjamin brutal im Wohnmobil abgeschlachtet, entsorgt und sie hier gefangen, umgeben von Leichenresten, Blut, Gestank nach Fäulnis und einem Anblick, der ihr ein permanentes Würgegefühl verschaffte. Ständig war ihr übel, der Magen rebellierte kurz vor dem Erbrechen. Kein Essen, kein Trinken, keine Möglichkeit, zur Toilette zu gehen. Sie ließ es einfach laufen, hatte jegliche menschlichen Bedürfnisse abgelegt. Auch der Drang nach Überleben pochte nicht mehr in ihr, denn niemals hatte sie sich bis dato vorstellen können, dass ein Mensch so böse, so unerträglich grausam sein könnte.

Wie ein zerfetzter grauer Schleier schoben sich die alten Erinnerungen vor ihr inneres Auge. Die Gedanken an die glücklichen Zeiten taten weh und stachen ihr bitter ins Herz. Sie spürte, wie die Tränen über ihre schmutzigen Wangen liefen und sich im Mundwinkel salzig und wehmütig sammelten. Gott, tat es weh, im Geiste ihren Mann lachend und glücklich zu sehen, an Jessica oder das schmucke Eigenheim zu denken. Alles war so gut gewesen. Beinahe glaubte sie, die Stimmen ihrer Lieben zu hören. Aber es war nur ihr Puls, der rasend vor Trauer in ihren Ohren tobte.

Es war schon dunkel gewesen. Damals, an jenem Abend, als es an der Tür des Wohnmobils klopfte und er da stand ... Groß, freundlich und mit einem gewinnenden Lächeln auf den Lippen.

„Ich sammel die Platzgebühren ein“, meinte er ganz nett.

Als Benjamin ihm klar machte, dass er bereits bezahlt habe, holte er ihn ins rollende Heim, um ihm die Quittung zu zeigen.

Doch damit hatte er dem Teufel Platz gemacht. Elektroschocker! Ausgeknockt! Gefesselt! In den Fängen einer Bestie. Der elend lange Todeskampf ihres Mannes hatte auch sie umgebracht. Seelisch zumindest. Jetzt war sie sicherlich bald an der Reihe oder, wenn sie Glück hätte, würde er sie hier einfach vergessen und verdursten lassen ...

***

„Schneider hier“, meldete sich der LKA-Beamte telefonisch auf dem Handy von Holger Simmer.

„Ihre Schwester braucht Sie“, bat er um Verständnis des Bruders.

„Auf einmal bitten Sie mich um Hilfe“, polterte der abweisend zurück.

„Ihre Schwester braucht Hilfe, nicht ich ...“

„Sie haben sie nicht mehr im Griff. So seid ihr Bullen. Wenn man euch wirklich braucht, dreht ihr euch weg.“

„Morgen ein Treffen ... Schloss Bergenfels ... Im Restaurant, 12.00 Uhr“, wollte sich Schneider diese abstrusen Vorwürfe nicht mehr weiter anhören.

„Und was soll das bringen?“, regte sich Simmer auf. „Meine Schwester ist fertig. Meinen Sie, so ein kleines Familientreffen hilft da nachhaltig?“

„Ich bin bereit, mit Ihnen beiden auch über neue Ideen zu reden.“

„Na, da bin ich ja mal gespannt. Sie und neue Ideen. Das klingt, wie wenn ein Serienkiller von Nächstenliebe schwärmt“, lästerte Simmer.

„Also. Was ist‘? Steht das Treffen?“

„Nur meiner Schwester zuliebe.“

„Und, Herr Simmer“, mahnte Schneider, „es wäre angebracht, dass Sie alleine kommen. Und zwar ohne Chauffeur ...“

„Lassen Sie das mal meine Sorge sein. Meinen Umgang, den verbieten Sie mir nicht ...“

„Idiot“, murmelte Schneider, nachdem er das Gespräch beendet hatte, dachte kurz nach und rief Ludger Clemens an.

Der meldete sich freundlich: „Hallo Kollege. Langeweile?“

„Immer diese Fremdworte“, erwiderte Schneider trocken und kam direkt zu dem eigentlichen Anliegen seines Anrufs:

„Ich treffe morgen mit Manuela Schmitz ihren Bruder. Ich muss etwas Druck rausnehmen.“

„Gute Idee. Und wie kann ich Sie dabei unterstützen?“

„Holger Simmer ist ein sehr unangenehmer Typ. Er und ich haben überhaupt keine Wellenlänge. Aus Sicherheitsgründen würde ich gerne eine zweite Person dabei haben. Meinen beiden Kollegen hier im Bauernhaus würde ich gerne mal eine kurze Auszeit gönnen."

„Kein Problem. Wann soll es losgehen?"

„Wir sollten mit getrennten Wagen fahren. Treffpunkt ist um 12.00 Uhr im Restaurant vom Schloss Bergenfels ..."

„Passt. Ist ja nicht weit von hier. Ich werde da sein", versprach Clemens und wollte das Gespräch schon wegdrücken.

„Noch eine kurze Sache", bat Schneider. „Nur Routine. Der Bruder wurde von einem mir unbekannten Mann mit Sportwagen zum letzten Treffen gebracht. Vielleicht können Sie die Person mal checken."

Nachdem Clemens das Kennzeichen notiert hatte, verabschiedete er sich und gab die Daten per Mail an Hackenberg weiter mit der Bitte um Prüfung. Da Hackenberg immer noch wie ferngesteuert vor seinem Computer saß und recherchierte, wollte er ihn immer noch nicht stören. Er kannte ja seinen Kollegen. Diese Konzentration, dieser Blick, dieser Arbeitsaufwand bedeutete, er war auf einer heißen Spur.

***

Das Telefonat mit Heinz Raabe war mühselig. Anscheinend hatte sie den Reiseunternehmer auf dem falschen Fuß erwischt oder ein unangenehmes Thema bei ihm angesprochen.

Auf die Frage, wann er zur Umsetzung des Phantombilds auf dem Revier erscheinen würde, gab er sich ungehalten:

„Das Geld kommt nicht von alleine. Arbeitsausfall kann ich mir nicht erlauben", keifte er gereizt.

„Es geht um Mord, lieber Herr Raabe", erwiderte Weindel mit deutlichem Unterton. „Ich bitte Sie, Ihren Bürgerpflichten nachzukommen."

Pause! Schweigen in der Leitung.

„Und deshalb rufen Sie an?"

„Nicht nur deshalb. Ich bitte Sie auch, Ihr Erinnerungsvermögen anzukurbeln", forderte sie und nahm die Schärfe etwas aus ihrem Ton, um die Unterhaltung nicht eskalieren zu lassen.

„Um was geht es?", fragte er ein wenig moderater.

„Bei Ihrer Fahrt nach Prag ..."

„Lange her", unterbrach sie Raabe.

„Na ja. Solange müssten Ihre Erinnerungen reichen. Ein männlicher Reisender setzte urplötzlich die Busreise nicht mehr fort. Erinnern Sie sich ..."

Wieder Schweigen in der Leitung.

„Ein männlicher Reisender“, wiederholte Raabe murmelnd.

„Exakt ...“

„Das kommt häufig vor. Nicht jeder meldet sich ab. Manche verschwinden einfach.“

„Aber Sie müssen das doch registrieren. Sie zählen doch garantiert Ihre Reisegruppe durch?“

„Ich schaue mal im Computer nach. Vielleicht habe ich einen Vermerk gemacht.“

Mittlerweile war Weindel genervt, denn Raabe schien wirklich nicht der Schnellste zu sein und dazu hatte er auch noch eine ziemlich lange Leitung.

„Ja. Da war was“, meldete sich Raabe mit einem Mal.

„Der Reisende brach ab, weil er sich nicht wohl fühlte.“

„Name?“

„Kein Name. Er hat einen Gutschein vorgelegt.“

„Wie - einen Gutschein?“

„Er hat die Reise gewonnen und wollte keine persönlichen Angaben machen ... Vielleicht ein Promi?“

„Jetzt sagen Sie nicht, der Gutschein stammte von Funny-Life?“

„Doch. Woher wissen Sie?“

„Ich kann eins und eins zusammenzählen", betonte sie und legte noch einmal nach.

„Morgen auf dem Revier. Sonst lasse ich Sie vorladen. Schönen Abend noch."

Jetzt musste Weindel erst einmal durchatmen. Diese Funny-Life AG wurde immer suspekter. Ohne zu zögern, rief sie Clemens an und informierte ihn darüber.

„Wir brauchen ein Phantombild von diesem Vogel", machte er die Dringlichkeit deutlich.

„Der Raabe kommt morgen hierher. Dafür sorge ich persönlich", versprach sie und verabschiedete sich.

„Bierchen?", hörte sie Tauer fragen und obwohl sie eigentlich müde war, wollte sie die gute Stimmung, die mittlerweile herrschte, nicht verderben und sagte zu.

„Ein Bierchen könnte ich vertragen ..." und verließ gemeinsam mit Tauer das Büro.

***

Die Spannung bei Clemens stieg und er hoffte, dass Hackenberg ihn nicht enttäuschen würde. Nein, er war sicher, dass Hackenberg etwas herausgefunden hatte oder noch finden würde.

„Sie können ruhig nach Hause gehen“, sagte Hackenberg, ohne seinen Blick vom Computer zu nehmen. „Die Nacht brauche ich noch ... Die Informationsvielfalt ist gewaltig.“

„Wie Sie meinen. Ich will Sie nicht unter Druck setzen. Aber so wie es aussieht, spielt die Funny-Life AG eine Schlüsselrolle.“

„Denke ich mir“, bestätigte Hackenberg und tippte erneut etwas in den Computer.

„Ich bin die ganze Nacht erreichbar“, meinte Clemens zum Abschied und ließ Hackenberg alleine.

Entspannung war Clemens in dieser Phase der Ermittlung wichtig, denn er musste die nächsten Tage hochkonzentriert sein. Und wo konnte er am besten abschalten? Im Eros Blue bei Tatjana, die es hervorragend verstand, ihn mit neuer Lebensenergie zu versorgen.

Der Nachtclub lag nur 15 Autominuten vom Präsidium entfernt und als er mit Tatjana an der Bar ein Bier und einen Prosecco trank, vergaß er ganz langsam die drückenden Gedanken und spürte, wie der innere Druck nachließ. Diese Momente waren wie eine Auszeit vom Leben. Danach fühlte er sich wie neugeboren und konnte mit frischen Denkmustern an die Arbeit gehen.

„Würdest du eigentlich in ein Zeugenschutzprogramm gehen, um einen Mörder zu überführen?“, fragte Clemens Tatjana, die nachdenklich an ihrem Prosecco nippte.

„Keine leichte Entscheidung ... Mein Leben wäre ja mit einem Schlag verändert. Und Frieden hätte ich wohl auch keinen mehr. Die ständige Angst, entdeckt zu werden, stelle ich mir unerträglich vor“, meinte Tatjana. „Ich glaube, ich würde es dann tun, wenn ich überzeugt wäre, dass der Täter weiter morden könnte. Dann müsste ich mein Leben unter das der anderen stellen.“

„Was ja bei einem Serienkiller meist der Fall ist“, bemerkte Clemens.

„Stimmt. Da bist du ja der Profi. Aber entscheidend ist doch, aus welchem Motiv jemand mordet!“

„Allerdings“, gab Clemens zu und wunderte sich darüber, dass er nicht wusste, weshalb Hallach die vier Frauen umgebracht hatte. Reine Tötungsgier? Psychische Störung? Wieso gab es da keinen Vermerk in den Unterlagen?

„Wollen wir nach oben gehen und von der bösen Welt abschalten, du tapferer Kämpfer?“, fragte ihn Tatjana mit einem unwiderstehlichen Blick und die beiden huschten ins Zimmer, wo sie ungestört waren und die Nacht verbrachten.

***

Wie ein Raubtier tobte Richard Kerbel in seinem Haus. Der Besuch dieser Polizistin Weindel hatte in ihm wieder diesen Frauenhass entfacht. Sie war genau wie die Frauen in seinen schlimmsten Alpträumen: Dominant, zickig und immer das letzte Wort habend. Bei den Gedanken an solche Frauen bekam er geradezu Atemnot und einen Aggressionsschwall, den er kaum noch kontrollieren konnte.

Früher hatte er sich abreagiert, in dem er genau Frauen diesen Typs einfach vergewaltigte. Dann konnte er über sie triumphieren. Doch er musste heute vorsichtiger sein, weil er nicht mehr in den Knast wollte. Deshalb hatte er eine Art Ersatzbefriedigung gefunden. Auf seinen Reisen mit dem Bus fotografierte er heimlich Frauen, die ihn anwiderten. Es machte ihm Spaß, wie ein Detektiv auf Verbrecherjagd, mit seiner Minikamera genau nach diesen Typen Ausschau zu halten. Zu Hause spielte er die Bilder auf seinen PC, starrte sie an und onanierte dabei. Das baute etwas den inneren Druck ab. Manchmal bearbeitete er auch die digitalen Fotos. Klinkte die Köpfe in S/M-Szenen oder Gewaltbilder ein, wo man Frauen quälte. Wie gerne würde er den Kopf dieser Weindel auf dem Bildschirm haben ... Es könnte seinen Ärger zumindest ein wenig stillen.

„Wie war noch der Vorname?“, dachte er laut nach ... Weil er nicht auf den Namen kam, suchte er nach Kommissarin Weindel ...

Und Bingo! Treffer. „Charleen Weindel. LKA. Mordkommission.“ Das Foto aus einem Zeitungsinterview war zwar nicht perfekt, aber Kerbel war geschickt am Computer. Er zog es groß, fuhr den Kontrast ein wenig zurück und konnte das Gesicht recht gut erkennen.

„Du Bullenschlampe“, schimpfte er, öffnete den Reißverschluss seiner Hose und begann lustvoll zu stöhnen ...

***

Der Abend mit Tauer war netter, als Weindel gedacht hatte. In der Kneipe war der Kollege allseits bekannt und auch recht beliebt.

„Sind Sie öfter hier?“, erkundigte sie sich bei Tauer, der bereits sein drittes Pils bestellte und mit jedem Schluck redseliger wurde.

„Sehr oft“, grinste er schelmisch und forderte Weindel auf, mit ihm anzustoßen.

Lächelnd erhob sie ihr Glas Altbier gemischt mit Cola und prostete ihm zu. Für einen kurzen Moment hatte sie den Eindruck, Tauer schaute ihr länger in die Augen als üblich und als er den Hocker immer mehr an sie ran rückte, um offensichtlich Körperkontakt zu suchen, war es für Weindel ein Signal, aufzubrechen.

„So. Morgen wird ein anstrengender Tag. Ich gehe jetzt“, informierte sie Tauer, dem die Enttäuschung über das Flirtende deutlich anzusehen war. Doch Tauer wollte sich nichts anmerken lassen und erwidert mit einem Grinsen:

„Ich bin im Umgang mit Bier geübter und gönne mir noch ein Schluck ... Bis morgen also.“

Nachdenklich verließ Weindel die Kneipe in Richtung Pension, wo sie sich für die Zeit der Ermittlungen eingemietet hatte. Sicherlich war Tauer kein übler Kerl und sie hatte schon manchmal das Singleleben satt. Doch mit einem Kollegen in die Kiste? Niemals. Das gab nur Ärger und Stress. Natürlich konnte sie ihre Gefühle nicht verdrängen. Sie war eine Frau mit entsprechenden Empfindungen und bei Ermittlungen wuchs man mit den Kollegen oft sehr eng zusammen. Man musste sich vertrauen können, Denkweisen teilen, gemeinsam in die Gedankenwelt der Mörder eintauchen ... Dabei gab man irgendwie auch etwas von sich selber preis und so hatte Weindel manchmal den Eindruck, Clemens oder Hackenberg besser zu kennen als ihre Eltern.

Aber in ihrem Job war es verdammt schwer, eine Partnerschaft so aufzubauen, dass man Privates von Beruflichem trennte. Den Freund nicht mit den Kollegen auf eine Stufe stellte oder etwas vom ihm erwartete, was er nicht geben konnte. Weil genau das ihr nicht gelang, gingen alle Beziehungen in die Brüche oder wurden gleich im Keim erstickt. Kurzum: Ihr Job war ein Liebeskiller. Entweder stresste die Männer ihre Autorität oder sie selbst hatte den Eindruck, ihr Partner sei ein Weichei ... Und was sie unter keinen Umständen wollte: einen Freund, bei dem sie das Gefühl hatte, ihn privat beschützen zu müssen. Das war in ihrem Job Alltag, das wollte sie nicht nach Feierabend. Nichts kompliziertes, keinen Psychotrip mit einem seelisch schwierigen Partner und schon gar nicht einer, der sich stark machte, weil seine Freundin im Job eine Knarre trug. Nach diesen Gedankengängen war sie irgendwie erleichtert und sicher, die richtige Entscheidung getroffen zu haben. Einmal Single, gerne Single.

***

Am Morgen erwachte Clemens wie mit einem Gong neben Tatjana.

„Verdammt. Das ist mir noch nie passiert“, schimpfte er verärgert über sich selbst. Bisher war er immer vorzeitig nach Hause gegangen, um in seinem eigenen Bett aufzuwachen. Ihm war es unerträglich, morgens neben einer Frau aufzuwachen. Clemens spürte dann so einen unangenehmen Beigeschmack nach Enge und fühlte sich wie in einer Vorstufe zur Ehe. Gefangen, ohne Eigenleben und diesem Satz im Ohr: Was denkst du gerade, Liebling? Niemals. Er liebte seine Freiheit und Ungebundenheit. Herrlich, keine Verantwortung. Nur sich selbst und seinem Job gegenüber.

Entsprechend eifrig zog er sich an und als Tatjana erwachte, fragte sie ihn, ob er mit ihr frühstücken wollte.

„Nein. Tut mir leid. Ich bin schon zu spät dran“, redete er sich raus, zog Hose, Shirt, Jacke über, schlüpfte in die Schuhe und machte sich so schnell wie möglich aus dem Staub. Tatjana mochte er, keine Frage. Aber er bestimmte, wann er zu ihr kam. Er legte die Regeln fest und konnte sicher sein, dass sie nicht eines Tages vor seiner Wohnungstür stand und Forderungen stellte, mehr wollte, was Festes, zusammenziehen oder ihm gar mitteilte, dass sie ein Kind von ihm erwartete. Nein. Das wäre für ihn ein Horrorszenario. In seinem knapp bemessenen Privatleben musste es so gut wie möglich kalkulierbar sein. Keine bösen Überraschungen, keine Störfeuer. Lieber lauwarm als zu heiß oder zu kalt. Ein Wechselbad der Gefühle erlebte er in seinem Job zur Genüge. Da musste es privat locker sein.

Kurz nach 8.00 Uhr erreichte er das Büro und zu seiner Verwunderung saß Hackenberg fast genauso an seinem Schreibtisch wie er ihn am Abend zuvor verlassen hatte.

„Wir müssen reden. Dringend“, erklärte Hackenberg, ohne Clemens begrüßt zu haben. „Die Schlinge zieht sich zu ...“, betonte er und Clemens war gespannt, was der Kollege herausgefunden hat.

„Durchgemacht?“, fragte Clemens mit Blick auf die sieben Dosen Energy-Drinks, die neben der Computer-Tastatur standen.

„Die Nacht hat sich gelohnt“, meinte Hackenberg trocken, lehnte sich entspannt in seinem Sessel zurück und begann mit seinem Bericht.

„Alles ziemlich verstrickt. Ich musste noch Rücksprache halten mit den Kollegen vom Betrugsdezernat und einem Wirtschaftswissenschaftler, der unter mir wohnt. Die Funny-Life AG war ehemals ein Unternehmen, das Sex- und Astrologie-Hotlines anbot und damit verdammt viel Geld scheffelte. Ein solides Unternehmen in Familienhand. Nach dem Tod des Inhabers wanderte die Firma ein Jahr später ... aufgepasst ... in den Besitz der Sekte *‚Brüder der Nacht‘*“

„Hallach“, platzte es erstaunt aus Clemens hervor, was Hackenberg bestätigte.

„Exakt ... Und es kommt noch besser ... Geschäftsführer war lange Zeit Holger Simmer ...“

„Der Bruder von Manuela Schmitz?“

„Exakt. Doch als Hallach ins Gefängnis kam, entstand bei der Funny-Life AG ein fürchterliches Chaos. Klagen um die Anteile ... Die Anwälte von Hallach warfen Simmer Korruption vor. Ein Hin und Her ...“

„Simmer und Hallach ... Das ist der Wahnsinn. Warum wussten die Ermittler damals nichts davon?“

„Das wussten die schon. Simmer speiste sie mit Informationen, die dazu führten, dass die Funny-Life AG juristische Probleme bekam. Dadurch verlor die Sekte ihren Einfluss. Ständige Rechtsstreits, Anklagen, Betrugsdelikte wurden aufgedeckt. Und die Sekte büßte Mandate im Aufsichtsrat ein, woraufhin der Sitz im Vorstand abhandenkam. Die Aktien stürzten ins Bodenlose und die Sekte verlor Millionen."

„Dann könnte es sein, dass sich Hallach an Holger Simmer rächen will und ..."

„auch an seiner Schwester Manuela, weil die zur Familie gehört", ergänzte Hackenberg.

„Und Holger Simmer könnte somit ein weiterer Kandidat auf der Todesrechnung sein..."

Nachdenklich und hochkonzentriert setzte Clemens im Kopf die einzelnen Puzzleteile zusammen. Der Fall war kompliziert, aber so langsam lichtete sich der undurchsichtige Wald. Mit einem Mal fiel ihm ein, dass er ein Treffen mit Schneider hatte.

„Ich muss", erklärte er Hackenberg spontan und schob hinterher: „Top Arbeit, Kollege ... ich habe jetzt ein Treffen mit Miro Schneider wegen Manuela Schmitz. Zusammen mit ihrem Bruder. Ich werde ihn im Anschluss auf die Funny-Life AG ansprechen. Vielleicht gibt es da noch mehr Geheimnisse ..."

„Ich informiere Kollegin Weindel und dann recherchiere ich nochmal nach dem Kfz-Kennzeichen, das Sie mir gemailt haben."

„Nicht so wichtig. Nur eine Routineabfrage auf Bitten von Schneider", spielte Clemens die Dringlichkeit etwas runter.

„Werde ich trotzdem erledigen", versprach Hackenberg, der sich nicht nachsagen wollte, etwas zu verschludern. Ihm war wichtig, jede Aufgabe so schnell und erstklassig wie möglich auszuführen. Nur so konnte man zu den Besten gehören. Und man musste einer der Besten sein, um die teils hochintelligenten Psychopathen überführen zu können. Das war sein Anspruch, der das Arbeiten nicht unbedingt leichter machte, doch Hackenberg reizten nicht die einfachen Wege, sondern Touren durch fremde Gebiete mit schwierigem Gelände.

Während Clemens mit dem Wagen zum vereinbarten Rastplatz fuhr, informierte Hackenberg Weindel über die neuesten Erkenntnisse. Die zeigte sich jedoch wie gewohnt pragmatisch, was Hackenberg ein klein bisschen nervte.

„Das klingt ja alles spannend", betonte sie mit dieser Skepsis im Unterton, die Hackenbergs Pulsschlag ein wenig erhöhte. „Aber was bringt mir das konkret für die Ermittlungen im Mordfall Inka Kaiser und Linda Reich? Ich meine, diese Funny-Life AG wird die Frauen wohl kaum ermordet haben".

„Kollegin", erwiderte Hackenberg und klang dabei etwas überheblich, was wiederum Weindel überhaupt nicht ausstehen konnte. Doch mit einem Mal zögerte Hackenberg einen Moment und musste nachdenken, denn die Frage der Kollegin schien nicht unberechtigt zu sein. Klar hatte er neue Fakten ans Tageslicht gebracht, die die Anschläge im Umfeld von Manuela Schmitz besser erklären konnten. Doch die Morde an den beiden Frauen? Reisen über die Funny-Life AG gewonnen, umgebracht nach dem selben Tötungsschema ...

„Tja", überspielte Hackenberg seine erste Verunsicherung, „wie läuft es denn bei Ihnen so?"

Verwundert meinte Weindel: „Kollege, ich hatte eine Frage gestellt ... und soweit ich mitbekommen habe, keine Antwort. Seit wann interessieren Sie sich dafür, wie es bei mir läuft? Verdächtig. Nehmen Sie Drogen?"

„Kollegin. Darf man auch mal nachdenken?"

„Das sollten Sie besser vorher", keifte Weindel und Hackenberg würgte den kleinen Disput ab.

„Ich melde mich wieder", machte er dem Telefonat ein Ende.

Große Dramatik

Pünktlich erreichte Clemens den Rastplatz und war zu früh. Noch hatte er Zeit, bis Miro Schneider mit Manuela Schmitz eintreffen sollte. Entspannt schlenderte er den Gehweg vor dem Motel entlang. Das Rauschen der Autobahn und der Benzinduft störte ihn nicht, erinnerte ihn vielmehr an Fahrten in den Urlaub, die er jedoch nur noch von Kinder- und Jugendzeiten her kannte. Private Reisen lagen so weit zurück wie sein erster Joint, den er mit seinen damaligen Kumpels im Landschulheim rauchte.

Plötzlich erkannte er den Wagen von Schneider, der ganz in der Nähe parkte. Schon von weitem konnte Clemens erkennen, dass der Kollege angespannt war. Das Lesen der Körpersprache hatte Clemens im Laufe der Jahre gelernt. Bei Verhören, Befragungen, Gerichtsprozessen und so weiter beobachtete er, wie Mimik, Muskelanspannung, Bewegungen von Armen und Beinen, Zuckungen im Gesicht Geschichten über das Innenleben erzählten.

Und Schneider war extrem nervös, fühlte sich in seiner Haut nicht wohl. Überhaupt hatte Clemens den Eindruck gewonnen, dass Schneider seine berufliche Rolle nicht mochte, sie aus Pflichtbewusstsein oder warum auch immer ausübte. Aber darüber wollte er sich nicht den Kopf zerbrechen, denn Schneider war nicht sein Mitarbeiter, sondern der von Astrid Daniels, die sich in letzter Zeit ziemlich zurückhielt. Das wiederum schätzte er an ihr. Sie vertraute einem, gewährte die Freiheit, den Spielraum, den man brauchte. Wenn man dies nicht ausnutzte, war sie eine hervorragende Vorgesetzte. Und das wünschte sich Clemens einfach, um gut und ohne interne Blockaden saubere Arbeit leisten zu können.

„Hallo Kollege“, kam Schneider gemeinsam mit Manuela Schmitz auf ihn zu.

„Im Motel habe ich ein Zimmer gemietet“, fügte Schneider hinzu und ging ohne großes Drumherum vorneweg.

„Geht es Ihnen gut?“, erkundigte sich Clemens auf dem Weg dorthin bei Manuela Schmitz, deren Gesicht aufgequollen aussah, was eine Folge der vielen Tränen waren, die sie vergossen hatte.

„Beschissen. Richtig scheiße geht es mir ...“, kotzte sie sich aus und Clemens hakte nach:

„Warum? Angst oder Trauer?“

„Frust“, keifte sie. „Mein Leben ist so sinnlos ...“

„Hier lang“, deutete Schneider auf den Lift. „Im 3. Stock, Zimmer 314 wartet Ihr Bruder“, erklärte

Schneider auf der Fahrt nach oben und ergänzte: „Wir überprüfen kurz die Lage im Zimmer. Dann lassen wir Sie beide alleine. Ich habe Kaffee und Sekt bestellt. Ihr Bruder wollte das so ..."

Kommentarlos nahm Schmitz die Informationen auf, freute sich zwar ungemein auf Holger, doch die Freude war getrübt. Für sie war es unerträglich, nicht frei entscheiden zu können, wann und wo sie ihren Bruder treffen konnte. Und jedes Mal begleitete sie ein Polizist. Freiheit, Lebensglück, vorbei.

„So, warten Sie kurz. Ich gehe rein ...", sagte Schneider und öffnete die Tür.

Entspannt und rauchend saß Holger Simmer bereits an dem kleinen Tisch vor dem Fenster.

„Eigentlich ein Nichtraucherzimmer", begrüßte ihn Schneider unfreundlich.

„Das kriegen Sie schon hin", giftete Simmer zurück. „Suchen Sie wieder nach einer Bombe?"

Minutiös schaute Schneider unter dem Bett, im Schrank, Badezimmer nach und checkte aus dem Fenster blickend die Umgebung.

„Sind Sie wieder von Ihrem Chauffeur gefahren worden?", erkundigte sich Schneider mit einem abschätzenden Unterton.

„Wäre ich gerne", grinste Simmer. „Aber Söhnke hat ein Reh erlegt, das er zu Hause ausnehmen will... Sind Sie neidisch auf den Sportwagen? Werden Sie sich nie leisten können mit Ihrem schlappen Beamtensold."

„Neidisch? Was bringt mir ein Sportwagen, wenn Scheiße drinsitzt", erwiderte Schneider trocken. „Alles clean. Ich hole Ihre Schwester ..."

„Und die Getränke?"

„Sind bestellt. Kaffee und Sekt ... Wenn Sie noch was brauchen, Zimmerservice Nummer 810."

Anschließend zog Schneider die Tür auf und signalisierte Manuela Schmitz, dass sie zu ihrem Bruder durfte.

„Schwieriges Leben", fing Clemens mit Schneider eine Unterhaltung an, um die Zeit zu vertreiben.

„Damit wollte ich nicht tauschen", entgegnete Schneider.

„Übrigens. Wir gehen davon aus, dass die Funny-Life AG, die ehemals zur Sekte von Hallach gehörte, in Verbindung steht mit zwei weiteren Morden, unter anderem dem im Umfeld vom früheren Wohnort von Manuela Schmitz."

„Interessant ... Aber was sind die Motive?"

„Das fragen wir uns momentan auch ...", musste Clemens zugeben, dass sie noch vor einem komplizierten Rätsel standen.

„Haben Sie mal überlegt ...“, wollte Schneider anfangen zu spekulieren, als ein Mitarbeiter vom Zimmerservice mit einem Rollwagen ankam, auf dem die bestellten Getränke standen.

Routinemäßig schaute Schneider sich die Lieferung genauer an, klopfte an die Tür und ließ den Hotelangestellten ins Zimmer. Nach kurzer Zeit verschwand dieser wieder und warf Schneider einen erwartungsvollen Blick zu, in der Hoffnung, ein Trinkgeld zu erhalten.

„Bin dienstlich hier“, redete sich Schneider heraus und der junge Mann ging mit einem gequälten Lächeln davon.

„Was wollten Sie sagen?“, setzte Clemens den unterbrochenen Dialog fort.

„Ach ja. Haben Sie mal überlegt, ob die Killer von Hallach Morde begehen, um die Funny-Life AG zu zerstören?“

„Sie meinen, ins schlechte Licht rücken?“, gab sich Clemens nachdenklich, „und warum?“

„Rache oder hat die Sekte noch Anteile?“

„Ach so, hatte ich ganz vergessen. Simmer war Geschäftsführer der AG.“

„Echt? Ja, ich erinnere mich. Der hatte einen Deal mit der Staatsanwaltschaft. Keine Strafe wegen Steuerhinterziehung, dafür Informationen über die Sekte ..."

Plötzlich drehte sich Schneider erschrocken um.

„Die Nerven", erklärte er, als er einen anderen Mitarbeiter vom Hotel den Flur entlang kommen sah und wieder einen Rollwagen vor sich herschob.

„Zimmer 314?", fragte der freundlich.

„Die Lieferung war schon da", entgegnete Schneider.

„Ein Mann hat Champagner bestellt", informierte der Hotelangestellte und Schneider verdrehte die Augen:

„Typisch Simmer ... Großkotz ..." Dann ließ er den Mann ins Zimmer.

„Sie mögen Simmer nicht", sagte Clemens ohne einen Vorwurf im Unterton.

„Nein."

„Was war das?", rief Clemens plötzlich aufgeregt und brüllte: „Schalldämpfer."

Kräftig schüttelte Schneider am Türgriff, doch das Zimmer war von innen abgeriegelt.

Gepolter. Ein Frauenschrei ... nochmal das Geräusch eines Schalldämpfers. Glas zerbrach ... Schneider feuerte auf das Türschloss ... Noch ein Schrei ... Stille und endlich sprang die Tür auf.

Chaos! Rauch! Unübersichtlich die Lage. Schneider drang mit vorgestreckter Waffe ins Zimmer, Clemens dicht hinter ihm, ebenfalls den Finger am Abdruck.

Der Puls raste bei Schneider und Todesangst kam in ihm auf. Solche Szenen war er nicht gewohnt. Direkt mit einem Angriff konfrontiert zu sein, war ihm fremd. Atemnot. Schweißausbruch. Alles, was er in der Ausbildung gelernt und trainiert hatte, war verflogen. Ein Zittern! Wirre Gedanken! Überforderung. Schneider ließ Clemens vor, verschwand schutzsuchend im Bad.

Blut! Simmer am Boden, registrierte Clemens blitzartig die Situation. Manuela Schmitz kniete über ihrem Bruder ... Fensterscheibe zerbrochen ... Täter geflüchtet?

„Wo ist er?“, brüllte Clemens in Richtung Manuela Schmitz ...

„Ein Arzt. Ein Arzt, mein Bruder“, klagte sie jämmerlich und starrte Clemens verzweifelt an.

„Holen Sie einen Notarzt“, rief Clemens Schneider zu und fragte sich, was der im Badezimmer zu suchen hatte.

„Tun ... Sie ... das ...“, stammelte Schneider, der starr wie eine Litfaßsäule war.

„Ist der Schütze geflüchtet?“, fragte Clemens die weinende Frau, die schwerfällig mit dem Kopf nickte:

„Durchs Fenster. Er hat auf mich ..., Holger ging dazwischen ... Und jetzt ...“

Schnell zog Clemens sein Handy aus der Tasche und alarmierte umgehend den Notarzt. Anschließend eilte er Manuela Schmitz und ihrem Bruder zu Hilfe, der stöhnend seine Hände auf den Bauch drückte. Blut ... viel Blut quoll aus der Wunde und Clemens erkannte an den Augen von Simmer, dass seine Lebenskräfte verflogen.

„Schneider“, brüllte Clemens aufgeregt, der unsicher torkelnd aus dem Badezimmer kam. „Schauen Sie nach dem Notarzt.“

„Handtuch“, rief Clemens Schmitz zu, die geschockt nach oben schnellte, im Bad zwei Handtücher holte und sie dem Kommissar reichte, der eines davon auf die Wunde von Simmer presste. Ein Akt der Verzweiflung, denn der Blutstrom war nicht zu bändigen und Clemens wurde immer klarer, dass die inneren Verletzungen gewaltig sein mussten.

Der stirbt mir unter den Händen weg, schoss es Clemens durch die Gedanken und schaute hilfesuchend zur Zimmertür, in der Hoffnung, dass der

Notarzt erschien. Doch er konnte nur Schneider erkennen, der im Türrahmen stand und beteiligungslos wirkte.

„Was zu sehen?“, rief er ihm zu und schon tauchten Hotelmitarbeiter sowie Gäste auf, die neugierig hereinstarrten.

„Weg mit den Leuten“, forderte Clemens und nach einem kurzen Zögern drängte Schneider sie weg. In ihm war eine bestürzende Leere. Die Situation hatte ihn nicht nur völlig überfordert, sondern er fand keine plausible Erklärung dafür, weshalb er so versagt hatte. Bedrohliche Momente hatte er schon häufig durchlebt, aber noch nie einen echten Schusswechsel. Trotz psychologischer Schulungen, Tests und vielen Lehrgängen hatte ihn der Ernstfall überwältigt und aufgezeigt, dass er ungeeignet war für diesen Job.

Endlich tauchten zwei Rettungsassistenten mit dem Notarzt auf und Clemens konnte die Verantwortung für Holger Simmer abgeben.

„Kommen Sie hier raus“, forderte er Manuela Schmitz auf, die zitternd auf dem Boden saß und die ärztliche Versorgung beobachtete.

Apathisch ließ sie sich von Clemens aufhelfen und in den Flur führen, wo mittlerweile Kollegen von der Streife Absperrbänder aufgehängt und die Schaulustigen zurück gedrängt hatten.

„Er wird sterben. Das viele Blut“, weinte Schmitz und Clemens konnte nicht das Gegenteil behaupten, denn auch er hatte kein gutes Gefühl, was den Zustand von Holger Simmer anbetraf. Erneut wunderte sich Clemens über das Verhalten von Schneider, der fünf Meter entfernt stand und ihn völlig ignorierte.

„Einen Moment“, sagte Clemens zu Schmitz und ließ sie kurz alleine, um sich an Schneider zu wenden.

„Alles klar, Kollege?“, fragte er ihn, der daraufhin fast schon erschrocken zusammenzuckte. „Ja. Denke nur gerade nach ...“ und mit einem Mal hatte Clemens einen Blitzgedanken, ging zurück zur Hotelzimmertür, schaute auf die Nummer, erinnerte sich an den Besuch von Hallach in der JVA und murmelte: „Dreckschwein.“ Dann kam er wieder zu Schneider und erklärte: „Das war eine Botschaft und Drohung von Hallach, dass er uns in der Hand hat.“

„Wie kommen Sie darauf?“, wollte Schneider mit skeptischer Miene wissen.

„Hotelzimmer 314 und Hallach ist in der JVA Häftling 314 ...“

„Dann muss jemand das Zimmer umgebucht haben", spekulierte Schneider. „Das kann ja kein Zufall sein ..."

Als die Kollegen der KTU eintrafen, wurde Simmer auf einer Bahre abtransportiert und Clemens erkundigte sich kurz beim Notarzt nach dem Zustand:

„Äußerst kritisch ... Not-OP ... Mal sehen", formulierte er es noch vorsichtig.

„Jemand muss sich um Manuela Schmitz kümmern", sagte Clemens besorgt zu Schneider, der irgendwie abwesend und nicht konzentriert wirkte.

„Ich fahre sie zurück.", erklärte Schneider. „Sprechen wir später, wie wir vorgehen?"

„Gerne. Ich komme zu Ihnen ins Bauernhaus", versprach Clemens und Schneider begab sich zu Manuela Schmitz, um sie zum Auto zu begleiten.

„Ich will zu meinem Bruder ins Krankenhaus", stammelte sie weinend.

„Wir werden telefonisch auf dem Laufenden gehalten", beruhigte sie Schneider, der an ihrem Widerstand merkte, wie angespannt seine Nerven waren.

„Ich will nicht zurück", klagte Schmitz und dann brannten bei Schneider die Sicherungen durch: „Ich habe es satt, Sie anzubetteln“, brüllte er und Clemens beobachtete verwundert die Szene.

„Es geht um Ihre Sicherheit und ich reiße mir den Arsch dafür auf. Sie haben ja gesehen, wie gefährlich das hier ist.“

Erschrocken starrte Schmitz ihn an und ließ sich anschließend weinend von ihm über das Treppenhaus zur Hintertür und dann zum Wagen begleiten.

Pflichtbewusst informierte Clemens Astrid Daniels über den Vorfall, die zwar recht cool blieb, Clemens jedoch genau wusste, wie es in ihr brodelte.

„Wie hat sich Schneider verhalten?“, wollte sie wissen und Clemens überlegte einen kurzen Moment, ob er Schneider belasten und Daniels die Wahrheit verschweigen sollte. Doch zu viel stand auf dem Spiel und Schneider hatte durch sein merkwürdiges Abtauchen ins Badezimmer alle Anwesenden gefährdet. Wenn er sich nicht im Griff hatte, dann war er ein Sicherheitsrisiko, auch für sich selbst.

„Überlastet? Er verhielt sich nicht angebracht und seine Nerven scheinen blank zu liegen.“

„Danke für die Ehrlichkeit. Ich werde mich heute selbst von seinem Zustand überzeugen.“

Als das Gespräch beendet war, sah Clemens keinen Sinn mehr darin, am Tatort zu bleiben und lief zurück zu seinem Wagen.

„Verdammte Kacke“, schimpfte er, als er feststellte, dass an der Fahrerseite ein tiefer Kratzer im Lack zu sehen war. Und am Scheibenwischer heftete ein Zettel, den Clemens hervorzog und las:

„Du bist im Fokus!“

„Scherzkeks“, murmelte Clemens, der es gewohnt war, als Polizist Drohungen zu erhalten. Das nahm er nicht weiter ernst, wenn er auch wusste, dass er es mit brandgefährlichen Leuten zu tun hatte.

Per Handy setzte er sich mit Hackenberg in Verbindung, der neue Informationen zu bieten hatte.

„Söhnke Kraft“, sagte er deutlich, doch Clemens konnte mit dem Namen nichts anfangen:

„Wie Söhnke Kraft?“

„Der Besitzer des Wagens, der Simmer zu Schneider brachte. Kraft ist vermögend und ... seinem Vater gehörte die ...“ kurze Pause, um die Aufmerksamkeit von Clemens zu erhöhen „... Funny-Life AG! Söhnke Kraft erbte sie und überschrieb Anteile an die Sekte von Hallach.“

„Adresse auf mein Handy. Den besuche ich mal. Vielleicht kann er mir mehr über Holger Simmer erzählen."

„Anschrift ist unterwegs", erwiderte Hackenberg, beendete das Telefonat und recherchierte weiter am Computer.

Die Ermittlungen empfand Clemens immer kniffliger. Klar war wohl, dass Hallach Killer auf Manuela Schmitz und ihr Umfeld gehetzt hatte. Doch welchen Zusammenhang gab es mit den Morden an Linda Reich und Inka Kaiser? Und was Clemens unbedingt herausfinden musste: wer war außerhalb in der JVA der verlängerte Arm von Hallach? Da war dieser Söhnke Kraft sicherlich ein guter Ansprechpartner, da er unter Umständen wichtige Details kannte.

Die Fahrt führte Clemens in ein solides Wohngebiet und als er an der von Hackenberg durchgegebenen Adresse ankam, parkte er den Wagen vor einem Einfamilienhaus und ging zur Eingangstür. Nachdem er den Klingelknopf gedrückt hatte, dauerte es einen Moment, bis jemand öffnete. Und dann kam es zu einer kuriosen Begegnung.

Ein Mann öffnete und ehe Clemens mitbekam, was an den Händen und Armen zu sehen war, fragte er: „Söhnke Kraft?“

Der nickte und kniff die Augen zusammen, in diesem Moment erkannte Clemens, dass die Schürze, die linke Hand und der Arm voller Blut waren.

Als Kraft den geschockten Blick von Clemens mitbekam, grinste der:

„Ich bin ein Massenmörder ... Gehen Sie zur Polizei ... Huhu.“

„Nicht notwendig. Ludger Clemens, Mordkommission.“

Erschrocken zuckte Kraft zurück und als Clemens ihm seinen Ausweis zeigte, musste Kraft erst einmal Luft holen:

„Ich nehme in der Garage gerade ein Reh aus. Ich bin Jäger mit eigenem Revier. Aber Sie wollen mich sicherlich nicht wegen Tiermord festnehmen?“, gab sich Kraft weiterhin humorvoll.

„Nein. Ich hätte ein paar Fragen zu Holger Simmer und der Funny-Life AG.“

Sofort verfinsterte sich die Miene von Kraft:

„Holger ist mein bester Kumpel gewesen.“

„Wieso gewesen?“, hakte Clemens nach und Kraft bat ihn ins Haus.

„Kaffee, Wasser?“

„Ein Wasser.“

„Wasche mir kurz die Hände, erklärte Kraft, verschwand in die Küche, kam mit sauberen Händen sowie einem Glas Wasser zurück und reichte es Clemens, der sich auf den pinken Sessel gesetzt hatte.

„Holger hat sich verändert. Er wurde so merkwürdig, nachdem seine Schwester verschwand.“

„Sie kennen seine Schwester?“

„Flüchtig.“

„Und warum verschwand sie?“, taktierte Clemens.

„Das wissen Sie besser als ich“, entgegnete Kraft geschickt.

„Warum haben Sie die Funny-Life AG an die Vereinigung ‚*Brüder der Nacht*‘ überschrieben?“, fragte Clemens, der auf die Antwort sehr gespannt war.

„Überschrieben? Das klingt nach einem freiwilligen Akt. So war es nicht.“

„Sondern?“

„Ich machte nach dem Tod meiner Eltern einen Fehler. Ich war auf der Suche und da erzählte mir Holger von dieser Vereinigung ‚*Brüder der Nacht*‘. Er erledigte dort die Finanzgeschäfte und stellte mir

Samuel Hallach vor. Er beeindruckte mich, verstand es, meine damalige Labilität auszunutzen und luchste mir die Firma ab. Dann zeigte er sein wahres Gesicht und ekelte mich raus."

„Dann wurde er wegen Mordes inhaftiert", warf Clemens ein.

„Genau und ich versuchte gerichtlich meine Firma zurückzubekommen."

„Und Holger Simmer?"

„War auf meiner Seite. Wir mochten uns. Zwei Jahre dauerte es, bis ich Recht bekam und alle Anteile zugeschrieben bekam."

„Die Funny-Life AG gehört also Ihnen?"

„Und Holger regelt die Tagesgeschäfte."

„Und inwiefern hat er sich verändert?", wollte Clemens wissen.

„Holger hasst Hallach, will ihn fertig machen, weil Hallach in seinen Augen das Leben seiner Schwester zerstört hat. Und sein Hass hat ihn verändert. Er erzählte mir von Mordfantasien."

„Welche konkret?"

Innerlich schien Kraft mit sich zu ringen, ob er Holger Simmer weiter belasten sollte, doch dann redete er sich alles von der Seele: „Frauen abstechen und den Zeigefinger abschneiden."

Jetzt läuteten bei Clemens die Alarmglocken: Holger Simmer - der gesuchte Doppelmörder? Das machte Sinn. Die Gewinnbenachrichtigungen für die Busreisen hatte er im Namen der Funny-Life AG verschickt. Doch warum gerade Linda Reich und Inka Kaiser?

„Herr Kraft. Ich gehe momentan davon aus, dass Holger Simmer seine Fantasien in die Tat umgesetzt hat", betonte Clemens.

Mit einem verzweifelten Blick flüsterte Kraft: „Das habe ich auch schon befürchtet. Holger war plötzlich so aggressiv, wie verwandelt."

Nachdenklich starrte Clemens ins Leere, kniff die Lippen zusammen und sagte betreten zu Kraft:

„Ich brauche Ihre Aussage schriftlich. Können Sie morgen ins Präsidium kommen?"

„Klar, wenn ich helfen kann ... Und was wird aus Holger?"

„Der kämpft im Krankenhaus ums Überleben ..."

„Was?", gab sich Kraft erschüttert.

„Erkläre ich Ihnen morgen", versprach Clemens und wollte jetzt schnellstens in die Klinik fahren und sich nach dem Zustand von Simmer erkundigen.

Eilig verließ Clemens das Haus und auf dem Weg zu seinem Wagen summte das Handy. Hackenberg war in der Leitung und Clemens informierte ihn sofort darüber, was er von Kraft erfahren hatte. Als der anfangs schwieg, verdeutlichte Clemens seine Vermutung:

„Simmer ist unser Mann. Er hat Kraft seine Mord-Fantasien geschildert."

„Schwachsinn", erwiderte Hackenberg plötzlich vehement und Clemens war verdutzt.

„Chef, Kraft regelt alle Finanzangelegenheiten der Sekte. Er hat Bankvollmachten und ist ein Vertrauter von Hallach. Er leitet die Funny-Life AG."

„Was?", platzte Clemens erstaunt dazwischen und Hackenberg legte nach, während Clemens wie festgewurzelt vor seinem Wagen stehend lauschte:

„Es kommt noch besser oder eher gesagt, schlimmer. Die leiblichen Eltern von Söhnke Kraft waren Schwerstalkoholiker. Mit neun Jahren wurde er vom Jugendamt den Eltern weggenommen und ins Heim gebracht. Später dann von der Unternehmerfamilie Kraft adoptiert."

Fassungslos nahm Clemens die Worte auf und ahnte bereits, was Hackenberg ihm noch mitteilen wollte.

„Und Sie ahnen bestimmt schon, wer Söhnke den Eltern weggenommen hat? Linda Reich und die Heimleiterin war Inka Kaiser. Unsere beiden Mordopfer. Und vorhin kam das Phantombild von Weindel rein, das von dem Busfahrer angefertigt wurde. Sie wissen, der Mitreisende, den Linda Reich in Prag kennenlernte und der einfach verschwand. Es passt zu dem Foto von Söhnke Kraft."

Blitzartig erinnerte sich Clemens an die blutverschmierte Schürze und blutigen Hände von Kraft.

„Verdammt. Ich gehe nochmal zu ihm rein", fluchte Clemens und Hackenberg mahnte zur Vorsicht:

„Warten Sie, bis ich vor Ort bin ..."

Doch Clemens zögerte keinen Moment und hatte nicht mitbekommen, dass Kraft ihn durch das Küchenfenster heimlich beobachtet hatte.

Erneut drückte er den Klingelknopf und kurz darauf öffnete Kraft mit einem freundlichen Lächeln:

„Was vergessen?"

„Allerdings. Die Wahrheit, Kraft", schmetterte ihm Clemens entgegen und fragte energisch:

„Wo ist das Reh?"

„Reh?", stutzte Kraft und tat ahnungslos.

„Das Reh, von dem angeblich das Blut stammte."

Barsch stieß er Kraft zur Seite, stürzte ins Haus und kehrte Kraft einen kurzen Moment den Rücken zu und schon spürte er einen fürchterlich stechenden Schmerz im Rücken. Seine Beine sackten weg, ihm wurde kalt, dann wieder warm. Ein Stich, schoss es durch seinen Kopf und reflexartig versuchte er mit den Händen an die Wunde zu greifen, doch sie lag außerhalb der Reichweite. Torkelnd fiel er gegen die Wand, rutschte an ihr entlang auf den Boden und sah Kraft vor sich stehen. Wütender Blick, ein Küchenmesser in der Hand, die Klinge in Blut getränkt.

„Dich steche ich auch ab. Abstechen ist meine große Leidenschaft. Und dann schicke ich deine Gedärme aufs Revier ...“, drohte er voller Hass.

Verzweifelt versuchte Clemens gegen die drohende Ohnmacht anzukämpfen, versuchte unauffällig nach seiner Waffe zu greifen und fixierte Kraft mit seinem Blick.

„Jetzt hole ich ein Beilchen und spalte deinen Kopf, Bulle.“ Dann kniete er sich runter zu Clemens und wollte ihm die Pistole aus dem Halfter ziehen. Das war die vielleicht letzte Chance für Clemens. Ruckartig rammte er unter größten Schmerzen sein Knie gegen das Gesicht von Kraft, der an einen Schrank katapultiert wurde und sich kurz schüttelte. Dann zog Clemens seine Waffe und richtete sie auf Kraft.

„Du bist so und so gleich k.o.“, freute der sich und traute Clemens nicht zu, noch die Energie zu haben, abzudrücken. Und tatsächlich überkam Clemens eine fast unüberwindbare Schwäche. Seine Hand begann zu zittern, permanent wurde ihm schwarz vor Augen.

Jeden Moment konnte er wegtreten, dann traf er eine Entscheidung, feuerte, ohne zu wissen, ob Kraft in seinem Visier war. Dann war alles Nacht ...

Schnelle Schüsse

Sofort nach dem Telefonat mit Clemens hatte sich Hackenberg auf den Weg zur Adresse von Söhnke Kraft gemacht, weil er ahnte, dass sein Chef auf eigene Faust handeln würde.

Beherzt ging er auf das Einfamilienhaus zu, nachdem er hinter dem Wagen von Clemens geparkt hatte. Sein Läuten an der Tür führte zu keiner Reaktion. Keine Geräusche im Haus und auch der Blick durchs Küchenfenster gab keinen Aufschluss darüber, ob Clemens sich irgendwo aufhielt. Deshalb zögerte Hackenberg nicht länger, denn es war Gefahr in Verzug. Mit einem Stein, der im Garten lag, zertrümmerte er die Scheibe der Terrassentür, öffnete den zum Glück nicht gesicherten Griff und stieg mit gezückter Pistole ins Wohnzimmer ein.

„Clemens“, rief er, erhielt jedoch keine Antwort. Dann der Schock! Eine Blutlache an der Tür zum Eingangsbereich. Vorsichtig ging er um die Ecke und registrierte blitzschnell die Bilder in seinem Gehirn. Clemens, ohnmächtig. Vorsichtig schob er sich in den Flur und entdeckte gegenüber von Clemens den verletzten Söhnke Kraft ... mit einer

Wunde unterhalb der linken Schulter. Ohnmächtig lag er da, mit einem Küchenmesser in der Hand.

Eilig informierte Hackenberg die Kollegen und drängte darauf, so schnell wie möglich zwei Notärzte zu schicken. Anschließend kümmerte sich Hackenberg um Clemens, dessen Puls glücklicherweise noch schlug, jedoch weiterhin ohne Bewusstsein war.

Wie nicht selten in solchen Situationen kam es auch hier vor, dass die Konzentration auf die einem näher stehende Person lag und man so fahrlässig wurde. So bekam Hackenberg nicht mit, dass Kraft plötzlich aus seiner Ohnmacht erwachte, zwar große Schmerzen hatte, doch immer noch einen starken Trieb zum Töten besaß. Mit aller Macht wollte er Clemens auslöschen. Dieser dreckige Bulle hatte ihm eine Kugel in den Leib geschossen. Dafür sollte er bezahlen.

Als Hackenberg am Küchenfenster stand und auf die Notärzte wartete, brüllte Kraft plötzlich wie ein wildes Tier, stürzte sich mit dem Messer, welches im Eifer des Gefechtes übersehen wurde, auf Clemens und wollte die Klinge in seinen Bauch rammen.

Blitzartig schreckte Hackenberg auf, sprang mit einem Satz auf Kraft, riss dessen beide Oberarme nach hinten, überlegte einen Moment, wie weit er gehen sollte, dann zog er fest hoch und beide Schultergelenke waren gebrochen. Schreiend fiel Kraft zur Seite. Hackenberg stellte sich über ihn und meinte trocken:

„Das war's, Kraft. Von solchen Attacken kannst du nur noch träumen. Ein Schulterbruch heilt langsam."

Endlich trafen Notärzte und uniformierte Kollegen ein. Clemens und Kraft wurden beide abtransportiert, während Hackenberg anordnete, dass Kraft von zwei Polizisten bewacht werden sollte.

Anschließend schaute sich Hackenberg im Haus um und verfolgte eine Spur von Bluttropfen, die sich von der Küche über den Flur bis zur Garagentür zog. Vorsichtig öffnete er den Zugang, betrat die saubere Garage und entdeckte ein Wohnmobil.

Auch der Griff der Seitentür war blutverschmiert und so machte sich Hackenberg auf einiges gefasst. Langsam zog er sie auf und schaute in den Innenraum.

Ein ekelhafter Gestank. Überall Blut. Verfaulte Leichenteile, fette Schmeißfliegen. Dann erblickte er eine gefesselte, geknebelte Frau, die verängstigt und wimmernd auf dem Boden saß. Schnell steckte Hackenberg seine Waffe weg, kniete sich zu der Frau und beruhigte sie:

„Polizei. Alles ist gut. Sie sind in Sicherheit."

Als er sie von den Fesseln und dem Knebel befreit hatte, starrte sie ihm mit einem leidenden Blick in die Augen, fiel in seine Arme und brach zusammen. Mit seinem Handy orderte Hackenberg einen weiteren Notarzt und eine psychologische Betreuerin sowie die KTU, die das gesamte Anwesen untersuchen sollte.

***

Nach einer Operation erwachte Clemens aus der Narkose und an seinem Bett standen Hackenberg und Weindel, die sofort ins Krankenhaus geeilt war, als sie vom Angriff auf Clemens informiert worden war.

„Und?", erkundigte er sich mit müder Stimme.

„Volltreffer. In der Garage stand ein Wohnmobil", erklärte Hackenberg nüchtern.

„Eine gefesselte Frau und Reste von Männerleichen. Es handelt sich um Benjamin Tablon und einem Unbekannten. Erika Tablon, die gefangene

Frau aus dem Wohnmobil, sagte aus, dass Kraft sie überfallen und ihren Mann ermordet hat.“

„Es handelt sich dabei um die Leiche, die im Weiher gefunden wurde“, ergänzte Weindel. „Kollege Tauer hatte ermittelt.“

„Und hat Kraft überlebt?“

„Klar. Er ist vernehmungsfähig. Sie haben mit Ihrem Schuss knapp das Herz verfehlt.“

„Dann sollten wir ihn uns vorknöpfen“, zeigte sich Clemens tatkräftig, doch Hackenberg schaute mahnend zu Weindel, die ihren Chef sofort in die Schranken wies:

„Sie ruhen sich aus. Die Befragung übernehmen wir!“

„Ich bin fit“, widersprach Clemens, richtete sich im Bett auf, verzog schmerzverzerrt sein Gesicht und musste notgedrungen klein beigeben. Als sein Handy summte, nahm er im Beisein von Weindel und Hackenberg das Gespräch an, da er auf dem Display erkannte, dass es Astrid Daniels war.

„Tut mir leid, was dir passiert ist“, zeigte sie sich mitfühlend.

„Geht schon wieder“, spielte Clemens seinen Zustand runter und ahnte, dass Daniels ein Anliegen hatte, denn fürsorgliche Anrufe waren nicht ihr Ding.

„Ich war im Bauernhaus bei Schneider“, kam sie auch schnell zur Sache. „Ich mache mir Sorgen. Schneider ist, wie du sagst, in keiner guten Verfassung. Kannst du ihn bis morgen begleiten? Dann tausche ich ihn aus ...“

Es war zwar überhaupt nicht die Art von Clemens, zu kneifen, doch die Schmerzen waren einfach noch zu groß und erwiderte notgedrungen:

„Ich bin noch nicht kampffähig. Tut mir leid ...“

„Mist“, seufzte sie. „Kannst du denn jemanden empfehlen?“

Nur kurz dachte Clemens nach und hatte seiner Meinung nach einen guten Vorschlag:

„Kann ich. Zuverlässig, stresserprobt und professionell.“

„Wer?“, erkundigte sich Daniels hoffnungsvoll.

„Lothar Hackenberg. Mein Mitarbeiter ...“

Als sein Name fiel, blickte Hackenberg neugierig zu Clemens, der ihm kurz zunickte.

„Wenn du das sagst, vertraue ich. Kannst du ihn informieren und einweihen?“, fragte Daniels.

„Wird gemacht ...“, versprach, Clemens und fügte hinzu: „Bringst du das Schneider bei?“

„Klar. Ich informiere ihn.“

An ihrer Stimme konnte man hören, wie erleichtert sie war. Dann beendete Daniel das Telefonat und Clemens wendete sich an Weindel und Hackenberg.

„Es geht um Manuela Schmitz, die im Zuge des Zeugenschutzprogramms in einem Bauernhaus untergebracht ist. Vorübergehend. Die Kollegen dort, vor allem Miro Schneider, brauchen einen Tag lang Unterstützung. Schneider scheint überfordert und stellt ein Sicherheitsrisiko dar. Können Sie dort einspringen, Hackenberg?“

„Klar. Klingt spannend“, erwiderte er und Weindel fand es zwar schade, dass sie das nicht übernehmen durfte, wusste jedoch, dass die Vernehmung ebenso wichtig war:

„Dann übernehme ich Kraft.“

„Gute Idee“, betonte Clemens. „Trauen Sie sich das alleine zu?“

„Was für eine Frage? Mit dem werde ich schon fertig. Ich erledige das gleich. Er liegt ja ein Stockwerk tiefer ...“

„Dann viel Glück, Kollegen ... Ich schicke Ihnen die Adresse des Bauernhauses auf Ihr Handy.“

Hackenberg nickte und verließ das Krankenhaus, während Clemens Weindel noch ein paar Ratschläge mit auf den Weg gab:

„Wir gehen davon aus, dass Linda Reich und Inka Kaiser wie auch Benjamin Tablon von Kraft ermordet wurden."

„Hackenberg hat mich in Kenntnis darüber gesetzt", erklärte sie.

„Und es ist anzunehmen, dass er im Namen von Hallach den oder die Killer beauftragt hat, die Kai Schmitz ermordet haben, auf Holger Simmer schossen und Manuela Schmitz jagen ..."

„Ist mir klar ...", bestätigte Weindel.

„Wir brauchen Geständnisse und Namen der Hintermänner. Außerdem müssen wir wissen, welche Rolle Holger Simmer spielte", forderte Clemens.

„Alles im Kopf notiert."

„Was ist eigentlich mit dem Kollegen, den Sie begleitet haben?"

„Rolf Tauer?"

„Genau!"

„Mit dem bin ich hierher gefahren. Er hofft, dass er nicht mehr ermitteln muss und seinen Fall zu den Akten legen kann. Sitzt gespannt unten im Wagen."

„Dann nehmen Sie ihn zum Verhör mit. Kraft hat ein gestörtes Frauenbild. Eine männliche Unterstützung ..."

„Muss das sein?", fiel ihm Weindel ins Wort.

„Ist besser so", ermutigte sie Clemens und Weindel stimmte schweren Herzens zu, denn sie war nicht sicher, ob Tauer wirklich eine Hilfe war.

„Wie geht es Holger Simmer eigentlich?", erkundigte sich Clemens interessiert.

„Sechs Stunden OP. Künstliches Koma. Sehr kritischer Zustand ... die nächsten 24 Stunden entscheiden."

„Okay. Halten Sie mich auf dem Laufenden und viel Erfolg."

Zwar fand es Clemens ärgerlich, dass er außer Gefecht war, doch es beruhigte ihn zugleich, dass er sich auf seine Mitarbeiter verlassen konnte.

„Dann mache ich mal", brach Weindel auf und informierte Tauer darüber, dass er beim Verhör dabei sein soll. Der war ziemlich überrascht, denn er schätzte Weindel eigentlich als Einzelgängerin ein.

Vor dem bewachten Krankenzimmer, in dem Söhnke Kraft lag, trafen sich Weindel und Tauer. Nachdem sie ihn detailliert über alle Fakten informiert hatte, freute sich Tauer:

„Dann kann ich ja meine Akte schließen."

„Und Sie lassen mich machen und fahren mir nicht in die Parade", mahnte sie mit Nachdruck."

„Keine Panik. Ich weiß, wann ich den Mund halten muss“, versprach Tauer und beide betraten das Krankenzimmer.

Schmale Finger, saubere Nägel, kein Anpacker. Schreibtischtäter, analysierte Tauer sofort in Gedanken, als er Kraft sah. Hohläugig, eingefallene Wangenknochen waren Spiegelbild eines asketischen Lebens. Sein falsches Lächeln, das er Kollegin Weindel zuwarf, bewertete er als verachtend. Ein Frauenhasser. Kaum Lachfalten, dafür nach unten gezogene Mundwinkel. Ein Grübler mit wenig Humor. Eher sarkastische Wesenszüge.

„Ein Krankenbesuch? Wie nett“, empfing Kraft die beiden Polizisten.

„Charleen Weindel und mein Kollege Rolf Tauer, Mordkommission“, bemerkte Weindel und zog einen Stuhl neben das Bett von Kraft, während Tauer hinter ihr stehen blieb. Anschließend holte Weindel ihr Handy hervor und aktivierte das integrierte Aufnahmegerät.

„Sie beschuldigten Holger Simmer des zweifachen Mordes“, begann Weindel mit ihrem Verhör.

„Kann sein. Ich bin momentan geistig nicht so ganz auf der Höhe“, nuschelte Kraft.

„Wir haben das Wohnmobil in Ihrer Garage entdeckt. Und herausgefunden, dass Sie die Mordopfer Linda Reich und Inka Kaiser kannten ...“

„Echt? Sie sind ja eine fleißige Biene. Wobei Bienen keine so schönen Titten haben wie Sie ...“, sagte Kraft mit Blick auf Weindels Brüste und schmatzte provozierend.

Nach einer kurzen Pause meinte Kraft: „Wie, mehr haben Sie nicht?“

„Abwarten“, fuhr Weindel fort. „Zeugen haben Sie wiedererkannt. Sie waren bei der Busreise von Linda Reich dabei in Richtung Prag und haben sie angebaggert. Außerdem haben Sie Vollmachten für die Finanzgeschäfte der Sekte von Samuel Hallach ...“

So langsam verfinsterte sich immer mehr das Gesicht von Kraft und sein Sarkasmus schien sich in Wut zu verwandeln:

„Sie Bullenschlampe wollen mich fertig machen“, giftete er.

„Maul halten“, rief ihm Tauer plötzlich zu, der es widerlich fand, wie Kraft den Körper von Weindel fixierte.

„Der Schoßhund da hinten spielt den Beschützer“, gab sich Kraft provokativ und Tauer konnte das nicht mehr ertragen.

„Da wird Ihr Guru Hallach böse sein, wenn Jünger Kraft versagt hat“, bemerkte Tauer triumphierend und legte nach: „Wobei der sich freuen wird. Er hat im Knast seine Ruhe und die volle Salve kriegt der Kraft ab. Scheiß Spiel.“

„Sicherlich geht auch der Mord an Kai Schmitz auf Ihre Kappe und der an unserer Kollegin Helen Klar“, sprang Weindel auf den Zug von Tauer mit auf.

„Ruhe! Aus! Schluss“, brüllte Kraft mit einem Mal und verlor seine Fassung:

„Der Meister hat mir alles beigebracht. Wie man Menschen verführt, Massen begeistert. Und dann ließ er mich am Größten überhaupt Teil haben. Über Leben und Tod zu entscheiden. Ich durfte dabei sein, wie er die Frauenleichen zerteilte und vom Fleisch kosten ... Töten, erklärte mir der Meister, sei ein hochgeistiger Akt, weil man Seelen der geistigen Welt zuführen darf ...“

Fast schon außer Atem starrte Kraft ins Leere und fuhr fort: „Als der Meister gefangen genommen wurde, durfte ich den hochgeistigen Akt fortführen und Seelen zurückführen. Die Reich hatte es verdient, die Kaiser auch. Sie verdreckten mit ihrer Anwesenheit die Erde. Da musste ich handeln.“

„Und warum beide an einem Tag? Das war doch unnötiger Stress ..."

Wie selbstverständlich und bitterernst antwortete Kraft:

„Sie Unwissende. Es war Neumond. Nur bei Neumond kann man die geistige Welt beschenken."

„Die Zeigefinger?"

„Ach. Das war deren verdammte Waffe. Damit haben die so eklig gedroht. Die mussten ab. Ich habe sie gegrillt und verspeist."

„Und das Ehepaar im Wohnmobil?", hakte Weindel angewidert nach.

„Töten macht süchtig und ich brauchte Nachschub, weil die geistige Welt neue Seelen forderte. Den Mann lynchte ich schnell, das Weib wollte ich bei einem Ritual hinrichten. Aber ich konnte nicht, weil kein Neumond war. Deshalb überlebte die Schlampe. Warum hat mich Ihr Kollege gestört? Warum. Ein Unheiliger ...", jammerte Kraft und Weindel blieb dran, um den Redeschwall aufrecht zu erhalten.

„Und Sie beauftragten die Killer?"

„Wer denn sonst? Ich bin der Stellvertreter des Meisters außerhalb vom Gefängnis. Ich bin so etwas wie der Papst. Aber mich trifft keine Schuld. Ich führe aus, was der Meister befiehlt."

„Wer sind die Killer?“

„Ein Killer, ein Jünger, zwei andere beobachten nur, dass alles korrekt vollbracht wird.“

„Warum musste unsere Kollegin sterben?“

„Den Gegner schwächen, sein Denken durch Angst blockieren und dann zuschlagen. Eine Taktik, die der Meister erfunden hat.“

„Und welche Rolle spielte Holger Simmer?“

Wirr und irre wirkend lachte Kraft:

„Ein Narr. Dumm. Er versorgte mich unwissend mit allen Informationen über seine Schwester. Er machte es mir leicht ...“

„Wo finden wir den Killer?“, bohrte Weindel nach.

„Der handelt jetzt auf eigene Faust. Ich habe die Lawine entfacht und nun rollt sie. Die gerechte Strafe wird kommen.“

„Wo finden wir ihn?“, erhob Weindel die Stimme.

„Er rollt, unaufhaltsam. Der Wolf wird das Lamm reißen.“

„Widerlich“, schoss es aus Weindel hervor. „Sie werden den Rest Ihres Lebens Fenster mit Gittern vor den Augen haben.“

Dann schaltete sie das Aufnahmegerät ab, verließ schweigend mit Tauer das Zimmer und Kraft brüllte ihr hinterher:

„Deine verkommene Seele werde ich auch noch holen."

Draußen auf dem Krankenhausflur informierte sie die zwei Kollegen in Uniform darüber, dass die Überwachung unter höchsten Sicherheitsmaßnahmen stattfinden sollte und auf dem Weg zu Clemens lobte sie Tauer:

„Danke für Ihre Unterstützung" und fast schon schwärmerisch erwiderte Tauer:

„Das haben Sie klasse gemacht, Kollegin."

Ohne das zu kommentieren, ging sie zu Clemens, stellte ihm Rolf Tauer vor und meldete Vollzug:

„Wir haben ihn. Alles im Kasten."

Dann spielte sie Clemens das Geständnis vor, der sehr zufrieden war und sich auch bei Rolf Tauer bedankte. Solch eine Freundlichkeit hatte Tauer von LKA-Kollegen gar nicht erwartet und sein Selbstvertrauen wuchs innerhalb kurzer Zeit.

„Wir fahren ins Präsidium und informieren die Staatsanwältin", erklärte Weindel und machte sich mit Tauer auf den Weg, Ravelsberg Bericht zu erstatten.

„Ich muss irgendwann mal wieder zurück", monierte Tauer, der sich ein wenig als Anhängsel von Weindel fühlte, wenn er auch ihre Nähe mochte.

Doch wenn er ehrlich war, weniger im Job, eher im privaten Umfeld. Seine präzise Menschenanalyse versagte zu seinem Bedauern bei Kollegin Weindel momentan komplett. Keine richtigen Einschätzungen, nur Spekulationen und auf die konnte er sich nicht verlassen.

„Wartet Mami zu Hause?“, witzelte Weindel. „Keine Angst, Sie kommen schon rechtzeitig in Ihr Nest.“

„Zickig“, murmelte Tauer.

„Wie bitte?“, hakte Weindel mahnend nach.

„Nur so rausgerutscht“, verteidigte sich Tauer, der sich mit Weindel nicht anlegen wollte.

„Was halten Sie von Rolf und Charleen?“, zeigte sich Tauer mutig, was Weindel wiederum übergriffig fand, auf der anderen Seite den Kollegen schon bald los hatte. Also warum nicht?

„Wenn dich das aufbaut ... Charleen.“

„Freut mich, Charleen, ich bin der Rolf, wie der Wolf nur mit R“, grinste er zufrieden.

***

Mittlerweile war Hackenberg vor dem Bauernhof angekommen und Schneider nahm ihn in Empfang.

„Ich bin Miro Schneider. Daniels hat mich informiert. Und Sie sind wahrscheinlich Lothar Hackenberg“, erklärte Schneider. Hackenberg reagierte darauf nicht, weil ihm der Name Daniels nichts sagte, er jedoch vermutete, dass es der oder die Vorgesetzte von Schneider war.

„Wie ist die Lage?“, erkundigte sich Hackenberg und Schneider wirkte auf ihn irgendwie verunsichert, was er verheerend in solch einer Risikosituation fand. Warum wurde Schneider nicht gleich abgezogen? Seine Nervosität sprang auf die Zeugin und die Kollegen über. Nachdem Schneider ihm die beiden anderen Polizisten vorgestellt hatte, führte er ihn in die Küche, wo Manuela Schmitz trostlos wirkend mit einem Puzzlespiel beschäftigt war.

„Das ist Kollege Hackenberg. Er wird uns kurze Zeit unterstützen“, erklärte Schneider, doch Schmitz zuckte nur lustlos mit ihren Schultern und stammelte:

„Mir egal ...“

Als sie wieder vor dem Haus standen, fragte Hackenberg:

„Warum halten Sie und Ihre Kollegen sich eigentlich immer hier vorne auf?“

„Warum nicht?“, entgegnete Schneider verblüfft.

„Weil man sie alle hier serviert wie auf einem Tablett vorfindet. Ganz einfach, um zu checken, wie viele Leute vor Ort sind, wie viel geraucht wird und wann wer im Haus verschwindet. Und vielleicht sogar, wie die Stimmungslage ist. Außerdem ist das Haus nach hinten nicht gesichert. Das ist die Achillesferse."

„Irgendwo müssen wir ja stehen. Im Haus werden wir verrückt", rechtfertigte sich Schneider, der Hackenberg als Besserwisser einstufte und hoffte, ihn bald wieder los zu sein.

„Na ja. Ich bin ja auch nur zur Überbrückung hier", schränkte Hackenberg seine kritische Anmerkung ein.

„Stimmt. Nur bis morgen", bestätigte Schneider erleichtert.

Die Dämmerung legte ihren dunstigen Schleier über die Landschaft und der Leitstern zeigte sich als erster Vorbote der bevorstehenden Nacht am Himmel.

„Ich übernehme die erste Schicht", informierte Schneider, als er mit Hackenberg und den Kollegen neben dem Haus stand.

Die ganze Atmosphäre empfand Hackenberg als ungewohnt unprofessionell. Irgendwie wirkte alles unkoordiniert, um nicht zu sagen, chaotisch. Auch die Stimmung war unter aller Kanone. Schneider wirkte gereizt, müde und die beiden anderen Kollegen qualmten eine nach der anderen. Und dass diese Manuela Schmitz völlig am Ende war, konnte man einfach nicht übersehen.

Weil er noch nicht schlafen konnte und auch nicht wollte, weil er Schneider nicht zutraute, für die notwendige Sicherheit zu sorgen, setzte er sich in die Küche, wo Manuela Schmitz eine Flasche Wein trank.

An einem Gespräch hatte Hackenberg kein Interesse, er wollte nur seinen Kaffee trinken und die Nacht rumkriegen.

Doch mit einem Mal wurde Schmitz zur Verwunderung von Hackenberg redselig.

„Warum wird man Bulle?“, fragte sie neugierig.

„Da hat jeder sein eigenes Motiv“, antwortete Hackenberg.

„Und Ihr Motiv?“

„Ergebnis einer Selbstanalyse. Ich habe geprüft, in welchem Beruf ich mit meinen Fähigkeiten den größten Erfolg haben könnte. Und wo ich mit meinen Stärken und Schwächen für die Gesellschaft am nützlichsten sein kann. Dabei kamen drei Favoriten heraus: Programmierer, Mathematiklehrer und eben Polizist. Da ich nicht nur rumsitzen will und mit Kindern nicht so kann, wurde ich Polizist ..."

„Sie sind ein Kopfmensch", sagte Schmitz, die vom Wein eine etwas schwere Zunge bekam.

„Und wie sehen Sie Ihre Zukunft?", fragte Hackenberg höflich, um nicht desinteressiert zu wirken.

„Entweder ich saufe mich zu Tode", lachte Schmitz unkontrolliert, „oder die Leute von Hallach ballern mich ins Grab."

„Klingt destruktiv", erwiderte Hackenberg nüchtern, „... und bringt Sie im Leben nicht weiter."

„Welches Leben?", ließ Schmitz ihrem Frust freien Lauf.

„Es gibt immer eine Lösung. Man muss nur suchen, dann geht eine Tür auf."

„Hackenberg", hörte er plötzlich Schneider von draußen rufen ...

„Moment", entschuldigte er sich bei Schmitz und verließ die Küche.

„Was ist?", fragte er Schneider, der angespannt in die Ferne blickte.

„Da vorne auf dem Hügel. Da habe ich einen Lichtschimmer gesehen."

„Na und", entgegnete Hackenberg wenig überrascht. „Ist doch logisch, dass wir beobachtet werden oder glauben Sie, wir wären nicht mehr im Fokus von Hallach?“

„Dann könnten die ja jederzeit zuschlagen“, hörte sich Schneider fast schon ängstlich an und Hackenberg ließ ihn stehen. Die Küche war leer und Manuela Schmitz schien zu Bett gegangen zu sein. So trank Hackenberg noch einen Kaffee und versuchte die Zeit herumzubekommen.

Ein Job beim Zeugenschutz wäre nichts für ihn. Das viele Warten, rumhängen, nicht agieren, sondern fast nur reagieren zu können. Nein, dann lieber Psychopathen, Serienkiller jagen, Verrückte vor den Richter bringen. Das war sein Ding. So langsam spürte er eine Müdigkeit aufkommen und da er um 4.00 Uhr Wache schieben sollte, entschloss sich Hackenberg, in einem der Korbsessel ein Nickerchen zu machen. Einfach nur dösen, um ein wenig Kraft zu tanken. Damit er nicht komplett wegnickte, hielt er eine Patrone seiner Waffe in der Hand. Sobald er tief einschlafen würde, würde diese zu Boden fallen und ihn wecken.

Schneider erkannte sich selbst nicht mehr wieder. Hypernervös und ängstlich starrte er in die Nacht. Er hatte nur noch ein Ziel: weg hier und sich in eine andere Abteilung versetzen lassen. Die

Schüsse im Hotel hatten ihn völlig verändert und in ein tiefes psychisches Loch fallen lassen. Vielleicht war er überhaupt nicht geeignet, als Polizist zu arbeiten, obwohl das immer sein Traumjob gewesen war.

„Was war das?“, flüsterte er, als er ein Knacken hörte. „Hinterm Haus“, murmelte er und huschte vorsichtig an der rechten Seite des Hauses in den hinteren kleinen Garten. Sein Herz schlug so heftig, dass die Trommelfelle vibrierten.

„Die verdammte Dunkelheit“, fluchte er und dann ... hinter ihm. Ein Windhauch, eine Bewegung. Blitzschnell griff er nach seiner Waffe, wollte sich umdrehen. Zu spät. Etwas griff nach ihm ... ein stechender Schmerz am Hals ... Atemnot! Panik! Die Kehle. Blut spritzte. Mit der freien linken Hand griff er nach der Wunde unter dem Kehlkopf. Ein tiefer Schnitt. Die Kehle war durchtrennt, war sein letzter Gedanke, ehe er sterbend in die Knie sackte, nach vorne kippte und auf dem feuchten Rasen liegenblieb.

Wie Hackenberg vermutet hatte, war es für den Killer eine Leichtigkeit, in das Bauernhaus einzudringen. Eine schwarze Motorradmütze verdeckte sein Gesicht und mit der ebenfalls schwarzen Hose sowie dem schwarzen Shirt erinnerte der Killer an einen Ninjakämpfer. Das Messer hatte er im Gürtelhalfter verstaut und flink wie ein Wiesel kletterte er auf den Balkon, brach fachmännisch die ungesicherte Tür auf und drang ins Innere sein. Leise zog er eine großkalibrige Pistole aus dem Halfter, den er um die Schulter trug. Vorsichtig und ohne Geräusche zu verursachen, huschte er von Zimmer zu Zimmer, auf der Suche nach Manuela Schmitz. Sein Auftrag: sie zuerst erschießen, dann die restlichen Polizisten auslöschen, Blut von der Frau abzapfen und es Hallach übergeben lassen.

Doch dann ein kleines, dummes Missgeschick. Eine Porzellanente seitlich im Flur. Sein Fuß berührte sie, die blöde Ente kippte um und ein Geräusch war zu hören. Nicht laut, aber er musste auf der Hut sein.

Die unzähligen Klavierstunden in seiner Kindheit hatten das Gehör von Lothar Hackenberg besonders geschult und sensibel gemacht. Das Geräusch war ihm nicht entgangen und nachdem er Schneider nicht vor dem Haus antraf, wurde er misstrauisch und schlich sich leise nach oben, um nach Manuela Schmitz zu schauen.

Da lag sie! Der Killer war kurz vor seinem Ziel und der Meister würde ihn loben für die Vollendung der Tat.

Langsam richtete er die Waffe auf den Kopf der schlafenden Manuela Schmitz.

„Waffe runter“, hörte er plötzlich hinter sich eine Männerstimme. In diesem Moment erwachte Schmitz, schrie und die Situation eskalierte. Der Killer geriet in Panik, richtete die Waffe auf Hackenberg, der blitzartig in die Knie ging. Die Kugel schlug hinter ihm in die Wand ein. Blitzschnell reagierte Hackenberg und schoss zielgenau auf den Maskierten. Blut quoll aus dessen Stirn und wie eine Statue kippte er steif nach hinten und blieb regungslos über Manuela Schmitz liegen. Der Frau blieb vor Schock der Schrei im Hals stecken und bewegungslos blieb sie unter dem Toten liegen. Nachdem Hackenberg die Leiche des Killers zur Seite gezogen hatte und Schmitz aus dem Bett zog, flüsterte er:

„Kein Laut. Still! Vertrauen Sie mir jetzt!“

Immer noch traumatisiert, verstand Manuela Schmitz dennoch die Anweisung und blieb wortlos sitzen.

Als die beiden Kollegen ins Zimmer gerannt kamen, sahen sie den Toten und einer fragte, wo Schneider sei.

„Sehen Sie nach“, forderte Hackenberg und der Kollege irrte durchs Haus, bis er die aufgebrochene Terrassentür sah und wenig später den toten Schneider entdeckte.

„Kehle aufgeschlitzt“, meldete er daraufhin Hackenberg und fügte hinzu:

„Ich informierte Astrid Daniels.“

„Und fordern Sie drei Leichenwagen an“, sagte Hackenberg überzeugt.

„Wieso drei?“, wunderte sich der Kollege.

„Einfach machen, was ich sage“, betonte Hackenberg energisch und der Polizist informierte Daniels und bat darum, drei Leichenwagen vorbeizuschicken.

„Ich komme ... vorbei“, versicherte Daniels schlaftrunken und beendete das Telefonat.

Bewusst versuchte Hackenberg in dem Chaos Ruhe zu bewahren, um die Kollegen und Manuela Schmitz nicht noch mehr aufzuwühlen.

„Sichert ihr mal vorne und hinten ab“, sagte Hackenberg und wartete mit der bibbernden Schmitz auf Daniels sowie die Leichenwagen, die knapp 20

Minuten später eintrafen und vor dem Bauernhaus parkten. Kurz darauf traf Astrid Daniels ein, die aufgewühlt nach oben zu Hackenberg stürmte, der mit Schmitz auf einem Zweisitzer-Sofa saß. Knapp und doch ausführlich wie möglich berichtete Hackenberg über die zurückliegenden Vorfälle und Daniels schwieg beklommen.

„Wieso drei Leichenwagen? Wer ist die dritte Leiche?“, erkundigte sie sich nach einer Denkpause bei Hackenberg, der sie in seinen Plan einweihte, dem sie zustimmte.

Nachdem die Leiche von Schneider in den Blechsarg gelegt und in einen der Wagen geschoben worden war, tauchten vier Männer mit zwei Blechsärgen bei Hackenberg, Daniels und Schmitz auf. Daraufhin übernahm Hackenberg das Ruder und erteilte seine Anweisungen.

„Der Kerl dahinten kann abtransportiert werden.“

Mit ruhiger Stimme weihte er dann auch Manuela Schmitz in seinen Plan ein:

„Das ist Ihre große Chance. Legen Sie sich in den anderen Blechsarg. Frau Daniels begleitet den Transport und bringt sie weg.“

Mit fragendem Blick lauschte Schmitz den Worten und trotz ihres Schocks schien sie zu begreifen, was der Polizist vorhatte und führte genau das aus, was er angeordnet hatte. Der Sarg mit dem Killer wurde sofort weggetragen. Anschließend atmete Schmitz tief ein und aus, legte sich in den freien Sarg, der ebenfalls in einen der Leichenwagen transportiert wurde. Während Schneider und der Killer in die Gerichtsmedizin gefahren wurden, brachte Daniels Schmitz an einen geheimen Ort.

Während die KTU eintraf, verließ der übermüdete Hackenberg das Bauernhaus und fuhr zurück ins Präsidium.

Harte Schläge

Nach wenigen Stunden Schlaf auf dem Sofa im Büro wurde Hackenberg aufgeschreckt, als Clemens erschien, der auf eigene Verantwortung aus dem Krankenhaus entlassen wurde. Daniels hatte ihm noch in der Nacht über die dramatischen Ereignisse berichtet und war voll des Lobes für Hackenberg.

„Gute Arbeit, Hackenberg“, begrüßte ihn Clemens und kurz darauf erschien auch Weindel, diesmal ohne ihren Anhang. Als Clemens ihr erzählte, was vorgefallen war, zollte sie Hackenberg ihre Hochachtung und stellte zufrieden fest:

„Dann sind die Ermittlungen abgeschlossen.“

„Haben Sie Ravelsberg gestern informiert?“, fragte Clemens.

„Gemeinsam mit Tauer. Sie wirkte anschließend richtig zufrieden. War ein ganz ungewohnter Anblick“, grinste sie.

„Und wo ist Ihr Tauer jetzt?“, wollte Clemens wissen und Weindel seufzte vielsagend:

„Zum Glück habe ich den von der Backe ...“

Doch ihr war keine Verschnaufpause gegönnt, denn ihr Telefon läutete und eine Kollegin meldete:

„Ehestreit mit einer Leiche. Anschrift schon auf Ihr Handy geschickt.“

Missmutig stöhnend klagte Weindel:

„Es nimmt kein Ende. Eine neue Leiche ...“

„Schaffen Sie das alleine?“, fragte Clemens. „Kollege Hackenberg ist platt, ich habe gleich ein wichtiges Telefonat.“

„Geht schon“, stimmte Weindel verständnisvoll zu, doch Hackenberg bot trotz seiner Übermüdung an, sie zu begleiten.

„Wenn Sie noch können?“, zeigte sich Weindel einverstanden, denn Hackenberg war das positive Kontrastprogramm zu Rolf Tauer.

Minuten später saßen sie im Wagen auf dem Weg zum Tatort und als Weindel die Adresse abrief, überkam sie ein ungutes Gefühl.

„Die Anschrift kenne ich ... Hoffentlich ist es nicht das, was ich befürchte.“

Etwas angespannt und konzentriert nahm Clemens das erwartete Telefonat entgegen. Die Personalchefin war wie vereinbart in der Leitung.

„Wie geht es, Herr Clemens?“

„Danke. Gerade einen Fall abgeschlossen.“

„Freut mich. Überhaupt haben Sie einen guten Ruf, bis auf eine einzige Ausnahme nur Fürsprecher ..."

„Sie spielen auf Staatsanwältin Jessica Ravelsberg an", bemerkte Clemens mit einem abschätzenden Unterton.

„Dazu darf ich mich nicht äußern", betonte die freundlich klingende Personalchefin.

„Und bin ich jetzt raus?", mutmaßte Clemens.

„Im Gegenteil. Sie sind unser Kandidat, wenn Sie noch wollen."

Überrascht über die Aussage musste Clemens kurz nach seiner Fassung ringen.

„Bis wann muss ich mich entscheiden?"

„Sie zweifeln plötzlich?"

„Nein. Ich will nur die richtige Entscheidung treffen."

„48 Stunden. Dann brauche ich Ihre Antwort."

„Kriegen Sie", versprach Clemens und drückte das Gespräch weg. Jetzt hatte er die Qual der Wahl und musste sich endgültig entscheiden, was er die letzte Zeit versucht hatte zu verdrängen.

***

Beklommen betrat Weindel mit Hackenberg den Aufzug des Wohnblocks, der sie in die Etage brachte, in der sich der Tatort befand. Die KTU war bereits vor Ort, als sie die Wohnung betrat, wo Svenja und Jürgen Grabner wohnten. Das Ehepaar, dem die Tochter Almut weggenommen worden war, weil Jürgen Grabner extrem gewalttätig war. Die Bemühungen von Weindel, Svenja ins Frauenhaus zu überreden und ihren Mann anzuzeigen, schienen offensichtlich keine Früchte getragen zu haben. Hatte er sie totgeschlagen? Tief einatmend erkundigte sie sich bei einem Kollegen, wo das Opfer sei.

„In der Küche ... die andere im Wohnzimmer. Sie wird betreut."

Etwas verwundert und verunsichert ging sie mit Hackenberg in die Küche und erblickte die Leiche. Küchenmesser im Bauch, überall Blut. Es war Jürgen Grabner. Schnell eilte sie ins Wohnzimmer, wo die geistesabwesend wirkende Svenja Grabner mit einem blutigen Gesicht saß. Ruhig setzte sich Weindel neben sie:

„Was ist passiert?"

Weinend stammelte sie:

„Er hätte mich diesmal totgeschlagen. Dann hatte ich plötzlich das Messer in der Hand."

Einfühlsam und tröstend legte Weindel ihren Arm um sie:

„Jetzt ist es vorbei. Das war Notwehr ..."

***

Fast wäre Samuel Hallach ausgerastet, als ihm sein Adjutant mitteilte, dass ihr Killer tot war, ebenso wie die gehasste Zeugin mit dem Decknamen Manuela Schmitz.

„Sie wurde im Leichenwagen abtransportiert."

„Und ihr Blut? Ich wollte es haben ...", tobte Hallach.

„Keine Chance ... Aber die Sünderin ist ausgelöscht."

„Pfusch ... Mein Befehl wurde nur halb ausgeführt ...", betonte Hallach und dachte kurz nach.

„Und was ist mit dem Polizisten, der mich hier erniedrigt hat? Dieser Clemens?"

„Wir brauchen da noch eine klare Anweisung!"

„Kriegt ihr. Da muss ich mir was Besonderes ausdenken."

Verärgert ging Hallach alleine in den Speisesaal, um das Mittagessen einzunehmen. Heute herrschte ein ziemliches Gedrängel, was er gar nicht mochte. Als er in der Schlange zur Essensausgabe stand, baute sich hinter ihm der riesige und kräftige Oliver Paulske auf, ein Gegenspieler von ihm und eine mächtige Knastgröße. Der beugte sich nach unten und flüsterte Hallach ins Ohr:

„Ich vermisse deinen Respekt. Den Kindermörder, den du in seiner Zelle abgestochen hast, stand unter meinem Schutz."

Ohne sich umzudrehen, lästerte Hallach: „Du bist ein Versager. Ich habe hier die geistige und irdische Macht."

Nachdem Paulske kurz nickte, wurde ein Tumult im Speisesaal ausgelöst, schnell zückte er ein Stilett und stieß es mit einem Ruck von hinten unter das linke Schulterblatt von Hallach. Geschmeidig bohrte sich die Spitze bis in sein Herz und innerhalb von Sekunden war Hallach tot ...

***

„Wir müssen reden", kam einen Tag später Jessica Ravelsberg ins Büro von Clemens gestürmt.

„Schon wieder?", zeigte der sich von ihrer Hektik unbeeindruckt.

„Ja. Schon wieder in meinem Büro."

Mittlerweile nahm Clemens die Art von Ravelsberg mit Humor und folgte ihr grinsend. Als er ihr gegenüber saß, hatte er den Eindruck, sie fühlte sich nicht wohl in ihrer Haut und hörte sich verunsichert an.

„Was ich jetzt sage, Clemens, werde ich nicht noch einmal wiederholen ...“

Gespannt hörte ihr Clemens zu und erwartete eine erneute Unverschämtheit.

„Ich schätze Ihre Arbeit sehr, auch wenn das manchmal anders wirkt. Ich bitte Sie, bleiben Sie hier. Für das Team wäre Ihr Abschied eine Katastrophe ...“

Perplex schwieg Clemens und traute seinen Ohren nicht. Weiterhin angespannt wirkend fuhr sie fort: „Ich bin auch bereit, Ihr Team aufzustocken.“

„Das versprechen Sie schon lange“, gab Clemens der Verlockung nicht nach.

„Mir liegt eine vielversprechende, spontane Bewerbung vor. Guter Kandidat.“

Anscheinend meinte es Ravelsberg mit ihrer Umstimmungsoffensive ernst.

„Ich denke nach“, versprach Clemens und stand auf.

„Entscheiden Sie sich für uns“, legte sie noch einmal nach und Clemens verschwand.

***

Wie nach jedem erfolgreichen Abschluss eines Falls setzte sich Clemens am darauffolgenden Tag mit Hackenberg und Weindel zusammen. Diesmal köpften sie im Büro eine Flasche Sekt oder auch zwei.

„Wie geht es Simmer?“, fragte Clemens und Weindel berichtete über ihren Anruf in der Klinik: „Koma. Die Ärzte gehen davon aus, dass er nicht mehr erwacht. Seine Schwester wird wohl entscheiden, die Geräte abschalten zu lassen.“

„Die Leiterin des Zeugenschutzprogramms hat mir erzählt, dass Manuela Schmitz, wie auch immer sie heute heißt, nach Neuseeland auswandert. Sie will in ein Kloster. Es besteht wohl keine Gefährdung mehr. Und das dank Kollege Hackenberg und dem Tod von Hallach.“

„Alles rund“, lächelte Weindel und dann erklärte Clemens:

„Ich habe noch etwas zu verkünden, bevor die Gerüchteküche hochbrodelt.“

Gespannt starrten ihn Weindel und Hackenberg an:

„Ich hatte ein Angebot, die Leitung eines neuen Profilingteams zu übernehmen. Ich ... lehnte ab.“

Das freute Weindel, die euphorisch meinte:

„Puhh. Ich dachte schon, ein neuer Chef.“

Auch Hackenberg war froh, gab sich jedoch kühler:

„Die richtige Entscheidung.“

Dann grinste Clemens:

„Zwar kein neuer Chef, aber einen neuen Kollegen ... Ich habe Ravelsberg mitgeteilt, dass wir uns auf ihn freuen ...“

„Wer?“, fragte Weindel gespannt und Clemens antwortete:

„Sie kennen ihn. Rolf Tauer.“

Bei dem Namen erstarrte Weindel und tausend Gedanken schossen ihr durch den Kopf.

„Muss das sein?“, stammelte sie.

„Top-Zeugnisse ...“, erklärte Clemens und Weindel verfluchte sich, dass sie mit Tauer auf Du gemacht hatte.

Ende

Printed in Germany
by Amazon Distribution
GmbH, Leipzig

26324659R00219